전생 왕녀와 천재 영애의 마법 혁명 5

The Magical Revolution of
Reincarnation Princess and Genius Young Lady....

저자 **카라스 피에로**
일러스트 **키사라기 유리**

[이전 줄거리]

마법을 동경하지만 마법을 쓰지 못하는 왕녀 아니스피아.
그녀는 천재 영애 유필리아를 약혼 파기 소동에서
구하고 공동생활을 시작한다.
유필리아가 왕이 되면서 연구에 집중할 수 있게 된 아니스는
탄생제에서 정령 실체화에 성공하며 마법부와 화해한다.
그렇게 즉위한 유필리아와 함께 온 나라의 축복을 받는다.

[캐릭터]

일리아 코랄
아니스피아의 전속 시녀.

레이니 시안
약혼 파기 소동의 발단. 사실은 뱀파이어로, 현재는 별궁의 시녀.

티르티 클라렛
저주에 관해 연구하고 있는 후작 영애.

오르펀스 일 팔레티아
팔레티아 왕국의 선대 국왕. 아니스의 아버지.

실피느 메이즈 팔레티아
선대 왕비이자 아니스의 어머니.

그란츠 마젠타
왕국 공작. 유피의 아버지이자 오르펀스의 오른팔.

하르피스 네이블
아니스의 연구 조수. 자작 영애.

가크 램프
아니스의 연구 조수. 근위 기사단의 수습 기사.

Author
Piero Karasu

Illustration
Yuri Kisaragi

The Magical
Revolution of
Reincarnation Princess and
Genius Young Lady....

아니스피아 윈 팔레티아

팔레티아 왕국 1왕녀.
유필리아와 함께 허니문(시찰 여행) 중.

유필리아 페즈 팔레티아

마젠타 공작가의 영애.
여왕이 되고, 나라의 발전을 위해
정령석이 필요해져서 시찰하러 가기로
결단한다.

5

전생 왕녀 와 천재 영애 의
The Magical Revolution of
Reincarnation Princess and Genius Young Lady....
마법 혁명

"예쁜가요?"

"유, 유피…
지, 진짜, 왜 그래?!"

"이게 아니스가 본
제 눈동자 색이군요."

"—나는, 누님의 힘이
될 수 있는 왕이 되고 싶었어."

아르가르드 보나 팔레티아
아니스피아의 동생이지만,
쿠데타를 일으켜 동부 변방에서 근신 중.
백성을 도우며 조용히 지내고 있다.

아크릴

리칸트라는 종족.
흡혈귀를 식별할 수 있는 후각을 가졌다.
굶어 죽기 직전에 아르가르드의 영지에
들어온다.

"리칸트는 받은 은혜를 잊지 않아.
그래서 나는 아르를 지키고 싶어."

"너는, 긍지가 높구나."

CONTENTS

Auth
Piero Karas

Illustrati
Yuri Kisara

The Magi
Revolution
Reincarnation Princess a
Genius Young Lady

오프닝

유피가 왕으로 즉위하고 두 달이 지났다.

왕이 된 유피는 아바마마와 어마마마, 그란츠 공의 협력을 얻어 팔레티아 왕국을 개혁해 나가기 위해 노력하고 있었다.

한편 나— 아니스피아 윈 팔레티아의 근황은 안정적이었다.

유피가 즉위하기 전까지는 그란츠 공의 파벌에 속한 귀족과 만나고 다녔지만, 지금은 그 빈도도 줄었다. 내가 왕이 될 가능성이 없어졌기 때문이다.

그래서 내가 다음으로 해야 할 일은 마학과 마도구를 더욱 보급하는 것이었다.

하지만 유피가 말하길 아직 내가 솔선해서 움직이기에는 시기상조라고 할까, 준비하는 데 시간이 필요하다고 했다.

『앞으로는 왕인 제가 앞장서서 마학과 마도구를 보급해 나갈 건데, 아직 사전 준비가 부족해요. 이런 상황에서 아니스가 갑자기 움직이면 극약 처방이 될 수도 있고, 좀 더 귀족이 받아들일 시간을 줘야 해요.』

『으음…… 그 말은 즉?』

『아니스는 한동안 휴가예요. 준비가 갖춰질 때까지 느긋하게 쉬면서 기력을 회복하세요.』

유피는 활짝 웃으며 그렇게 말했다. 이야기를 정리하면, 마학과 마도구 보급 정책의 토대가 마련될 때까지 나는 쉬고 있으라는 말이었다.

유피는 단순히 내가 쉬었으면 하는 거겠지만, 나는 지금껏 돌아다니는 것이 당연했기에 갑자기 쉬라고 해도 좌불안석이었다.

그래서 최근 바빠서 신경 쓰지 못했던 새로운 연구에 착수했다. 처음에 유피는 정말로 내가 쉬고 있는지 의심스럽게 보았지만, 끝내는 나답다며 가볍게 한숨을 쉬고 웃어 줬다.

그렇게 취미에 몰두하며 지내고 있지만, 그렇다고 일이 완전히 없어진 건 아니었다. 지금도 야회에 참석해 달라는 초대장이 오곤 했다.

그리고 오늘은 그 야회에 참석하는 날이었다.

*　*　*

"귀족 학원에서 열리는 오늘 이 야회의 목적은 학생들과의 교류예요."

"폐쇄적 환경이 되기 쉬운 학원의 분위기를 일신하기 위해 내빈을 초대하여 외부와의 교류를 늘리고, 졸업 후 진로에도 참고하고. ……맞지?"

"네, 맞아요."

파티장에 들어가길 기다리는 동안, 나는 오늘 열리는 야회가 어떤 것인지 하르피스와 확인했다.

나와 함께 행동하는 것에도 완전히 익숙해진 듯한 하르피스는 알기 쉽게 설명해 줬다.

"아니스피아 님은 마학의 제창자로서 참석하시는 거예요. 학생 중에 마학에 관심을 보이는 이가 있다면 이것저것 얘기해 주시면 돼요."

"일찌감치 젊은 재능을 찾아서 침 발라 놓는 거구나."

"오늘의 목적은 어디까지나 교류이니, 적극적으로 권유할 필요는 없다고 유필리아 여왕 폐하께서 말씀하셨어요. 미래가 기대되는 인재가 있는지 없는지, 그것만 확인하시면 된다고 하셨습니다."

"으엑…… 내가 어려워하는 분야야……."

"그래서 제가 보좌로 함께 온 거예요. 아니스피아 님은 편하게 참석하시면 됩니다. 긴장하지 않으셔도 돼요."

내가 몸서리치자 하르피스는 키득키득 웃으며 그렇게 말했다.

"으음~ 야회는 어깨가 뭉치고 대화가 귀찮다는 인상밖에 없어서……."

"정말로 사교 활동을 싫어하시는군요……."

"여러 가지로 바뀌고 있고, 예전만큼 싫지는 않지만. 그래도 거북해."

거북해서 사교 활동을 못 하겠다고 하면 어마마마한테 된통 혼나니까 제대로 해야 하지만 말이다.

그래도 하르피스가 말한 것처럼 오늘은 긴장할 필요가 없겠지. 나는 어디까지나 손님, 야회의 메인이 아니다. ……아닐 거다.

그렇게 말하자 하르피스는 어이없다는 얼굴로 나를 보았다.

"귀족 학생은 아직 반응이 나뉘겠지만, 평민 특대생에게는 주목받고 있을 거예요. 드래곤 토벌, 공중 원무, 마악기를 이용한 정령 현현…… 최근 일만 따져도 이렇게나 위업을 이뤘으니까요."

"으윽……."

"유필리아 여왕 폐하께서 국가 정책으로 마학을 보급하겠다고 공언하셨고, 아니스피아 님에 대한 평가도 좋은 방향으로 바뀌고 있어요. 그러니 둘러싸이는 건 각오하시는 편이 좋을 거예요."

"서로 속내를 감추고 떠보는 대화도 싫지만, 과하게 날 추켜세우는 것도 곤란한데……."

"익숙해지세요."

하르피스가 쓴웃음을 지으며 그렇게 말함과 동시에 우리가 입장할 순서가 됐다.

오늘 열리는 야회의 파티장은 귀족 학원, 그것도 유피가 약혼을 파기당했을 때 내가 마녀 빗자루를 타고 돌격했던 그 파티장이었다.

내가 깨뜨린 창문이 수복된 것을 확인하며, 파티장을 살폈다.

이 야회의 명목이 왕성 각 부서의 대표자와 학생들의 교류이니 당연한 얘기지만, 전체적으로 참가자의 나이는 나보다 어렸다.

그 학생들 대다수가 내게 흥미진진한 시선을 보내고 있었다. 왠지 어색해서 어떤 표정을 지으면 좋을지 알 수 없어졌다.

우리가 마지막 입장객이었기에 곧장 사회자가 야회 개최를 선언했다.

악단이 연주를 시작하고 사람들이 움직였다. 그리고 학생들이 앞다투어 내게 몰려들었다.

"아니스피아 전하! 드래곤 토벌 무용담을 들려주세요!"

"비행용 마도구를 몇 가지 발표하셨는데, 그에 관해 자세히 듣고 싶습니다!"

"마악기를 이용한 정령 현현, 저희도 그 자리에 있었어요! 아주 멋졌어요!"

"으, 응…… 고마워."

먹이에 몰려드는 물고기처럼 다가오는 학생들에게 압도당하면서도 나는 어떻게든 학생들의 질문에 대답해 나갔다.

나뿐만 아니라 옆에 있는 하르피스에게도 질문이 날아왔

고, 면식이 있는 후배가 인사해 오기도 해서 하르피스도 바빴다.

'이건 이거대로 곤란하다니까……'

계속 웃느라 얼굴에 쥐가 날 것 같았지만, 그래도 질문에 대답해 나갔다. 그러나 끊임없이 몰려드는 인파를 보고 표정 근육의 한계를 느꼈다. 말없이 하르피스에게 신호를 보내자 하르피스는 작게 고개를 끄덕였다.

"죄송해요. 목이 조금 마르니 잠시 실례할게요."

하르피스가 그렇게 말하자 몰려들었던 학생들도 인사하고서 떠났다. 그대로 우리는 음료를 확보하기 위해 이동했다.

"히, 힘들었어……!"

"수고하셨어요, 아니스피아 님."

"호의적인 건 고맙지만, 그렇게 몰려드니 살짝 식겁했어……."

한숨을 쉬자 하르피스가 쓴웃음을 지으며 음료를 가져다줬다.

"어디 좀 차분하게 쉴 수 있는 곳 없을까?"

"저기 벽 쪽은 어떨까요?"

"좋은데? 저쪽으로 가자."

그렇게 말하며 벽 쪽으로 가니 거의 동시에 한 소년이 우리처럼 벽 쪽으로 왔다.

그 소년은 어딘가 기시감이 느껴지는 외모를 가지고 있었다. 유난히 눈빛이 강렬한 적갈색 눈. 기시감을 느끼는 가장 큰 요인인 은발. 호리호리하지만 미덥지 못한 인상은 아니었고 독특한 날카로움이 느껴졌다.

나를 알아차렸는지 소년은 조금 놀란 듯 눈을 크게 떴다가 감정을 감추는 무표정이 되어 인사했다.

"아니스피아 장공주님, 안녕하십니까. 함께 계신 분은 네이블스 자작 영애십니까?"

"네, 하르피스 네이블스라고 합니다. 인사드리는 건 처음이네요, 카인드 마젠타 공작 영식."

"……아."

하르피스가 이름을 말한 덕에 이 소년이 누구인지 단박에 이해했다.

기시감이 느껴지는 건 당연했다. 이 소년은 유피의 동생이다! 나이를 생각하면 유피가 졸업한 후 학원에 입학했을 테니 여기 있어도 이상하지 않았다.

다만 나는 카인드 군에게 어떻게 반응하면 좋을지 알 수 없었다.

유피를 비롯하여 마젠타 공작가 사람들과 인연이 깊은 나지만, 카인드 군과는 줄곧 만나지 못했었다.

게다가 유피가 한참 전에 동생과 다퉜다고 한 것 같은데, 결국 어떻게 됐는지 못 들었다.

이런저런 생각이 스치지만, 일단 무난하게 인사해야겠지?

"마젠타 공작 영식, 이렇게 인사하는 건 처음이네요. 아니스피아 원 팔레티아입니다. 부군이신 마젠타 공에게 크게 신세 지고 있어요."

"네. 전하의 활약에 관해서는 아버지께 익히 들었습니다."

내가 인사하자 카인드 군도 무난하게 화답했다.

……그리고 서로 마주 보며 뭐라 말할 수 없는 표정을 짓고 말았다.

무난하게 인사함으로써 오히려 대화의 흐름을 잡을 기회를 놓쳐 버렸다! 이걸 어쩌나 고민하고 있으니 하르피스가 쓴웃음을 지으며 이야기를 이어 줬다.

"마젠타 공작 영식은 올해 입학했죠? 학원 생활은 어떤가요?"

"솔직히 말씀드리면 많이 힘듭니다. 귀족 학원도 새로운 체제로 바뀌려 하기에, 마젠타 공작가의 후계자로서 정신을 바짝 차려야 하니까요……."

"하지만 마젠타 공작 영식이라면 괜찮을 거예요. 자세에서 부군의 모습이 보이니까요. 경험을 쌓으면 마젠타 공작가의 훌륭한 차기 가주가 될 수 있을 거예요."

이건 진심이다. 그렇게 생각하며 카인드 군에게 전하자 그의 눈이 살짝 동그래졌다. 하지만 금세 무표정으로 돌아와 가볍게 인사했다.

"감사합니다. 그 칭찬에 부응할 수 있도록 정진하겠습니다."

"응, 힘내요. 응원할게."

그렇게 대화를 끝내도 좋았겠지만, 카인드 군의 표정이 또 고민스럽게 바뀌었다. 그게 신경 쓰여서 그 자리에 머물고 말았다.

"……아니스피아 님, 유필리아 여왕 폐하는 강녕하십니까?"

그렇게 신경 쓰고 있으니 카인드 군이 물었다.

유피를 여왕 폐하라고 부르는 카인드 군을 보니 내심 미안했다. 그 마음이 겉에 드러나지 않도록 꾸미며 질문에 대답했다.

"네, 건강히 지내고 있어요. 바쁘긴 해도 충실한 나날이라고 본인도 말했어요."

너무 충실해서 이따금, 그…… 잡아먹히고 있지만.

그만, 그만! 지금은 떠올릴 때가 아니다. 사념아, 사라져라! 근데 조금 살살 해 주시면 좋겠어요! 마력이 부족해서 못 움직이게 되는 건 곤란해요!

푹 자면 회복되지만, 이튿날 아침의 나른함만큼은 진짜 적응이 안 돼!

"그렇습니까. 다행입니다."

"걱정했다고 유피에게 전할까요?"

"……아뇨, 그러실 필요는 없습니다."

내가 제안하자 카인드 군은 잠시 고민했는지 간격을 두고서 그렇게 대답했다.

"지금 저는 신하이고, 고작 학생입니다. 여왕 폐하께 들려드릴 이야기도 아닙니다."

"……그건."

"—아니스피아 장공주님, 네이블스 자작 영애, 부디 좋은 밤 보내시길. 저는 이만 실례하겠습니다."

깔끔하게 인사한 후, 카인드 군은 등을 돌려 떠나 버렸다. 나는 그 뒷모습을 바라볼 수밖에 없었다.

그런 내게 하르피스가 걱정스러운 시선을 보냈다.

"아니스피아 님……."

"……괜찮아. 이런저런 생각이 좀 들었을 뿐이니까."

카인드 군의 마음이 어떨지 상상하면 역시 죄책감이 들었다.

아무리 부모인 그란츠 공과 네르셸 부인이 납득했다지만, 동생인 카인드 군도 납득했을까?

설령 카인드 군이 받아들여야만 하는 입장이더라도, 사람의 마음이란 것은 자기 생각대로 되지 않는 법이다.

목이 타서 잔을 입에 댔다. 달콤한 음료일 텐데 떫고 쓰게 느껴졌다.

* * *

"유필리아 님의 동생분이 신경 쓰이신다고요?"

"응……."

야회에 참석한 다음 날, 나는 유피가 왕성에 가고 나서 일리아에게 카인드 군에 관해 말했다.

"갑자기 유피가 왕가에 양자로 들어오고, 왕으로 즉위했 잖아?"

"그렇죠. 그래서 마음의 정리가 안 되지 않았을까 걱정되 시는 겁니까?"

"······응."

내 말을 들은 일리아는 고민스럽다는 듯 살짝 인상을 썼다.

"왕가와 나라의 사정 때문에 유필리아 님을 마구 휘두른 것은 사실입니다. 응어리가 남았어도 별수 없는 일이죠. 하 지만······."

"하지만?"

"그래도 유필리아 님이 왕이 되는 길과 조건을 정한 사람 은 그란츠 공입니다. 유필리아 님은 그것을 극복하여 왕으 로 즉위하셨습니다. 그렇다면 속마음이 어떻든 간에 그 결 정에 당연히 따라야 한다고도 할 수 있습니다."

"엄격한 말을 하는구나······."

"그만큼 마젠타 공작가라는 이름이 가진 무게는 무겁습 니다."

이름이 가진 무게라. 필두 귀족이면서 왕가의 먼 친척이고, 국왕의 심복이자, 왕가가 약혼을 바랄 정도의 혈통을 가진 마젠타 공작가의 입장은 일리아의 말대로 매우 막중하다.

그 무게를 짊어지는 이상, 평소의 행동거지도 필요 이상으

오프닝 21

로 주목받게 된다. 그건 어쩔 수 없는 일이고, 엄격한 소리지만 일리아의 말도 틀리지 않았다.

"하지만 이대로 둬도 괜찮은 걸까……."

"이대로요?"

"……입장은 달라졌어도 카인드 군은 유피의 동생이야. 정말 서로 신경 쓰지 않고 지낼 수 있을까? 뭔가, 그건 싫어."

"아니스피아 님……."

"입장 때문에 안 된다는 건 알아. 하지만 입장만 생각하며 심정을 소홀히 하면 안 될 것 같아서……."

나는 천장을 올려다보듯 의자 등받이에 등을 기대며 크게 한숨을 쉬었다.

"아~ 진짜! 뭔가 답답해~!"

양손으로 머리를 헝클었다. 이미 벌어진 일은 어쩔 수 없지만, 이대로 바람직하지 않은 상황이 이어지는 건 몹시 심란한 일이다.

"……그럼 네르셸 공작 부인과 상담해 보시는 건 어떨까요?"

"네르셸 부인?"

"그란츠 공보다 네르셸 공작 부인이 카인드 님과 접할 기회가 많을 겁니다. 상담할 거라면 네르셸 공작 부인과 상담하시는 게 가장 좋겠지요."

"으음~ 그것도 그런가. 네르셸 부인과는 한번 제대로 얘기해 보고 싶었고. ……하지만 무슨 이유를 대고 만나러 가지?"

"평범하게 「유필리아 님 관련으로 상담할 일이 있다」라고 하시면 되지 않을까요?"

"하지만 유피는 표면적으로 마젠타 공작가와 연을 끊었잖아⋯⋯."

"그렇다면 더더욱 몰래 만나고 싶은 이유가 되지요. 이유를 물어와도, 개인적인 일이라서 내용은 숨기고 싶다고 하면 문제없을 겁니다."

"그, 그래도 되나⋯⋯?"

"유필리아 님이 마젠타 공작가를 사적으로 방문하면 여러모로 의심받을 우려가 있지만, 아니스피아 님이라면 그렇게까지 문제가 되지는 않을 겁니다."

"하긴, 유피의 근황을 전할 수 있다면 네르셸 부인에게는 전하고 싶어. 그 방법으로 가야겠다. 방문해도 되는지 편지를 보내 볼게."

나는 네르셸 부인에게 만나고 싶다는 편지를 쓰기로 했다.

답장은 금방 왔다. 네르셸 부인도 나를 볼 수 있다면 보고 싶다고 허락해 줬다. 그렇게 나는 몰래 마젠타 공작가를 홀로 방문했다.

1장 누나와 동생, 서로를 생각하는 마음

"저희 집에 오시는 건 오랜만이네요, 아니스피아 님."

"방문을 허락해 줘서 고마워요. 네르셸 부인도 건강해 보여서 다행이에요."

마젠타 공작가의 응접실에서 오랜만에 얼굴을 마주한 네르셸 부인은 변함없이 온화한 분위기를 풍기고 있었다.

미소 지은 얼굴에서 유피의 모습이 보여 나는 조금 긴장되었다.

"아니스피아 님이 저희 집에 오신 건 유피를 별궁으로 데려가셨을 때 이후로 처음인가요?"

"그러네요. 그게 벌써 1년 전이니, 세월이 참 빨라요."

"그 1년 동안에도 많은 일이 일어났지만, 유피는 잘 지내고 있는 모양이에요. 그란츠도 즐겁게 상대하고 있는 것 같아요."

네르셸 부인은 즐겁게 웃으며 그렇게 말했다. 그 말을 듣고 나는 눈이 휘둥그레지고 말았다.

"그란츠 공이 집에서 유피 얘기를 해요?"

"저와 단둘이 있을 때는 자주 얘기해요. 그란츠는 까다로운 사람이라 유피도 힘들겠죠. 둘 다 피차일반이라는 생각도 들지만요."

"뭐, 둘이 장난치며 일한다고 할 수도 있겠네요……."

유피는 그란츠 공이 무리한 요구를 한다며 내게 자주 푸념했다. 그래도 진심으로 싫어하는 건 아니었고 늦게 찾아온 반항기라고 할지, 반발심이 드는 것 같았다.

그게 너무 심하면 나한테도 여파가 미치기 때문에 그란츠 공이 좀 자중해 줬으면 하지만. 나도 모르게 쓴웃음을 짓고 말았다.

"……아무튼, 오늘은 어쩐 일로 오셨나요?"

네르셸 부인이 먼저 본론을 꺼내게 하고 말았다. 마음 쓰게 한 것 같아서 미안하게 여기며 대답했다.

"얼마 전에 참석한 야회에서 카인드 군과 만났어요. 그때 본 모습이 신경 쓰여서……."

"카인드요?"

"그, 새삼스럽지만 마젠타 공작가에 상당히 폐를 끼쳤으니까……."

"주군을 섬기며 그 마음을 이해하는 것도 신하의 역할이에요. 그리고 왕족이 간단히 사죄를 입에 올리면 안 된다고 실피느 님께 혼나실 거예요."

"……그렇죠. 마음을 억누를 수 없어서 저도 모르게 그만."

아무래도 울적한 표정이 되어 버렸다. 그런 내게 네르셸 부인은 온화하게 미소 지은 채 말했다.

"마음만 받겠습니다. 그리고 아니스피아 님의 마음이 어지러워진 것도 카인드 때문이지 않나요?"

"……네, 그렇죠. 조금 걱정되어서요."

"카인드가 걱정되어 일부러 찾아와 주신 건가요?"

"그것도 있고, 제가 터놓고 얘기하고 싶어서요. 제 욕심이죠."

"욕심인가요……."

"유피의 입장이 복잡해진 주된 원인은 저예요. 저 때문에 유피가 가족과 절연했어요. 그래서 카인드 군이 마음 아파하고 있다면, 조금이라도 그 마음을 보듬어 주고 싶어요."

"그렇군요……."

조용히 중얼거린 네르셸 부인은 한숨 돌리듯 차를 들었다.

나도 따라서 차를 들어 목을 적시고 다시 네르셸 부인에게 물었다.

"네르셸 부인은 제게 하고 싶은 말은 없나요?"

"하고 싶은 말이요?"

"왕가에 양자로 들어오기 위해, 그리고 왕이 되기 위해 유피가 마젠타 공작가를 버리게 한 것에 관해서요."

나는 침을 삼키고 네르셸 부인에게 물었다.

내 물음에 그녀는 아무런 대답도 하지 않고 한 번 더 차를 마셨다. 찻잔을 놓는 소리마저 또렷이 들리는 침묵에 긴장하고 말았다.

"후후, 그건 아니스피아 님의 기우일 뿐이에요."

"기우요……?"

"애초에 저는 유피가 별궁에 갔을 때부터 이렇게 되지 않을까 했어요. 결국 왕가에 들어가는 형태가 달라졌을 뿐이라서 특별히 유감도 없어요."

"하지만 그 탓에 가족과의 관계까지 단절되어 버려서……."

"저도 유피를 격려한 입장이니, 유피가 택한 일이라면 상관없어요."

네르셸 부인은 확실하게 잘라 말했다. 그런 부인의 표정을 살피듯 바라보고 말았다.

그녀는 온화하게 미소 지은 채 내 시선을 똑바로 마주했다. 그 강한 눈빛에 내가 눈을 피하고 싶을 정도였다.

"자식은 언젠가 부모에게서 독립하죠. 그리고 가족이란 연결 고리는 끊어졌어도 신하로서의 연결 고리까지 끊어진 건 아니에요. 신하로서 보좌하면 결과적으로 유피를 위한 일이 되겠죠."

네르셸 부인의 말을 듣고 나는 아무 말도 할 수 없었다. 본인이 말한 것처럼 네르셸 부인과 그란츠 공, 그리고 유피도 그렇게 납득할 수 있을 것이다.

하지만 카인드 군은 어떨까?

"카인드는 아직 미숙하네요. 그래도 걱정해 주신 것은 감사드려야겠죠. 설령 전하께서 어떤 후회를 하고 계시든 말이에요."

"……네."

네르셸 부인이 내 마음을 읽은 것처럼 말해서 식은땀을 흘리고 말았다. 온화해 보이지만 사실은 무서운 사람이구나…….

"그럼 카인드를 부를 테니 아무쪼록 납득이 되실 때까지 얘기해 주세요."

"고마워요."

네르셸 부인은 그렇게 말하고서 대기하던 집사에게 지시해 카인드 군을 불러오라고 했다.

카인드 군은 금방 응접실에 왔다. 먼저 노크 소리가 들리고, 이어서 들어가도 되냐는 목소리가 들렸다.

"어머니, 카인드입니다. 부르셨는지요."

"들어오렴."

"실례하겠습니다. ……읏?!"

카인드 군은 안에 들어와 인사하고 고개를 들었다. 그리고 네르셸 부인의 맞은편에 내가 앉아 있음을 알아차리고서 놀란 표정을 지었다.

"어머니, 왜 아니스피아 님께서 이곳에……?"

"일단 앉으려무나."

네르셸 부인이 착석을 권하자 카인드 군은 당황하면서도 네르셸 부인의 옆자리에 앉았다.

"카인드, 아니스피아 님은 너를 걱정해서 찾아와 주신 거란다."

"아니스피아 님께서……?"

"그…… 야회에서 유피를 신경 쓰는 것 같길래. 하지만 별로 물어보지도 않고 떠났잖아?"

"설마 그걸 신경 쓰시고……? 죄송합니다. 간단히 감정을 들키다니, 부끄러운 모습을 보이고 말았습니다."

"사과할 필요는 없어. 그저 카인드 군과 이것저것 터놓고 얘기하고 싶었을 뿐이니까."

카인드 군은 무슨 말인지 이해할 수 없다는 듯 어리둥절한 모습이었다.

그 표정이 유피와 비슷해서 역시 남매구나 하는 생각이 들었다.

"지금부터 네가 뭐라고 하든 불경죄를 묻지 않을 거야. 내게 생각하는 바가 있다면 전부 말해 줘. 여러 가지로 불안한 것도 있고, 받아들이기 어려운 것도 있지?"

내가 그렇게 말하자 카인드 군은 복잡한 표정으로 입을 다물어 버렸다. 그렇게 한동안 침묵한 후, 천천히 입을 열었다.

"……불경죄를 묻지 않으신다고 하니 본심을 말씀드리겠는데, 솔직히 무척 불안합니다. 특히 왕가가 누님을 어떻게 하고 싶은 것인지 저는 이해할 수가 없습니다."

"그건…… 그렇겠지."

"왕가 쪽에서 먼저 누님을 약혼자로 원했었습니다. 그랬는데 누님이 아르가르드 전 왕자에게 당한 일은 지금도 믿을 수가 없습니다."

거기까지 말하고서 카인드 군은 크게 한숨을 쉬고 고개를 저었다.

"그러다 갑자기 이단 취급을 받던 아니스피아 전하의 연구 조수가 되고, 끝내는 정령 계약자가 되더니, 왕가에 양자로 들어가 그대로 왕이 되다니요? 당장은 도저히 이해할 수가 없습니다."

"아~ 응…….. 옆에서 보면 진짜 당황스럽겠지……."

"누님이 스스로 택한 길이라는 건 물론 저도 알고 있습니다. 그렇다면 제가 옆에서 뭐라고 참견할 일은 아니겠죠. 하지만 너무 갑작스럽게 관계가 달라져서 어떻게 대하면 좋을지……."

카인드 군은 정말 난감하고 막막하다는 듯 눈썹을 찡그렸다. 들으면 들을수록 귀가 따갑다고 할지, 남들 눈에는 그렇게 보여도 별수 없는 일이었다.

"당황스러운 건 당연해……."

"배려 감사드립니다. ……솔직히 말해서 왕족에게 화도 났습니다."

"응……."

"하지만 화내고 있을 만한 상황도 아니게 되었고, 그런 탓에 누님…… 아니, 유필리아 여왕 폐하를 어떻게 대하면 좋을지 알 수 없어졌습니다."

카인드 군의 눈은 곤혹스러운 걸 넘어 득도한 사람처럼

아득했다. 그 표정을 보니 겸연쩍고 무안해서 떨떠름한 표정을 지을 수밖에 없었다.

"……그리고."

"더, 더 있어?"

"누님의 몸은 정말로 괜찮은 겁니까? 이게 가장 불안합니다. 정령 계약자가 어떤 존재인지는 들었습니다. 앞으로 누님이 겪을 미래에 관해서도요."

표정이 어두워진 카인드 군이 맞잡은 손을 바라보았다. 근심스러워하는 그 표정을 보고 나는 이번에야말로 아무런 말도 할 수 없게 되었다.

"정령이 된다는 게 어떤 것인지 저는 모르겠습니다. 점차 사람이 아닌 존재가 되는 것은…… 어떤 기분일까요?"

"……카인드 군."

"저는 나중에 모든 것을 알았습니다. 어쩔 수 없는 일이었다는 건 압니다. 하지만 너무나도 갑작스럽게 정령 계약자가 되어 버린 누님을, 왕이 된 그 사람을 어떻게 받아들이면 좋을까요……?"

망설이듯, 탄식하듯. ─카인드 군은 이곳이 아닌 어딘가를 바라보며 그렇게 말했다.

"누님이 한없이 멀리 가 버려서, 가족의 연도 끊어 버려서. 어쩌면 누님은 가족을 잊어버리고 싶었는지도 모른다는 생각도 들었습니다."

"유피는…… 그런 생각 안 해."

"그래도 누님은 왕가를, 그리고 당신을 택했어요. 약혼을 파기당하고 누님은 상처받았을 거예요. 그런데도 왕가에 이바지하려는 누님을, 인간이 아닌 존재가 되면서까지 그러는 것을…… 저는 이해할 수 없어요."

카인드 군은 깍지 끼었던 손을 풀고 이마로 흘러내린 앞머리를 쓸어 올렸다. 말투가 조금 편해져서 진솔한 모습이라는 느낌이 들었다.

"누님이 어째서 그런 선택을 했는지, 저는 전혀 이해할 수 없어요. 그렇게 된 원인인 당신도 탐탁지 않게 여기고 있을지도 모르죠."

"……나를 탐탁지 않게 여기는 건 자연스러운 일이야."

"하지만 저는 신하입니다. 그런 감정을 품어서는 안 되고, 설령 품었더라도 들켜선 안 됐습니다. 제가 미숙하여 아니스피아 님에게 심려를 끼치고 말았습니다."

"카인드 군. ……내 얘기도 들어 줄래?"

나는 최대한 온화한 목소리로 카인드 군을 불렀다. 카인드 군은 아래를 보던 눈을 들어, 나와 시선을 맞췄다.

그 강한 눈빛은 마젠타 공작가의 공통된 특징인 것 같았다. 역시 카인드 군은 유피의 동생이다. 설령 그 관계가 달라져 버렸어도.

"유피가 지금의 길을 택하게 만든 사람은 나야. 나는 유피

덕을 보고 있고, 유피를 둘도 없는 소중한 사람이라고 생각해. 하지만 사실은 좀 더 온건하게 해결할 길도 있었을 거야. 유피가 정령 계약을 할 필요도, 마젠타 공작가와 절연할 필요도 없었을지 몰라."

"아니스피아 전하, 그건……."

카인드 군이 뭔가 말하려고 했지만 나는 손을 들어 제지하고 계속 이야기했다.

"물론 유피의 선택은 오로지 유피 거야. 그걸 내가 미안하게 여기는 건 주제넘은 짓이지. 내가 미안하게 여겨야 할 것은 유피가 커다란 선택을 해야만 하는 상황을 초래한 거야. 좀 더 왕족으로서 이 나라와 진지하게 마주했다면 좋았을지도 몰라. 내 행동과 태도가 지금의 상황을 초래한 원인 중 하나인 건 틀림없으니까."

왕족으로서 이 나라와 마주하는 것. 나는 그 길을 택하지 않았다. 내 선택으로 인해 일어난 사태를 유피가 대신 수습해 주고 있는 것과 같았다.

그렇기에 유피에게 전부 맡기는 짓만큼은 절대로 하고 싶지 않았다.

"이런 상황을 초래하고, 카인드 군을 심란하게 하는 원인을 만든 내가 이런 말을 하는 건 이상할지도 모르지만, 유피를 포기하지 않으면 좋겠어."

"포기하지 말라고요……?"

"내 욕심이라는 건 알아. 겉으로는 남매처럼 지낼 수 없어도, 그래도 나는 카인드 군이 유피와 가족으로 있었으면 해. 카인드 군뿐만 아니라 그란츠 공과 네르셀 부인도."

나는 카인드 군을 똑바로 바라보며 기도하는 마음으로 말했다.

"나는 유피를 정령 계약자로 만들고 많은 것을 버리게 했어. 책임도 느끼지만, 다른 무엇보다도 나는 유피가 행복해졌으면 해."

그런 점에서 그란츠 공은 능숙하게 행동했다. 아버지로서가 아니라 신하로서 마주하면서도 속으로는 유피의 성장을 몰래 기뻐했다.

네르셀 부인도 그릇이 큰지 그저 모든 것을 있는 그대로 받아들이고 있는 것 같았다.

그런 가운데, 아직 어린 카인드 군에게 전부 이해하라고 하는 것은 어려운 일일지도 모른다. 설령 그래야 하는 입장이더라도 말이다.

"모든 것을 원래대로 되돌리는 건 불가능하고, 없던 일로 만들 수도 없어."

과거는 바꿀 수 없다. 하지만 앞으로 펼쳐질 미래는 아직 정해지지 않았다. 나 혼자만의 힘으로는 내가 바라는 미래를 절대 거머쥘 수 없다.

그러니 이번에야말로 여러 사람과 마주하고 싶다. 내 생각을 전하기 위해서도.

"그러니까 카인드 군은 앞으로도 유피를 누나로 여겨도 되고, 그 연결 고리가 끊어지지 않도록 나도 배려할 거야. 카인드 군이 느끼는 분노와 불만은 전부 내가 받을 테니까."

카인드 군은 아무 말도 하지 않고 굳은 표정으로 나를 바라보았다. 나는 그 강렬한 시선을 외면하지 않고 카인드 군을 마주 보았다.

얼마나 그렇게 침묵하고 있었을까. 카인드 군이 내 끈기에 졌다는 듯 시선을 피하고서 깊이 한숨을 쉬었다.

"솔직히 말해서 저는 아니스피아 님을 좋게 여기지 않아요. 거북하다는 생각조차 들어요. 당신을 위해 누님이 큰 결단을 한 것도 납득할 수 없어요."

"납득해 달라고는 할 수 없지. 그렇게 여기더라도 별수 없는 짓을 한 건 사실이니까. 그래도 나는 앞으로도 유피와 함께 걸어가고 싶어. 내게 유피는 세상에서 가장 소중한 사람이니까. 유피에게 많은 짐을 지우고 말았지만, 그렇기에 유피의 마음에 부응하여 행복하게 만들어 주고 싶어."

"……욕심쟁이시군요."

"자주 듣는 말이야."

내가 미소 지으며 대답하자 카인드 군도 곤란한 듯 눈썹을 찡그리며 쓴웃음을 지었다.

"이번에야말로 제대로 미래를 책임지고 싶어. 앞으로 유피가 슬퍼할 일이나 괴로워할 일이 일어나지 않도록. 유피가 쭉 행복하게 지내도록. 그게 유피의 마음에 보답할 수 있는 내 성의라고 생각해. 그리고 내가 생각하는 행복에는 마젠타 공작가 사람들도 포함되거든."

"……알겠어요. 하지만 누님이 정말로 어떻게 생각하고 있는지 저는 알 수 없는지라."

"그렇다면 내가 유피의 말을 전할게. 직접 얘기할 수는 없어도 서로의 마음이 통하도록 내가 이을게."

카인드 군은 내 말을 듣고 뭔가를 참듯 눈을 감았다. 그렇게 침묵하다가 천천히 숨을 내뱉었다.

그 후, 카인드 군은 부드럽게 미소 지었다. 어쩔 수 없다는 듯 살짝 눈썹을 찡그리고서 말했다.

"……역시 저는 당신이 불편해요. 아니스피아 님."

"그건 미안. 나는 카인드 군을 싫어할 수 없을 것 같지만."

"저는 어떻게 여기셔도 좋습니다. ……그럼 바로 아니스피아 전하에게 드리고 싶은 부탁이 있습니다."

"좋아. 가능한 범위에서 이루어 줄게."

"―누님을, 아무쪼록 잘 부탁드립니다."

나는 무심코 숨을 삼키고 말았다. 한없이 올곧은 그 말은 애정이 담긴 소원 그 자체였으니까.

"앞으로 정령 계약자로서 막막한 길을 걸어갈 그 사람을, 반드시 행복하게 만들어 주세요. 그게 제 소원이에요."

"······알았어. 반드시 그 소원을 들어줄게. 정령에게 맹세할게."

이건 절대 소홀이 여겨선 안 되는 소원이다. 그래서 나는 마음을 담아 카인드 군에게 대답했다.

내 대답을 들은 카인드 군은 진심으로 안심한 듯 미소 지었다. 나이에 걸맞게 조금 앳된 표정이었다.

*　*　*

"―아니스? 마젠타 공작가에 다녀왔다던데 어떻게 된 거죠?"

마젠타 공작가에 다녀온 날 밤, 정무를 마치고 별궁으로 돌아온 유피가 눈썹을 살짝 찡그리고서 물었다. 아, 조금 화나셨군요?

"으음, 말 안 해서 미안해. 하지만 아무런 문제도 없었으니까 걱정하지 마."

"······이유를 설명해 주세요."

"얼마 전에 참석한 야회에서 카인드 군을 만났는데, 유피를 걱정하는 것 같았거든. 그렇다면 확실하게 얘기하는 편이 좋을 것 같아서······ 여러모로······."

그러자 유피의 미간에 잡힌 주름이 더 깊어졌다. 유피는 머리가 아프다는 듯 이마를 짚으며 깊이 한숨을 쉬었다.

"그래서 일부러 동생을 위해······?"

"응. 카인드 군이 정말로 유피를 걱정했으니까. 그래서 유피는 괜찮다고 전하고, 카인드 군이 전하고 싶은 말이 있다면 내가 유피에게 전해 주겠다고 약속하고 왔어. 그러니까 유피도 뭔가 전하고 싶은 말이 있다면 내가 전할 테니까 말해 줘. ……혹시 오지랖이었을까?"

"……오지랖은 아니지만, 저는 표면상 친가와 절연한 것처럼 행동해야 해요. 카인드도 그건 이해하고 있는 줄 알았는데……."

"이해한다고 해서 감정까지 전부 없앨 수 있는 건 아니잖아?"

"……그건, 그렇지만."

"나는 얘기하길 잘했다고 생각해. 확실히 유피와 마젠타 공작가의 연은 끊어져 버렸지만, 그래도 가족으로 여기는 건 좋은 일이니까. 그리고 유피는 공사를 혼동하지 않잖아?"

"혼동하지 않지만……."

"그럼 친하게 지낼 수 있다면 그러는 게 좋아. 그러기 어려운 입장이어도, 장애물이 있어도, 우리처럼 될 필요는 없으니까."

내가 말해 놓고 누군가의 모습을 떠올려 버려서 나는 눈을 내리깔았다.

나는 카인드 군에게— 아르 군의 모습을 겹쳐 본 것일지도 모른다.

그래서 입장이 달라져 멀어지려고 하는 유피와 카인드 군을 보고 가만있을 수 없었던 걸지도 모른다.

"아니스…… 그, 미안해요. 아니스의 마음도 생각하지 않고서 저는……."

그러자 유피가 미안해 죽겠다는 표정이 되었다.

그녀의 표정을 알아차린 나는 당황하여 허둥지둥 양손을 내저었다.

"미, 미안! 딱히 비꼰 건 아니야! 그 왜, 유피는 카인드 군과 만나고자 하면 몰래 가든 어쩌든 방법이 있잖아?"

"……그건, 그렇지만."

"서로 아끼는데 엇갈리는 건 슬픈 일이야. 그러니까 내가 중개하겠다는 거고…… 아아, 진짜, 무슨 말을 해도 안 되겠다. 미안……."

점점 의기소침해지듯 유피의 표정이 어두워졌다. 나도 어떻게든 이야기를 긍정적인 방향으로 돌리려고 했지만 무슨 말을 해도 역효과만 날 것 같았다.

돌이켜 보면 아르 군이 왕도에서 변방으로 떠나고 1년 가까이 지났다. 그런데도 나는 여전히 마음의 정리가 안 된 걸지도 모른다.

그렇게 생각하고 있으니 유피가 내 등에 팔을 두르고 다정하게 껴안았다.

"알고 있어요. 알고 있으니까 사과하지 마세요. 아니스가 사과하면 저도 사과하고 싶어져요."

"……응."

"카인드와는 기회를 봐서 얘기해 볼게요."

"응."

"아니스가 말한 대로 저희는 대화할 기회를 가질 수 있어요. 설령 절연했어도 카인드를 동생으로 여기고 있고, 차기 마젠타 공작으로서 훌륭하게 컸으면 해요. 그리고 앞으로 제 치세를 도와주면 좋겠어요."

"그러는 편이 훨씬 좋아. 왜냐하면…… 남매니까."

등에 올려진 유피의 손이 살짝 떨렸다. 하지만 꼭 말하고 싶었다.

유피는 나처럼 되지 않았으면 좋겠다. 이유라고는 그게 다였다. 그러니 오늘은 유피의 어리광을 잔뜩 받아 주고 싶다.

……사실은 그 아이의 어리광도 받아 주고 싶었다. 그런 내 생각을 알았는지 유피는 순순히 몸을 맡겼다.

정말로 유피는 귀한 사람이다. 믿음직스럽다. 너무 믿음직스러워서 그대로 무심코 기대고 싶어질 정도다.

'─아르 군. 너는…… 지금 뭐 하고 있을까?'

먼 곳으로 떠나 버린 그 아이는 어떤 마음으로 하루하루를 보내고 있을까?

2장 그거, 신혼여행 아니야?!

내가 마젠타 공작가를 방문하고 몇 주가 지난 어느 날.

나는 왕성으로 와 달라는 유피의 연락을 받고 하르피스, 갓군과 함께 왕성의 집무실로 갔다.

아바마마의 집무실이었던 곳은 이제 유피의 집무실이 되어 있었다. 예전에 아바마마가 앉았던 자리에 앉은 유피가 염반을 사용해 서류를 작성하고 있었다.

<small>소트 보드</small>

그 옆에 레이니가 시립해 있었다. 완전히 유피의 비서가 다 된 모습이었다.

그 외에도 집무실에는 유피를 보좌하여 정무를 돕는 아바마마와 어마마마, 그리고 어째선지 스프라우트 기사단장까지 있었다.

우리가 입실하자 스프라우트 기사단장이 웃으며 다가왔다.

"가크, 일은 잘 하고 있는 모양이군."

"네! 스프라우트 기사단장님도 건강해 보이셔서 다행입니다!"

"하하하! 그렇게 뻣뻣하게 굴 필요 없어."

스프라우트 기사단장은 갓군의 어깨를 가볍게 두드리며 산뜻하게 말했다.

온화한 분위기였지만, 아바마마가 분위기를 환기하듯 작

위적으로 헛기침했다.

"아니스, 그리고 하르피스 양과 가크 군이라고 했지. 잘 왔다."

"아바마마, 이 모임은 대체……?"

"그걸 설명하려고 오시라고 한 거예요. 일단 편히 앉으세요."

유피가 미소 지으며 말했다. 스프라우트 기사단장이 있는 걸 보면 기사단과 관련해서 뭔가 움직임이 있는 걸까? 그렇게 생각하며 소파에 앉았다. 모두 앉은 것을 확인한 유피가 이야기를 꺼냈다.

"이건 예전부터 계획한 일인데, 마침내 움직일 수 있을 것 같아서 아니스에게 협력을 부탁하고 싶어요."

"유피가 협력해 달라고 한다면 뭐든 하겠지만…… 뭔데? 스프라우트 기사단장이 있는 것과 관련 있는 일이야?"

"네. 근위 기사단과도 관련 있는 일이라서요. 아니스가 협력해 줬으면 하는 건 영지 시찰이에요."

"영지 시찰?"

"네. 단순한 시찰이 아니라, 에어드라, 그리고 에어드라를 기반으로 양산 중인 기승형 비행 마도구 시작품의 시험 운용도 겸한 일이에요."

"아아, 에어바이크 말이지? 그렇구나. 그것도 완성됐구나."

유피의 이야기를 듣고 나는 손바닥에 주먹을 올리며 납득했다.

얼마 전에 선보였던 에어드라를 기반으로 비행용 마도구를 양산하려는 계획이 진행 중인 것은 나도 알고 있었다.

나는 설계도를 감수하고 몇 가지 조언을 했을 뿐이지만. 에어드라를 만들며 현장에도 노하우가 축적되었기에 개발은 맡기고 있었다.

형상이 바이크와 비슷해서 에어바이크라는 이름이 떠올랐고 그게 정착되어서 에어드라의 양산품은 에어바이크라고 불리게 되었다는 에피소드가 있기도 한데, 그건 넘어가자.

"시찰은 저와 아니스, 그리고 에어바이크를 사용할 호위 기사 몇 명과 시중들 사람이 함께 갈 예정이에요. 비행용 마도구를 사용하면 얼마나 효율적으로 시찰할 수 있는지, 그 검증도 포함된 일이니까요."

"에어드라와 에어바이크를 쓴다면 이동 시간은 상당히 단축할 수 있겠네."

"네. 이번 시찰은 팔레티아 왕국의 동부로 갈 예정이에요."

"동부로?"

유피는 팔레티아 왕국의 지도를 꺼내며 그렇게 말했다.

팔레티아 왕국의 영토는 대부분이 평원이고, 북단에서 동단으로 산맥이 이어져 있다. 남단에는 바다. 그리고 서쪽에는 이웃 나라와의 국경선이 그어져 있었다.

"팔레티아 왕국의 영토 중에서도 특히 정비가 잘 되어 있는 곳은 북부와 서부예요. 북부는 산맥의 기슭에 있는 검은 숲을 개척하여 마물을 솎아내기 위해. 서부는 타국과의 국경선이 있어서 방위를 위해 개척을 서둘렀어요."

"북부와 서부가 안정되면서 동부와 남부도 개척하려는 움직임이 있었지만, 남부는 바다를 넘지 못하고 일진일퇴가 이어져서 개척이 지지부진한 상황이에요."

"바다는 성가시니까. 바다 자체도 그렇고, 바다에 사는 마물도……."

레이니가 유피의 설명을 보충했다. 그 내용을 듣고 나는 팔짱을 끼며 고개를 끄덕이고 말았다.

해변에서는 아무래도 수생 마물이 압도적으로 유리하다. 그래도 소금을 비롯한 해산 자원은 확보하고 싶었다. 그렇기에 남부는 일진일퇴 상황이어도 개척을 진행하려 하고 있었다.

"그리고 동부는 지금까지 별로 주목받지 못했어요."

"뭐, 시골이라고 할까, 변방 취급이니까요……."

갓군이 불평하듯 중얼거렸다. 그 말을 들었는지 유피가 갓군을 보며 고개를 끄덕였다.

"그렇죠. 가크의 집안인 램프 남작가는 동부에 영지가 있는 귀족이던가요?"

"맞습니다. 아, 딱히 지금껏 그런 취급을 받은 것에 불만이 있다는 건 아니었습니다!"

"네, 알고 있어요. 어디까지나 현재 상황을 확인하기 위해 얘기하고 있는 거니까요."

북부와 마찬가지로 산맥과 숲이 있다는 점에서 조건이 같지만, 동부보다는 서부와 북부의 개척이 우선되었다.

동부 귀족은 국경으로 마물이 유입되지 않도록 하는 방파제 역할을 맡아서, 현상 유지를 위해 귀족과 기사단을 배치하고 있었다.

"현재 동부는 산맥 기슭의 숲 바로 앞까지 인간의 영역을 넓혔어요. 하지만 북쪽에 있는 검은 숲과 비교하면 자원지로 쓰기에는 정비가 부족한 상황이에요."

"그럼 동부 시찰은 앞으로 자원지로 개척하기 위한 사전 조사야?"

내가 묻자 유피는 고개를 끄덕여 긍정했다.

확실히 현상 유지만으로도 벅찬 동부는 북부와 조건이 비슷해도 자원지로서 전혀 활용되지 않고 있었다.

그런 동부를 개척하면 정령 자원을 더 많이 획득할 수 있다.

"아, 그럼 혹시 저를 부르신 것도……."

"안 그래도 가크에게는 호위를 부탁드렸지만, 동부 출신인 분이 있으면 좋으니까요."

유피는 미소 지으며 갓군에게 말했다. 그리고 한 박자 쉬고서 표정을 다잡았다.

"마도구 보급을 생각하면 앞으로 정령석 수요가 많아질 거예요. 그렇지만 검은 숲을 비롯해 현재 자원지로 이용하는 곳을 더 개척하는 건 위험성이 커요."

"안쪽으로 갈수록 강력한 마물과 조우할 가능성이 급상승하니 말이지……."

"특히나 검은 숲에 관해서는 자세히 아는 사람에게 정보를 받았거든요. 개척은 현실적이지 않다는 결론이 나왔어요."

"자세히 아는 사람? 현지인?"

"현지인이라고 할 수도 있는데…… 류미예요."

"아아, 류미가 말했다면 확실한 정보겠네."

류미는 오랜 세월을 산 정령 계약자다. 지금은 왕도에 체재 중이고 신출귀몰하지만, 원래 검은 숲에서 은거했었다.

그런 류미에게 정보를 받은 유피가 개척이 어렵다고 판단했다면 틀림없을 것이다.

"그래서 동부를 개척할 생각인 거구나?"

"네. 그리고 저는 동부 사정에 어두우니 이것도 좋은 기회일 것 같았어요."

"동부 사정……."

유피의 말을 듣고 갓군이 뭐라 말할 수 없는 표정으로 팔짱을 꼈다. 나는 동부의 사정을 그런대로 알고 있기에 쓴웃음을 짓고 말았다.

"옛날부터 동부는 아무튼 힘이 센 사람이 많은 영토라는 말을 들었지."

"정치를 어려워하는 거친 자들이 추방돼서 그렇다는 악평도 나돌았죠."

"으엑, 어, 어마마마……."

"사실이에요. 좋게 말하면 용맹하고 강건하다는 것이지만, 무엇보다도 마물과 싸우는 실력을 최고로 치는 것이 동부 귀족이에요."

어마마마가 천연덕스럽게 말해서 나는 어색한 표정을 짓고 말았다. 말은 그렇게 하면서도 어마마마의 표정은 어두웠다. 이유는 간단했다. 어마마마가 동부 귀족 출신이기 때문이다.

"싸움 실력이야말로 동부 귀족의 긍지였어요. 타국의 침략을 막기 위한 서쪽의 방비도 중요하지만, 동쪽을 지키지 않으면 마물에게 유린당해요."

거기까지 말하고서 어마마마는 깊이 한숨을 쉬었다.

"자신들이 나라를 지키고 있다는 커다란 긍지가 쿠데타로 이어진 거겠죠……."

"그건 동부 귀족만의 잘못은 아니었어. 애초에 쿠데타가 일어난 계기는 마법으로 약탈을 벌인 도적단 때문이야. 그 도적단이 생긴 원인에 귀족이 간접적인 영향을 줬다고 생각하면 얘기가 복잡해지지만……."

어마마마의 쓸쓸한 중얼거림을 듣고 아바마마가 욱한 얼굴로 대꾸했다.

귀족과 평민의 장벽이 사라져 버렸으니 마법을 이용한 약탈이 일어나는 건 피할 수 없는 사건이었다.

그 탓에 전전대 국왕인 우리 할아버지가 공적에 따라 평민을 귀족으로 만드는 정책을 결정했고, 그것이 왕태자의 반발을 부르고 말았다.

그렇게 쿠데타가 촉발되어 왕위 찬탈이 일어난 것은 아바마마에게 대단히 유감스러운 일이었으리라.

이 얘기가 나오면 어마마마의 표정이 어두워지는 것도 별수 없었다.

지금은 미들 네임에만 남아 있는 어마마마의 친가, 메이즈 후작가는 당시 동부에서 필두 귀족이었고, 쿠데타의 중심에 있던 대귀족이었으니까.

정쟁에 패한 후, 메이즈 후작가는 어마마마만 빼고 숙청되었다.

'새삼 드는 생각인데…… 아바마마와 어마마마의 연애도 파란만장했을 거야.'

쿠데타를 종식시킨 정통 왕족과 반란에 가담했던 대귀족의 딸이다. 아무리 어마마마가 아바마마 편이 되어 성과를 올렸더라도 당시 어마마마에 대한 비난은 거셌을 것이다.

두 사람이 어떻게 만났는지 들어 보고 싶지만, 그건 다음 기회로 미루자.

"하지만 동부는 정말로 손해만 보고 있고, 취급도 딱하단 말이지……."

"쿠데타 후에 재편할 때도 이런저런 일이 있었으니까요……."

쿠데타에 가담한 가문의 숙청과 가주 교대 등 대규모로 세력을 재편하면서 영지도 재분배되었다.

그런 인상이 있는 탓에 동부 귀족의 평가는 좋지 않았다. 과거에 무슨 일이 있었는지 갓군이 콧방귀를 뀌었다.

"동부 출신이란 이유만으로 비웃는 녀석이 학원에도 한두 명은 있으니까……."

"하지만 앞으로는 동부를 무시할 수 없을 거예요."

분위기를 일신하듯 유피가 진지한 얼굴로 말했다.

"아직 개척되지 않았다는 건, 조건이 비슷한 북쪽의 검은 숲과 맞먹는 규모의 자원이 잠들어 있을 가능성이 크다는 거예요. 마학과 마도구의 발전으로 지금보다 더 정령석 수요가 많아질 걸 생각하면, 동부 개척은 반드시 해야 합니다."

"무슨 얘기인지는 알겠지만…… 그렇게 적은 인원으로 시찰을 가도 괜찮은 걸까요?"

하르피스가 불안한 얼굴로 질문을 던졌다. 그 걱정은 타당했다. 예전의 나였다면 가고 싶은 곳으로 혼자 마음껏 날아갔겠지만, 지금은 그런 나에게도 입장이 있다. 유피에 이르러서는 여왕님이다. 유피의 실력이라면 만일의 사태가 일어나지는 않겠지만, 그래도 걱정되는 건 당연했다.

그 우려는 유피도 이해하는지 살짝 쓴웃음을 지으며 입을 열었다.

"제 입으로 말하기도 뭐하지만, 솔직히 말해서 저와 아니스가 있으면 전력 면은 문제없을 거예요. 역시 저희만 가는 건 체면이 안 서니까 호위 기사와 시중들 사람도 데려가겠지만요."

"그래서 갓군이랑 하르피스도 부른 거야?"

"네. 하르피스와 가크는 그대로 호위 기사로, 일리아와 레이니는 시녀로 데려갈 생각이에요."

유피에게 호명된 갓군이 등을 곧게 펴고 표정을 다잡았다.

하르피스는 약간의 기대와 불안이 섞인 듯한 표정을 지으며 손을 들었다.

"저기, 그러면 에어바이크는 각자 운전하는 건가요……?"

"수가 한정되어 있기에 기본적으로 둘이서 한 대를 타고 갈 예정이에요."

"에어드라는 나랑 유피가 쓸 테고. 일리아, 레이니, 하르피스, 갓군까지 네 명이니까 이 시점에 필요한 건 두 대인가? 에어바이크 시작품은 몇 대 만들어졌어?"

"세 대요. 하지만 남은 한 대는 한 명이 타게 하려고요. 혹시 문제가 생겼을 때 단독으로 연락병이 되어야 할 수도 있으니까요."

"그럼 앞으로 한 명 더 호위 기사를 데려가겠네. 그게 혹시 스프라우트 기사단장이야?"

"아닙니다. 저는 근위 기사단을 아우르는 역할이 있으니까요. 그래서 근위 기사단에서 호위 기사를 한 명 데려가셨으면 하는데…….”

거기까지 말한 스프라우트 기사단장은 조금 난처한 듯 웃었다. 왜 그런 표정을 짓나 싶어서 의아하게 여기고 있으니 유피가 진지한 얼굴로 입을 열었다.

“호위 기사로 데려가고 싶은 사람이 한 명 있는데, 아니스의 의견도 듣고 싶어요.”

“어? 누군데? 나도 아는 사람이야?”

“제가 호위 기사로 데려가고 싶은 사람은 나블 스프라우트예요.”

“……뭐?! 나블 군을?!”

나는 깜짝 놀라 외치고서 스프라우트 기사단장을 보았다.

나블 군은 스프라우트 기사단장의 아들이다. 그리고 약혼 파기 소동 때 아르 군과 함께 유피를 규탄한 사람이었다.

설마 그런 경위가 있는 사람을 호위 기사로 데려갈 거라고 할 줄은 몰랐기에 나는 그저 눈을 동그랗게 뜨고 말았다.

스프라우트 기사단장도 뭐라 말할 수 없는 쓴웃음을 지으며 어깨를 으쓱였다.

“부모로서가 아니라 객관적으로 봐도 나블은 그 이후로 개심하여 기사로서 힘쓰고 있습니다. 그래도 이런 중요한 임무에 발탁해도 괜찮을지 고민이지만…….”

“나는 딱히 나블 군한테 유감이 있지는 않지만…… 레이니는 괜찮아?"

먼저 레이니가 걱정됐다. 유피는 본인 입으로 말을 꺼냈으니 괜찮다고 하더라도, 레이니와 나블 군의 관계는 여러 가지로 복잡했을 터다.

"저는 괜찮아요. 그 이후로 저도 조금이나마 성장했고요. 그리고 여러 가지로 떨쳐 내고 싶다는 마음도 있어요. 저도 그렇고, 아마 나블 님도······."

레이니는 살짝 근심 어린 미소를 지었으나 눈은 확실하게 나를 보고 있었다.

레이니가 본인의 의지로 정했다면 내가 할 말은 아무것도 없지만······.

"저는 앞으로도 스프라우트 기사단장이 제 밑에서 기사단을 지휘해 줬으면 해요. 그러기 위해서도 나블 스프라우트와의 응어리를 청산해 두고 싶어요."

"유피가 나블 군을 호위 기사로 지명함으로써 과거를 정리하겠다는 거야?"

내가 확인하자 유피는 고개를 끄덕였다.

나블 군도 악의가 있어서 약혼 파기를 거든 것은 아니었고, 레이니의 무자각 매료에 당한 피해자였다.

레이니의 매료뿐만 아니라 소동이 벌어지게 만든 원인을 제공한 유피에게도 과실이 있었다고 본인이 인정했고, 게다가 나라의 인습 등도 얽혀 있었다.

이렇게 하나하나 풀어 보면 그 약혼 파기 소동은 복잡하게 얽힌 문제란 말이지. 그렇기에 지금도 소동의 영향이 남아 있다.

그 영향을 깔끔하게 해결해 두고 싶다. 당사자들도 괜찮다고 한다면 내가 이래라저래라 할 일은 아니었다.

"알았어. 그럼 나블 군을 호위 기사로 지명하자."

"알겠습니다. 그럼 확실하게 책무를 다하라고 본인에게 전해 두겠습니다."

내가 결론을 내자 스프라우트 기사단장이 깊이 머리를 숙였다.

그 머리가 규범보다도 조금 더 깊이 숙어진 것처럼 보인 것은 스프라우트 기사단장의 부성애 때문일지도 모른다.

그나저나 비행용 마도구를 이용한 시찰인가.

모험가로 활동했을 때는 나도 자유롭게 날아다녔지만, 비행용 마도구가 왕족의 정식 시찰에 이용된다고 하니 기분이 이상하다.

'유피와 시찰하러 가는 건가……. 어라? 이거 혹시 사실상 신혼여행 아니야?'

유피와 함께 여행을 간다. 그리고 요전번에 왕위를 계승할 때, 유피는 실질적으로 나를 연인으로 소개했다. 신혼여행이라고 생각해도 별수 없지 않은가.

유피와 신혼여행을 간다고 생각하니 단숨에 얼굴로 열이

모였다. 곧장 손으로 얼굴을 가려서 무마했다.

'어? 어, 어쩌지…… 단숨에 부끄러워졌어……!'

어떻게든 열을 내리려고 뺨을 만져 보기도 했지만, 오히려 뺨의 열기만 자각하게 되어서 몸부림치고 말았다.

"……아니스? 듣고 있나요?"

"앗, 넵?!"

"……왜 그래요?"

"어? 아, 아니, 그게……."

"……아니스피아?"

그렇게 들떠 있느라 이야기를 흘려듣고 말았다.

이후, 진지하게 듣지 않았다며 분노의 화신이 된 어마마마에게 설교를 들은 것은 말할 필요도 없다.

* * *

시찰에 데려갈 호위 기사로 나블 군을 지명하기로 하고 며칠 후, 나는 근위 기사단의 훈련장을 찾았다.

갓군은 호위 기사로서 늘 나를 수행해 주지만, 당연히 그에게도 휴일이 있었다.

그 휴일조차 갓군은 훈련하는 데 보내고 있었다. 그 얘기를 듣고 피로는 풀고 있는지 신경 쓰였지만, 무리하지는 않는다고 본인이 말했다.

그렇게 휴일을 어떻게 보내는지 이야기하다가, 갓군이 휴일에 참가하는 훈련에서 나블 군의 모습도 자주 보인다는 이야기를 들은 것이다.

갓군도 나블 군과는 교류가 있는 모양이었는데, 스프라우트 기사단장의 아들이란 점을 빼고 보더라도 장래성이 느껴질 만큼 실력이 있다고 했다.

하지만 나블 군은 예전에 아르 군의 측근 후보로서 곁에 있을 때 저지른 실수가 있기에 엄격한 시선을 받는 듯했다. 그에 지지 않고 본인도 노력해서 시선도 다소 유해진 모양이지만, 그래도 아직 완전하지는 않았다.

유피도 그런 상황을 알기에, 나블 군과 화해했음을 알리기 위해서도 호위 기사로 데려가기로 한 걸지도 모른다.

하지만 유피에게 화해할 의지가 있어도 나블 군은 어떨까? 기사니까 명령을 거부하지는 않을 것이다. 그러나 속마음까지는 알 길이 없었다.

저번에 나와 만났을 때, 나블 군은 자신의 행동을 반성하는 것처럼 보였다. 지금 그는 어떤 마음일지 신경 쓰였다. 휴일 훈련에 나블 군이 참가한다면 그 모습을 엿볼 수 없을까 싶어서 훈련장에 온 것이다.

"나블 군은…… 아, 있다."

기사들의 눈에 띄지 않게 조심하며 나블 군의 모습을 찾으니 마침 모의 시합 중이었다.

나블 군은 저번에 봤을 때보다도 키가 크고 몸도 탄탄해진 것 같았다.

자신보다 나이가 많은 기사와 시합하면서도 뒤처지지 않고 예리한 일격을 가했다. 오히려 나블 군이 우세한 것 같았다. 견디지 못하고 한 발짝 물러나려고 한 상대의 틈을 노려 나블 군이 세게 휘두른 검이 상대의 검을 튕겨 허공으로 날렸다.

상대 기사가 분한 듯 하늘을 올려다본 후, 서로 인사하며 모의 시합은 끝났다.

숨을 고른 나블 군은 그대로 조금 떨어진 곳에서 쉬지도 않고 검을 휘두르기 시작했다.

그런 나블 군을 멀찍이서 보며 뭐라고 숙덕거리는 무리가 있는 것이 보였다.

"아~ 과연…… 이렇게 돌아가고 있는 거구나."

"아, 정말로 오셨군요. 아니스 님."

"갓군, 수고 많아."

나를 알아차린 갓군이 이쪽으로 뛰어왔다. 그리고 내 시선 끝에 나블 군이 있는 것을 보고 쓴웃음을 지었다.

"아~ 혹시 보셨나요?"

"나블 군이 따돌림당하는 거?"

"보셨군요……. 뭐, 시비를 거는 건 아니라서 내버려 두고 있지만, 나블 님도 주눅 들지 않는다고 할까요. 아무튼 훈련에 몰두해서 말을 걸기 어려운 면이 있거든요. 선배 기사 몇 명이 신경 써 주고 있고, 그 사람들과는 대화도 나누지만……."

"으음~ 지금 같은 환경이면 좋지는 않지……."

"연계도 그렇고, 분위기도 그렇고, 개선될 수 있다면 그게 가장 좋기는 하죠."

갓군이 가볍게 어깨를 으쓱이며 말했다. 나는 검을 휘두르는 나블 군을 한동안 바라보다가 결심하고서 다가갔다.

"안녕, 나블 군. 오랜만이야."

"헉, 아니스피아 전하……?!"

휘두르던 검을 멈춘 나블 군은 왜 내가 여기 있냐는 듯 눈을 동그랗게 떴다가 허둥지둥 인사했다.

"됐어, 편히 대해. 오랜만이야. 잘 지냈어?"

"……자신을 돌아보고 기사로서 다시 단련하고 있습니다."

나블 군은 등을 곧게 펴고 뒷짐 진 자세로 딱딱하게 대답했다.

역시 천성은 성실한 아이라고 생각하며 쓴웃음을 짓고 말았다.

"그래? 그건 다행이네. 오늘 여기 온 건 나블 군에게 할 얘기가 있어서야."

"제게, 말입니까……?"

"조만간 스프라우트 기사단장이 정식으로 알리겠지만…… 내가 개발한 비행용 마도구의 시험 비행을 겸하여 유피가 시찰을 나갈 예정이거든. 그 시험 비행과 시찰의 호위 기사로 나블 군이 뽑히게 됐어."

나블 군은 눈을 크게 뜨고 굳어 버렸다. 곤혹스러운지 미간에 잡힌 주름이 더 깊어졌다.

"……제가 유필리아 여왕 폐하의 호위 기사로 뽑혔단 말씀입니까?"

"응."

"왜 제가 뽑힌 겁니까? 외람되오나, 저는 예전에 유필리아 여왕 폐하를……."

"그 탓에 아직 근위 기사단에 융화되지 못하고 있잖아? 하지만 나블 군의 장래를 생각하면 이대로 두기는 아까워. 그래서 화해했다고 알릴 겸 너를 뽑은 거야."

"……그건, 아버지가 유필리아 여왕 폐하께 말씀드린 겁니까?"

나블 군은 벌레 씹은 표정을 짓고서 고뇌 어린 목소리로 중얼거렸다.

이에 내가 고개를 가로젓자 다시 곤혹스러운 표정으로 돌아와 버렸다.

"이건 유피가 꺼낸 얘기야. 레이니도 동행할 예정인데, 나블 군이 호위 기사가 되는 것을 레이니도 납득했어."

"유필리아 여왕님뿐만 아니라 레이니…… 아니, 시안 남작 영애도 말입니까?"

"나블 군과 화해하지 못한 채로 있으면 스프라우트 기사단장과의 관계도 미묘해지잖아? 앞으로도 스프라우트 기사단장이 열심히 일했으면 하니까, 응어리를 해소하기 위해서도 이번 임무가 필요한 거지."

나블 군은 내 말을 듣고 주먹을 움켜쥐며 살짝 고개를 숙였다.

그 표정을 보니 여러 갈등이 나블 군의 가슴속에서 소용돌이치고 있음을 알 수 있었다.

"……만약 나블 군이 생각하기에 도저히 무리라면 내가 유피와 레이니에게 말해 줄게."

"아니스피아 전하……."

"하지만 나는 반성하고 자신을 징계하는 것 말고도 속죄할 방법이 있다고 생각해. 물론 상대가 싫다고 하는데 억지로 속죄하는 건 잘못된 일이지만."

"그러나 제가 호위 기사로 뽑혀도 다른 사람들이 납득하지 못할 겁니다."

"유피가 직접 나블 군을 지명했는데?"

"그건……."

"그런데도 납득하지 못한다면 뭘 하든 받아들이지 못하겠지."

내가 그렇게 지적하자 나블 군이 더욱 인상을 썼다. 이대로 가면 미간에 잡힌 주름이 영영 사라지지 않을 것 같다.

"나블 군은 근위 기사단에 들어왔으니까 싫어도 유피와 접하게 될 거야. 어차피 그럴 거면 지금 화해해 두는 게 너한테도 좋아. 유피와 레이니도 그 일을 털어 내고 전진하고 싶어 하니까, 가능하다면 나블 군이 두 사람의 바람을 들어 줬으면 해."

나블 군은 눈을 감더니 고민하듯 입을 다물어 버렸다.

그렇게 한동안 침묵한 후, 나블 군이 천천히 눈을 뜨며 대답했다.

"정식으로 통달이 오면, 호위 기사로서 힘껏 역할을 다하고 싶습니다."

"응, 고마워."

"……두 분을 직접 뵀을 때 사죄드리고 싶습니다. 아직 직접 사죄드리지 못하여서."

그렇게 말하고 살짝 풀어진 표정을 지은 나블 군은 그 나이 때의 남자아이로 보였다. 나도 나블 군의 대답에 만족스럽게 고개를 끄덕이고 웃음으로 화답했다.

* * *

나블 군과 이야기하고 며칠 후, 시찰 호위 임무가 정식으로 그에게 전달되었다. 시찰하러 가기 전에 서로 얼굴을 익히고 에어바이크 운전도 연습할 겸, 시찰 멤버가 별궁에 모였다.

별궁 응접실. 그곳에 모인 사람은 우선 나, 유피, 레이니, 일리아.

그리고 호위 기사로 동행하는 하르피스와 갓군, 나블 군. 도합 일곱 명이었다.

"이번 시찰에 호위 기사로 동행하게 된 나블 스프라우트입니다! 유필리아 여왕 폐하, 격조하였습니다!"

"오랜만이에요, 스프라우트 백작 영식. 직접 얼굴을 보는 건 그때 이후로 처음인가요?"

나블 군은 긴장한 얼굴로 유피와 마주했다. 반면 유피는 자연스럽게 나블 군을 대하고 있었다.

"그때는 제가 미숙하여 대단히 폐를 끼쳤습니다. 정식으로 사죄드리고 싶습니다. 말려들게 한 시안 남작 영애에게도 이렇게 사죄드립니다."

"……고개 드세요."

깊이 머리를 숙인 나블 군에게 유피가 조용한 목소리로 말했다. 유피는 나블 군이 고개를 든 것을 확인하고 부드럽게 미소 지었다.

"그날 저희는 지금보다도 미숙했고 모르는 것도 많아서 시야가 좁았습니다. 알아차려야 할 것을 알아차리지 못하고 큰 실수를 저지른 것은 저도 마찬가지입니다."

"유필리아 여왕 폐하……."

"저는 앞으로 왕으로서 이 나라를 이끌기 위해 성장해야 합니다. 이전의 실수를 밑거름 삼아 앞으로 나아가기 위해. 그리고 함께 나라를 이끌 유망한 이들도 똑같이 성장했으면 합니다. 그러니 저는 당신을 용서하고 싶습니다. 이번 시찰에서 활약하길 기대하겠어요. 당신을 뽑길 잘했다고, 용서하길 잘했다고 여기게 해 주세요. 알겠죠?"

유피는 온화한 미소에서 일변하여 엄숙한 표정으로 나블 군에게 말했다.

그녀의 말을 들은 나블 군은 조금 놀란 듯 눈을 크게 떴다가 입술을 세게 앙다물었다. 그리고 천천히 숨을 내쉬고서 가슴에 주먹을 얹었다.

"……기대에 부응할 수 있도록 온 힘을 다하겠습니다. 유필리아 여왕 폐하."

"네. 기대할게요, 나블."

유피가 엄숙한 표정을 풀고 그렇게 말했다.

그리고서 유피는 옆에 서 있는 레이니를 보았다. 유피의 시선을 알아차린 레이니가 작게 고개를 끄덕이고서 나블 군 곁으로 다가갔다.

"레이니…… 아니, 시안 남작 영애."

"레이니라고 부르셔도 돼요, 나블 님. ……하고 싶은 말은 유필리아 님께서 전부 말씀해 주셨어요. 애초에 저는 나블 님을 용서할 수 없다고 생각하지 않았어요. 오히려 저 때문에 나블 님이 큰 실수를 하게 만들어서 죄송스러워요."

"……아니, 레이니 잘못은 아니야. 내가 좀 더 신중해야 했어. 내가 해야 했던 일은 아르가르드 님을 말리는 거였는데……."

레이니가 사죄를 입에 담자 나블 군은 괴로운 표정을 지으며 중얼거리듯 말했다.

이에 레이니는 조용히 고개를 가로저었다. 그 표정은 한없이 맑은 푸른 하늘처럼 산뜻했다.

"이미 지나가 버린 일이에요. 그날의 실수를 고칠 수 있는 사람은 아무도 없어요. 그러니까 강해질 수 있게 앞날을 살아갈 수밖에 없다고 생각해요. 나블 님이 다시 한번 기사로서 당당해지실 수 있기를 작게나마 기도할게요. 아무쪼록 이번 시찰에서 잘 부탁드려요."

"……그래. 기사로서 더는 누구에게도 부끄럽지 않도록 반드시 책무를 다할 것을 맹세하겠어."

줄곧 굳어 있었던 나블 군의 표정이 마침내 풀어졌다. 레이니도 나블 군의 그 표정을 보고 안도한 듯 숨을 내쉬고서 유피 곁으로 돌아갔다.

"이로써 한 건 해결! 잘됐네요, 나블 님!"

"가, 가크 씨……!"

그러자 맥 빠지는 발언이 들려서 나는 선 채로 삐끗할 뻔했다.

갓군 옆에 있던 하르피스가 갓군의 등을 때려 나무라자,

갓군은 작게 비명을 질러 댔다.

그런 갓군을 보고 나블 군은 다시 얼굴을 찡그렸다.

"……왜 너는 그 모양인 거냐, 가크!"

"으에에, 화, 화내지 마세요……. 잘된 일이긴 하잖아요……."

"그거랑 이건 별개의 얘기야……! 조금은 눈치를 챙겨……!"

"어어…… 죄송합니다……."

나블 군은 머리가 아프다는 듯 미간을 짚으며 신음하듯 말했다. 이에 갓군은 한심한 얼굴로 작게 사과했다.

그런 나블 군과 갓군의 대화를 듣고 있자니 어깨에서 힘이 쭉 빠지고 웃음이 났다.

내가 웃자 그게 계기가 되어 조금씩 온화한 분위기가 퍼졌다.

갓군과 나블 군이 뭐라 말할 수 없는 표정을 짓고 있는 것이 그 분위기를 가속시켰다.

이 정도면 처음 얼굴을 익히는 자리로써 괜찮은 편이지 않을까?

그렇게 생각하는데 유피와 눈이 마주쳤다. 유피도 나와 비슷한 감상이 들었는지, 누가 먼저랄 것도 없이 우리는 서로 자연스럽게 미소 지었다.

3장 꽃의 도시에서 그대와 데이트를

에어드라와 에어바이크를 이용한 영지 시찰은, 모두가 에어바이크를 조종할 줄 알게 된 후에 출발하기로 했다.

유피는 마녀 빗자루를 다룬 적이 있어서 금세 적응했지만, 다른 사람들은 익숙해지기까지 꽤 시간이 걸렸다.

가장 먼저 에어바이크 조종에 적응한 사람은 의외로 레이니였다. 요령을 깨닫자 금세 자유자재로 에어바이크를 조종하며 하늘을 나는 것을 유피도 의외라는 눈으로 보았다.

다음으로 적응한 사람은 승마 경험이 있고 바람 마법을 다룰 줄 아는 나블 군이었고, 그다음이 갓군. 일리아와 하르피스는 좀처럼 적응하지 못했다.

하지만 운전은 할 줄 알게 되었기에 본격적으로 예정을 잡고 시찰하러 가게 되었다.

에어드라에는 나와 유피. 에어바이크에는 레이니와 일리아, 갓군과 하르피스. 조종에 적응한 나블 군은 혼자 타고 이동하게 되었다.

"그럼 조심해서 다녀와라."

"아니스! 왕족으로서 부끄럽지 않게 엉뚱한 행동은 삼가세요!"

"콕 집어서 주의 주지 마세요! 자, 다들 출발하자! 설교가 길어지기 전에!"

배웅하러 온 어마마마에게 붙잡힐 것 같아서 제일 먼저 에어드라에 탄 나를 다들 어이없다는 눈으로 보았다.

그렇지만, 출발을 늦출 수는 없잖아! 어마마마한테 붙잡히면 설교가 길다고!

그렇게 시찰 여행이 시작되었다. 에어드라와 비교해서 에어바이크는 출력과 강도가 떨어지지만, 에어드라를 탄 우리가 맞춰 주면 문제없이 다 함께 이동할 수 있었다.

우리는 피로가 쌓이지 않도록 자주 휴식하며 순조롭게 여정을 소화해 나갔다.

이번에는 고도를 너무 높이지 않고 땅을 미끄러지듯 날아가고 있지만, 가도를 따라갈 필요 없이 쭉 직진할 수 있기에 이동 시간을 확 단축할 수 있었다.

"에어바이크는 훌륭하다는 걸 다시금 실감했습니다. 이게 기사단에 배치되면 세상이 달라질 겁니다."

휴식 시간에 나블 군이 진지한 얼굴로 에어바이크를 바라보며 말했다.

"미리 연습은 했었지만, 이렇게 타 보니 효과가 실감되죠."

"정말이지, 이동 시간이 엄청 단축되네. 타는 데 익숙해지면 말보다 훨씬 편해. 말은 쉬게 해 줘야 하고 먹이와 물도 줘야 하니 말이지."

"유사시에 에어바이크가 있으면 영지의 문제를 이웃 영지에 빠르게 전할 수 있어. 그러면 지원군도 신속히 파견할 수 있고……."

"이번 비행은 고도를 낮췄지만, 고도를 높이면 지상에 위협이 있어도 상공으로 빠져나갈 수 있어요. 물론 하늘에 마물이 있으면 조심해야겠지만, 이 에어바이크 하나가 나라에 큰 변화를 가져올 것은 틀림없겠죠."

갓군과 나블 군과 하르피스는 휴식 중에도 열심히 에어바이크 운용 방법과 장래성을 논했다.

일리아와 레이니는 그런 세 사람을 흘낏 보면서 야외 활동용 보온 포트를 이용해 인원수만큼 차를 끓였다.

"여러분, 차를 끓였어요. 소소한 과자도 가져왔으니 함께 드세요."

"……야외에서 차라니."

"야외에서 이렇게 맛있는 걸 먹을 수 있다니 행복해."

레이니가 준 차를 보며 나블 군이 신묘한 표정을 지었다.

반면 갓군은 순식간에 다 먹어 버렸다.

그런 화기애애한 모습을 보고 있자니 소풍이라도 나온 것 같은 기분이 들어서 자연스럽게 미소가 지어졌다.

"한가롭네……."

"그러게요."

내 중얼거림에 맞장구치듯 유피가 말했다.

주위는 온통 평원에 작은 숲이 있는 정도였다. 그런 이야기를 나누고 있으니 갓군이 가만히 중얼거렸다.

"동부는 어디든 이래요. 서부와 달리."

"가크는 동부 출신이었던가?"

"네. 왕도 근처는 그렇지도 않지만, 오지로 가면 그저 시골이니까요. 밭이라든가 기사단이 머무는 요새, 그런 것들뿐이에요."

갓군은 태연하게 말했지만, 나블 군과 하르피스는 조금 멋쩍어했다.

"일단 우리 가문도 따지자면 동부에 영지를 두고 있지만, 왕도에 가까워서……."

"아~ 스프라우트 백작령은 그렇죠. 네이블스 자작가는 서부였나?"

"저희 가문은 서부에 영지를 둔 앤티 백작가의 영지를 일부 받아서……."

"서부 녀석들이 자주 자랑하던데, 서부에는 여러 도시가 있다는 게 정말이야?"

"서부에는 타국과의 국경선이 있어. 수입품을 다루는 일도 많아서 외국 문화를 받아들이는 경향이 있지. 그래서 다양한 도시가 생기는 걸 거야."

"맞아. 사치품을 살 거면 서부가 낫지."

"그렇죠. 실제로 즐겁게 구경할 수 있는 건 많아요."

내가 말하자 하르피스가 미소 지으며 고개를 끄덕였다. 이렇게 얘기해 보니 지방마다 특색이 있다는 생각이 든다.

"뭐, 동부도 앞으로 발전하며 달라질 테고, 이전과는 다른 취급을 받게 되면 좋겠다."

내가 그렇게 말하자 어쩐지 다들 나를 빤히 보았다.

"어? 왜 그렇게 봐?"

"……뭐랄까, 정말로 아니스 님은 대단하네요. 유필리아 님도 그렇지만."

"갑자기 왜 그래? 유피가 대단한 건 알겠는데, 왜 나까지?"

"아니스 님이 마학을 발견하셨기에 동부도 더 개척하자는 얘기가 나온 거잖아요?"

"그렇게 말할 수 있을지도 모르지만……."

"그게 아니더라도 동부에서 아니스 님의 활약을 모르는 녀석은 거의 없을 거고요."

"가크, 아니스피아 전하의 활약이라니?"

"아니스 님은 모험가 시절에 자주 동부에 오셨거든요. 고위 랭크 모험가시고, 성가신 의뢰도 선뜻 받아 주셔서 고마워하는 사람이 많아요."

"아하, 그렇게 된 건가."

갓군이 어쩐지 자랑스레 말했고, 나블 군은 감탄한 듯 고개를 끄덕였다.

그 모습을 보고 있자니 뭔가 겸연쩍다고 할까, 민망해져서 나는 쓴웃음을 짓고 말았다.

그 표정 변화를 알아차렸는지 레이니가 고개를 작게 갸웃하며 나를 보았다.

"아니스 님, 왜 그러세요?"

"아니, 칭찬받는 건 좀 그래서. 칭찬받을 일은 안 했다고 할지…… 나도 처음에는 다른 모험가들처럼 검은 숲 근처에서 활동했는데……."

"네."

"……마물을 너무 잡아 대서, 다른 사람들한테 좀 자중해 달라는 말을 듣게 됐어."

"아아……."

"스탬피드가 일어났을 때 가면 다들 좋아하지만, 평소에 그쪽에서 활동하면 불평하는 사람이 많아졌지. 그런 상황에서 나라면 문제없이 지낼 수 있을 테니 그냥 동부에 가라는 말을 들어서 그쪽에서 활동하게 된 거야."

"그리운 얘기군요……."

일리아가 감회에 젖은 모습으로 중얼거렸다. 그걸 보고 내말이 진실임을 이해한 모두의 시선이 애매해졌다.

"그런 경위로 동부에 오셨던 거군요, 아니스 님……."

"참고로 갓군이 나한테 시비를 걸었던 건 내가 막 동부에 왔을 때였어."

"으아~! 들추면 안 되는 얘기였어! 그 얘기는 하지 말아 주세요!"

갓군이 양손으로 얼굴을 가리고서 하늘로 고개를 들었다. 다들 쓴웃음을 지었지만, 나블 군만큼은 진지한 표정으로 갓군의 어깨를 툭툭 두드렸다.

그런 온화한 휴식 시간은 모두의 작은 웃음소리와 함께 지나갔다.

* * *

우리가 시찰 장소로 맨 처음 방문한 곳은 베르베타였다. 팔레티아 왕국 동부에서 가장 큰 교역 도시로, 동부 도시치고는 나름 화려한 곳이었다.

베르베타보다도 동쪽에 사는 사람들에게는 동경하는 지방도시라고 할까. 그 도시에 무사히 도착했지만, 그것과는 별개로 작은 문제가 발생했다.

"네? 잠행하고 싶으시다고요?!"

"베르베타는 이것저것 보며 돌아다닐 수 있고, 평민의 평소 생활이나 물가 사정을 알기에는 제일 적절할 것 같은데……."

"그렇다고 유필리아 여왕 폐하와 아니스피아 전하가 호위 기사도 없이 거리에 나가시는 건……."

나블 군이 난색을 표했다. 인상을 쓰고서 난감해하고 있었다. 나는 뺨을 긁적이며 어떻게 설득할지 고민했다.

"조금 떨어져서 따라오면 안 될까? 너희도 같이 도시를 조사하는 거야. 어때?"

"……왜 그렇게까지 잠행을 고집하시는 겁니까?"

'이왕 온 거 유피와 데이트하고 싶다고 말하면 어이없어하겠지……'

생각해 보면 유피와 같은 마음인 걸 확인한 뒤로 데이트다운 시간을 보낸 적이 없다. 유피가 왕으로서 정무를 처리하느라 바쁘니 놀러 나갈 틈이 없는 건 당연하지만.

물론 방에서 얘기를 나누거나 같은 침대에서 자기는 했다. 다만 욕심을 부리자면 평범한 연인다운 일도 해 보고 싶었다. 베르베타를 지나면 산책을 즐길 만한 도시도 줄어들 테고…….

하지만 억지일까? 이곳에는 일하러 온 것이긴 하다. 아니, 나도 그저 놀려고 제안한 건 아닌데…….

"괜찮지 않을까요, 나블? 아니스의 말도 일리가 있어요."

"유필리아 여왕 폐하마저……."

"그리고 저도 백성의 평소 생활에 관심이 있어요. 그 분야에는 어둡다는 자각이 있거든요. 부족한 부분을 채울 수 있다면 아니스의 제안은 괜찮은 제안 같은데요."

"……유필리아 여왕 폐하의 신분을 생각하면 백성의 생활을 잘 알지 못하시는 것도 확실히 이해가 가지만, 옥체의 위험을 생각하면……."

아무리 유피가 찬동해도 나블 군은 복잡한 표정으로 침

음을 흘렸다.

"나블 님도 참 성실하시네. 딱히 상관없지 않을까요?"

"어이, 가크……."

갓군이 태평하게 끼어들었다. 나블 군이 갓군을 가볍게 노려보았지만, 그는 신경 쓰지 않았다.

"이 두 분이라면 기습당하더라도 간단히 물리치실걸요? 그리고 나블 님에게 호위하지 말라는 것도 아니고, 뒤에서 따라오는 건 괜찮다잖아요. 이 정도 선에서 타협하는 게 나아요."

"이번 시찰은 유필리아 님의 숨 돌리기도 겸한 일이니 저도 찬성이에요."

"레이니까지……. 하아, 알겠습니다……."

갓군에 더해 레이니까지 찬성하자 역시 이길 수 없겠다고 느꼈는지 나블 군은 마지못해 승낙했다.

"그럼 저희도 이번 시찰에서 부족할 것 같은 물품을 보충해 오겠습니다."

"레이니랑 둘이서?"

"네. 그렇게 짐이 많아지진 않을 테니 저희끼리 다녀오겠습니다."

「더 말하지 않아도 아시겠지요?」 하는 눈으로 일리아가 빤히 보아서 나는 쓴웃음을 짓고 말았다. 공사를 살짝 혼동하고 있는 건 일리아도 마찬가지인 모양이다. 필사적으로 동요

를 감추려고 하지만 감추지 못하고 안절부절못하는 레이니가 귀여웠다.

그렇게 우리는 시찰을 겸해 베르베타의 거리로 잠행을 나가게 되었다.

이번 복장 테마는 여행 도중에 신분을 감추고 구경 나온 귀족 아가씨였다. 솔직히 아무리 평민처럼 입어도 유피의 미모는 눈길을 끈다. 우리의 정체를 눈치채는 사람도 있을 것이다.

물론 상인들은 그렇게 신분을 감춘 손님에게 익숙하고, 괜히 정체를 건드리면 최악의 경우 귀찮은 일에 말려들 수도 있다는 걸 알고 있다.

그러니 그냥 티 나게 가기로 했다. 왕도였다면 좀 더 가벼운 마음으로 잠행 나갈 수 있었겠지만 이곳은 동부다. 알아서 건드리지 않도록 일부러 어필하는 편이 좋겠다고 생각했다.

일리아가 유피를 신분을 감추고 나온 아가씨처럼 코디해 줬다.

얼굴은 일부러 가리지 않았다. 동부에서 유피의 얼굴을 아는 사람은 별로 없을 테고, 이래야 더 몰래 나온 귀족 아가씨 같으니까.

그리고 나는 아가씨를 수행하는 시녀 차림이었다.

흐흥, 이런 차림을 하더라도 유피의 신분이 더 높아졌으니 혼나지 않는다! 유피가 매우 미묘한 표정을 짓고 있던 걸 못 본 척했지만 말이야!

"어떤가요, 아가씨?"

"……굉장히 위화감이 들어요."

"이렇게 수상한 시녀가 어디 있습니까?"

"저는…… 발언을 삼갈게요."

"저기요?"

내가 복장에 대한 반응을 묻자 하르피스는 말을 얼버무렸고, 일리아는 확실하게 수상하다고 말했고, 레이니에 이르러서는 코멘트조차 해 주지 않았다.

그런 해프닝도 있었지만 어쨌든 우리는 거리로 나갔다. 우리를 힐끔 보는 통행인도 있었으나 금세 관심을 잃고 지나갔다.

거리에 귀족으로 보이는 사람이 있으면 평범한 평민은 보통 피한다. 귀찮은 일에 말려들고 싶은 사람은 없으니까.

"……왕도와는 분위기가 또 다르네요."

"그렇지. 왕도는 역시 나라의 중심이니까. 서부에는 왕도보다 화려한 도시도 있지만, 그래도 역사가 느껴지는 건 왕도가 제일이야."

"그런가요. 그래도 활기 넘치고 사람도 많은 것 같아요."

"베르베타는 동부에서 가장 번화한 도시니까. 왕도까지 오기 어려운 사람은 여기서 웬만한 걸 다 사 가. 돈을 벌러 오기에도 여기가 좋겠지."

"그렇군요. 그럼 이곳에서 동부의 분위기를 느낄 수 있겠네요."

나는 유피와 함께 대화를 나누며 걸어갔다. 그러다 유피가 뭔가를 눈치챈 것처럼 입을 열었다.

"그러고 보니 꽃이 상당히 많네요?"

"베르베타는 꽃의 명소이기도 해서 여러 가지 꽃을 키워. 꽃이 많이 피는 시기에 오면 다채로운 꽃이 피어 있어서 예뻐. 왕도에서도 경관을 위해 꽃을 키우지만, 이쪽이 더 활발하지."

"그렇군요……."

유피가 흥미롭다는 듯 고개를 끄덕였다. 그 모습을 보고 나는 웃어 버렸다.

그러다 가끔 뒤돌아보면 갓군과 나블 군과 하르피스도 뭔가 대화를 나누며 걸어오는 게 보였다.

'주의는 기울이고 있지만, 방해하지 않으려는 배려가 느껴지네…….'

그렇게 생각하며 시선을 앞으로 되돌리고 옆에 있는 유피를 보았다. 손을 뻗으면 유피의 손을 잡을 수 있을 만큼 가까웠다. 감질났다.

'으…… 세 사람이 보고 있는데 손을 잡는 건 조금 부끄럽지만, 그래도 유피와 손을 잡고 걷고 싶어. 하지만 이상하게 보이려나? 일단 명목은 잠행이고, 눈에 띄는 행동은 피하는

편이 좋을 테니까 역시 그런 생각은 버려야……'

"아니스?"

"꺄아?!"

생각에 몰두해 있다가 정신을 차리니 유피가 앞에서 내 얼굴을 들여다보고 있었다.

돌연 가까워진 거리에 몸을 젖히며 물러나고 말았다. 갑작스러운 일에 심장이 쿵쾅거렸다. 아아, 깜짝 놀랐네.

"무슨 일 있나요?"

"아니, 조금, 좋지 않은 생각을……. 머리 식힐 테니까 잠깐만 기다려 줘……."

"좋지 않은 생각……? 뭘 얼버무리려는 거죠?"

유피가 나를 빤히 바라보았다. 당장이라도 따져 들 것 같아서 곤란했다.

"아니, 그게…… 진짜 어떻게 좀 된 것 같다고 할까, 별것 아닌데."

"아니스. 제대로, 확실하게 말해 주세요."

생긋 웃으며 유피가 말했다. 하지만 눈은 전혀 웃고 있지 않았다.

"아니스는 뭔가를 참거나 꺼내기 어려운 말을 숨기려 할 때 그렇게 말을 어물거리잖아요."

"……그렇지는, 않은데?"

"됐으니까 말해 주세요. 얼른."

이건 발뺌할 수 없을 것 같다. 최후의 저항으로 시선만 올려서 유피를 노려보았지만 그 미소는 꿈쩍도 하지 않았다.

"……있지, 그게."

"네."

"유피랑, 그러니까, 손을 잡고 싶어서……."

"……손을?"

"여, 연인다운 걸 하고 싶어! 라고…… 생각했을, 뿐입니다……."

지금 입에서 불을 뿜을 수 있지 않을까? 그런 생각이 들 만큼 뺨이 뜨거워서 눈을 피하고 말았다.

그러자 유피는 얼떨떨해하더니 납득한 듯 웃었다.

"그럼 손을 주시겠어요, 아니스?"

"아니, 저기, 하지만, 그 왜! 주목받을지도 모르잖아. 잠행인데, 그건 위험하지 않을까……."

"그때 일은 그때 생각하죠. 제가 우선하는 건 아니스의 바람을 이루어 주는 거니까요."

유피는 즐겁게 키득키득 웃고서 내 손을 잡았다. 살짝 끌려가듯 유피 쪽으로 다가가게 되었다.

"이제 됐나요? 아니스."

"……네."

기어드는 목소리로 대답하자 유피가 작게 웃음을 터뜨렸다.

"확실히, 이런 건 나쁘지 않네요. 연인다운 일인가요. 또 뭘 하면 연인다울까요, 아니스?"

"왜, 왜 그런 걸 물어보고 싶어 해?"

"저와 하고 싶은 거잖아요? 연인다운 일. 저도 아니스와 하고 싶어요. 그래서 아니스가 저를 연인으로 의식해 준다면 더 바랄 나위가 없으니까요."

"왜 그렇게 즐겁게, 심지어 기쁘게 말하는 거야!"

큰일이다. 이건 못된 유피다! 장난기에 발동이 걸리기 시작했어!

"연모하는 사람이 그렇게 여겨 주는 건 기쁜 일이잖아요. 혹시, 지금까지 만족 못 했던 건가요?"

"만족의 문제라기보다는, 유피는 정무 때문에 바쁘니까. 같이 있어도 차를 마시거나, 가, 같이 자거나, 그런 것밖에 안 했고……."

"……그건 제가 부족했네요. 그렇군요, 좀 더 아니스와 보내는 시간을 만들어야 했어요. 아니스는 주면 줄수록 도망치는 사람이라는 걸 깜빡했어요."

"따, 딱히 도망치지는 않는데?"

"정말로요? 전과가 있지 않았나요?"

"그건 상황이 나빴을 뿐이잖아! 그래! 할 수 있다면 더 잔뜩 유피랑 연인다운 일을 하고 싶어! 하지만 투정 부리고 싶지는 않단 말이야!"

"어머님이 들으셨다면 어른이 됐다며 기뻐하셨을까요, 아니면 그런 투정도 못 부리는 아이로 키웠다며 한탄하셨을까요……? 어느 쪽일 것 같나요?"

"유피의 그런 점, 진짜 성격 나쁜 것 같아!"

"그런 점이라니 어떤 점이요? 제가 알 수 있게 구체적으로 설명해 주셔야 이해하죠."

"어차피 말해도 모르는 척할 거잖아?"

"정답이에요."

아악~! 얘는 꼭 이렇게 다 안다는 태도를 보인다니까!

"후후, 미안해요, 아니스. 기분 풀어요."

"심술궂은 유피는 미워……!"

"다정하게 대하고 있는데요? 아니스가 제대로 어리광 부릴 수 있게 행동하고 있을 뿐이에요."

"으, 으으으……!"

진심으로 즐거워 보이는 유피를 나는 수치심에 떨며 노려볼 수밖에 없었다.

그러자 유피가 무슨 생각을 했는지 가볍게 뒤돌았다가 작게 중얼거렸다.

"……확실히 조금 신경 쓰이네요."

"……뭐가?"

"다른 사람의 시선이요. 어쩔 수 없는 일이라지만, 호위 기사가 있어야 하는 입장이니까요."

유피가 맞잡은 손을 당겨 나와의 거리를 좁히더니 놀리는 듯한 달콤한 목소리로 귓가에 속삭였다.

"귀여운 아니스의 표정을 독점할 수 없어서 아쉬워요."

"바보……! 무, 슨, 소리를……!"

"자꾸 그렇게 귀여운 표정 지으면 안 돼요. —괴롭히고 싶어지잖아요."

"바, 방금, 괴롭히고 싶어진다고 했어! 똑똑히 들었어. 이 심술쟁이!"

"잘못 들은 것 아닐까요? 자, 가요, 아니스."

즐겁게 키득키득 웃는 유피가 얄미웠다. 언제부터 이런 소악마가 되어 버린 걸까!

얼굴이 화끈거려서 고개를 들 수 없었다. 그래도 나는 맞잡은 손을 놓지 못하여 유피가 이끄는 대로 거리를 걸을 수밖에 없었다.

* * *

베르베타의 거리를 돌아다니는 건 즐거웠다.

다양한 꽃을 사용한 염료도 이곳에서는 유명했다. 그 덕분에 고운 빛깔의 실이 다채롭게 갖춰져 있었고, 자수가 성행하여 여러 가지 상품이 진열되어 있었다.

유피도 마음에 든 실이나 자수 작품을 샀다. 만약 유피가 동부 자수 얘기를 꺼낸다면 더더욱 주목이 모일지도 모른다.

그리고 베르베타의 명물은 하나 더 있었다. 그게 바로 지금 우리의 눈앞에 펼쳐져 있는 광경이었다.

"베르베타의 명물, 특산품을 이용한 꽃 목욕이야!"

욕탕을 통째로 빌려서 이곳은 나와 유피뿐이었다. 아주 훌륭한 욕조에 색색의 꽃이 떠 있었다. 빨간 꽃, 하얀 꽃, 분홍 꽃이 물에 떠 있는 광경은 화사하다는 말이 딱 어울렸다.

피어오르는 수증기에 꽃향기가 밴 것처럼 아주 좋은 향이 났다. 그 공기를 가볍게 들이마신 유피가 폭 숨을 내뱉었다.

"향이 좋네요. 이 향기를 즐기며 목욕할 수 있는 건 살짝 사치스러운 일 같아요."

"이걸 즐기려고 오는 사람도 적잖이 있다고 하니까. 귀족의 문화라기보다는 유복한 서민의 문화려나."

"그런가요? 어머님도 꽃 목욕을 즐기셨을 텐데요……."

"어? 그래?"

유피의 말을 듣고 조금 놀라고 말았다. 그랬구나, 어마마마도 꽃 목욕을 좋아하시는구나.

나는 어마마마의 사적인 부분을 제대로 모른다. 애초에 어마마마는 외교 때문에 나가 있느라 바빴고, 돌아오더라도 나는 별궁에 있어서 생활 범위가 겹치지 않았다. 자연스럽게 알 기회도 줄어들었다.

……시찰하고 돌아가면 어마마마에게 꽃 목욕 얘기를 꺼내 볼까.

"아니스, 등 씻어 줄게요."

"그럼 나도 유피 등을 씻어 줄게."

"네, 부탁드려요."

그렇게 우리는 서로의 머리와 등을 씻어 주고 욕탕에 들어갔다.

수증기에서도 향기가 느껴졌었지만, 실제로 물에 몸을 담그니 꽃향기가 더 진해졌다. 목욕물 온도가 딱 좋기도 해서 크게 한숨을 쉬고 말았다.

"기분 좋다……."

"네, 물이 좋네요."

나는 확실하게 어깨까지 몸을 담갔지만 유피는 아직 허리가 잠긴 정도였다.

유피는 좀 더 낮은 온도를 좋아하니까 잠시 적응할 필요가 있을 것이다. 그렇게 잠시 동안 서로 목욕물을 느꼈다. 유피도 적응을 끝내고 내 옆에서 어깨까지 몸을 담갔다.

"아……."

"후후. 그건 무슨 소리죠?"

"나른해서 그래……."

"아니스는 정말로 목욕을 좋아하네요."

"마도구로 간단히 목욕할 수 있게 만들 정도로는 좋아해. 아, 마도구 보급이 시작된 뒤에 목욕할 때 쓰는 마도구를 여기서 쓰게 하면 손님이 모일지도 몰라!"

"그건 좋은 생각이네요."

유피와 대화를 즐기며 목욕을 만끽했다. 그러다 문득 물에 떠 있는 꽃 하나가 눈에 들어와서 내 앞으로 가져왔다.

그 꽃을 유피 쪽으로 들었다. 유피는 의아해하며 꽃을 보았다.

"꽃은 왜요?"

"이 꽃, 유피의 눈 색이랑 비슷해서."

유피의 장밋빛 눈과 색이 비슷한 꽃을 유피와 비교하며 나는 웃었다.

유피는 눈을 동그랗게 뜨고 어리둥절해한 후, 내가 든 꽃을 빤히 바라보았다. 그리고서 힘 빠진 웃음을 짓더니 그 꽃을 들었다.

"이게 아니스가 본 제 눈동자 색이군요."

"응, 예쁜 색이지?"

"예쁜가요?"

유피가 웃음을 거두지 않은 채 나와의 거리를 좁혔다. 유피의 장밋빛 눈과 시선이 마주치자 어째선지 눈을 돌릴 수 없었다.

그대로 유피는 내 손을 잡고 끌어당겨 허리를 안았다. 몸이 밀착하며 서로의 숨이 섞였다.

"유, 유피…… 지, 진짜, 왜 그래?!"

"대답해 주지 않으실 건가요?"

"뭘?!"

"예쁜가요?"

작게 고개를 갸웃하며 유피가 물었다. 물에 잠기지 않도록 머리를 묶어 두었기에 유피의 목선이 확실하게 보였다. 따뜻한 물에 몸을 담고 있기에 뺨은 발그레했다.

살짝 가늘어진 눈이 촉촉해 보여서 나는 더더욱 눈을 돌릴 수 없었다. 심장이 튀어나올 듯 빠르게 뛰어 목욕과는 관계없이 현기증이 날 것 같았다.

"아니스?"

"으…… 심술쟁이……!"

"대답해 주지 않는 아니스가 심술쟁이겠죠."

스르르 다가온 유피는 내가 뭐라고 말하기도 전에 내 입을 막았다.

뜨거운 물속에서 밀착한 탓인지 맞닿은 입술이 평소보다 뜨겁게 느껴졌다. 그 틈을 타 유피가 한층 깊게 키스하려고 했기에 가볍게 반격하여 보복했다.

"여기! 욕탕이야!"

"……네."

살짝 혀를 내밀며 전혀 반성하지 않는 표정을 짓는 유피가 얄미웠다. 더 세게 깨물어 줄걸……!

입맞춤은 그만뒀지만, 유피는 나를 껴안아 밀착했다. 놓치지 않겠다는 듯 허리를 안은 팔과, 눌려서 몽그라지는 가슴의 감촉에 조금 전 입맞춤의 여운이 다시 타오를 것 같았다.

"……가까워!"

"그런가요?"

"가깝다고! 그리고 손! 다리 얽지 마!"

그 후 욕탕에서 애정 행각을 벌이고 말았는데, 뜨거운 물 속에 오래 있은 탓에 유피가 진짜로 현기증을 일으키고 말았다.

황급히 목욕을 끝냈지만, 축 늘어져 일어나지 못하는 유피가 애달프게 중얼거렸다.

"……아니스, 어지러워요."

"자업자득이야!"

"……네."

……시찰 도중에 몸 상태가 안 좋아져도 곤란해서 간병해 줬지만, 또 이런 일을 겪고 싶은 게 아니라면 조금 반성하도록!

4장 하늘에 울리는 뇌명

　우리는 시찰 여정을 순조롭게 소화해 나갔다. 충분히 휴식을 취하면서도 즐겁게 이동했다.

　여행 중에 들른 동부의 도시는 명칭답게 도시라고 할 만한 규모였고, 사람도 많이 오갔으며 시장도 활기 넘쳤다. 물론 왕도와 비교하면 작은 규모였지만.

　그런 경치도 동쪽으로 갈수록 점차 사라졌다. 반대로 평원과 작은 숲, 그리고 밭이 늘어나며 갓군이 말했던 시골 풍경이 이어지게 되었다.

　그런 와중에 퍼시먼 자작이 다스리는 영지를 방문했다.

　퍼시먼 자작령은 동부에서도 동쪽에 있었고, 갓군의 고향인 램프 남작령의 이웃 영지였다.

　그 영지는 동부에서 본 영지 중에서 가장 인상적이었다.

　밭농사는 흉작이었고, 작업하러 나와 있는 사람도 뜸했다. 작업 중인 사람도 노인이나 어린아이로 극단적이라 젊은 사람이 거의 보이지 않았다. 집도 대부분 망가졌지만 보수가 되어 있지 않았고, 영주의 저택조차 충분히 관리되지 않는지 황량한 인상을 줬다.

　"……소문은 들었지만 이렇게나 심각하다니."

주변 상황을 확인하고서 갓군이 작게 중얼거렸다. 다른 사람들도 뭐라 말할 수 없는 표정을 짓고 있었다.

퍼시먼 자작령이 이번에 시찰 장소로 선정된 것은 마물 습격으로 피해를 입었기 때문이었다. 습격의 규모를 보고 스탬피드라고 판단한 퍼시먼 자작은 바로 이웃 영지에 지원군과 자금 원조를 요청했다.

저번에 드래곤이 나타났을 때만큼 규모가 크지는 않았고, 퍼시먼 자작의 빠른 판단과 이웃 영지의 즉각적인 지원 덕분에 스탬피드는 무사히 수습할 수 있었다.

그럼에도 그 피해는 컸다. 퍼시먼 자작이 이끈 본인의 기사단과 파견된 기사단에서 많은 희생자가 나오며 유족에게 보상하느라 빚을 져야 했다.

게다가 천재지변까지 발생하면서 농작물이 큰 타격을 입어 영민을 먹이기 위한 식량을 사느라 빚은 더 커졌다.

유피는 영지의 상황을 자기 눈으로 직접 확인하고 싶다며 이번 시찰에 퍼시먼 자작령을 포함시켰다. 그렇게 우리는 이곳을 방문하게 된 것이다.

힐끔 살펴보니 유피는 굳은 표정으로 주위를 보고 있었다. 이 상황에 대해 생각하는 바가 있는 것 같았다.

그러고 있자니 퍼시먼 자작으로 보이는 남성이 영주의 저택에서 종자들을 이끌고 나왔다.

숨길 수 없을 만큼 그의 눈 밑은 거뭇했고 얼굴이 초췌했다. 자작은 피로한 기색을 감추지 못하며 정중하게 머리를 숙였다.

"유필리아 여왕 폐하, 아니스피아 장공주님, 잘 오셨습니다. 만족스럽게 환대해 드리지 못하여 송구스럽습니다……."

"안녕하세요, 퍼시먼 자작. 고개를 들어 주세요. 영지의 상황은 들었어요. 환대는 신경 쓰지 마세요."

"배려해 주시니 황송합니다. 이쪽은 제 딸 샤르네입니다."

퍼시먼 자작이 그렇게 말하자 검소한 드레스를 입은 소녀가 옆에서 정중하게 인사하고 고개를 들었다.

머리는 희미하게 금빛이 도는 주홍색이었고 눈은 자수정 같은 색이었다. 성인이 되려면 멀었다는 생각이 들 만큼 앳된 생김새였다.

소녀는 확연하게 긴장한 모습이었고 표정도 다소 딱딱했다. 그래도 확실하게 인사하려고 입을 열었다.

"샤르네 퍼시먼입니다. 만나 뵙게 되어 영광입니다. 아무쪼록 잘 부탁드립니다."

"응. 잘 부탁해, 샤르네."

나는 샤르네가 최대한 부담을 느끼지 않도록 웃어 줬다.

내가 웃는 걸 본 샤르네는 살짝 눈이 동그래졌다가 표정을 풀고 나이에 걸맞은 웃음을 보여 줬다.

＊　＊　＊

샤르네에게 객실을 안내받은 후, 얼굴도 익힐 겸 퍼시먼 자작가의 가족들과 함께 저녁을 먹게 되었다.

퍼시먼 자작가는 4인 가족으로, 저녁 식사 자리에서 자작 부인과 샤르네의 남동생을 만났다.

둘째는 이제 막 철이 들었을까 싶을 만큼 어려서 부인의 손을 잡고 긴장한 모습으로 인사했다. 그런 어린 아들이 걱정됐는지 부인은 식사가 끝나자 아들과 함께 바로 물러났다.

"검소한 식사라 송구스럽습니다……."

"괜찮아요. 아주 맛있었어요. 실력 좋은 요리사를 두셨군요."

퍼시먼 자작은 소박한 저녁 식사를 신경 쓰는 것 같았지만, 유피가 말한 대로 맛있었다. 지금 가능한 선에서 최대한 노력해 줬을 것이다.

정령 계약자가 된 이래로 식사에 관심이 줄어든 유피도 잘 먹었다.

퍼시먼 자작이 송구스러워하지 않도록 배려한 걸지도 모르지만, 손이 멈추지 않았으니 입에 맞았을 것이다.

그런 유피의 반응을 보고 퍼시먼 자작은 가슴을 쓸어내렸다. 그 옆에서 샤르네도 똑같이 안도의 한숨을 쉬었다.

"그럼 퍼시먼 자작. 먼저 영지의 상황을 직접 말씀해 주시겠어요?"

한숨 돌린 후 유피가 그렇게 이야기를 꺼내자 긴장감이 돌아왔다.

그는 표정을 다잡고서 무거운 입을 비장하게 열었다.

"솔직히 말씀드리면 상황은 좋지 않습니다. 스탬피드에 더해 천재지변까지 겹치면서 영지의 비축 식량은 바닥나고 말았습니다."

"그런가요⋯⋯. 내년 수입으로 회복될 가능성은 있나요?"

"올해를 어떻게 넘기더라도 내년은 모르겠습니다. 돈을 벌러 나간 청년들도 많아서, 그들이 돌아오느냐 마느냐에 따라 달라질 겁니다."

"그래서 퍼시먼 자작은 작위 반환을 고려하고 있는 거군요."

이야기가 거기까지 진행된 건가 싶어서 나는 조금 놀라 유피를 보았다.

하지만 퍼시먼 자작이 그런 생각을 하는 것도 어쩔 수 없는 일이었다.

청년은 일꾼이고, 아이를 낳으면 영민이 늘어난다. 그렇기에 청년들이 영지 밖으로 나가는 것은 상당히 큰 문제다. 영민이 줄어들기만 하는 영지는 쇠퇴할 뿐이다.

퍼시먼 자작의 실책 때문에 이렇게 된 것도 아니고, 어쩔 수 없는 불운을 만난 결과이니 무척 분할 것이다.

자작은 자기 힘으로 영지를 재건할 수 없을지도 모른다는 생각이 들었을 때 숨기지 않고 곧바로 나라에 반환하고자

했다.

　어려운 판단이었으리라. 그래도 판단을 내린 것은 퍼시먼 자작이 비범한 사람임을 나타냈다.

　이대로 영지를 반환하게 두기에는 아까운 사람이라고 생각하며 유피를 보니, 그녀도 안다는 듯 고개를 끄덕였다. 그리고 퍼시먼 자작에게 말했다.

　"퍼시먼 자작이 얼마나 영지를 생각하고 마음 아파했는지 알고도 남겠어요. 그렇기에 작위와 영지를 반환하고자 한 것도 이해해요. 하지만 부디 마음을 돌렸으면 해요."

　"유필리아 여왕 폐하……."

　"제가 어떻게 즉위했는지는 이미 들으셨을 텐데, 지금 저는 이 나라에 새로운 바람을 불러오고자 하고 있어요. 그게 바로 아니스가 제창한 마학과 마도구죠. 이 중에서 마도구는 평민의 생활을 일변시킬 만한 가능성을 간직하고 있어요."

　"그건…… 저도 풍문으로 들었습니다."

　"하지만 마도구를 보급하려면 해결해야 할 문제가 있어요. 그 문제를 해결할 열쇠는 동부에 있다고 생각해요."

　"마도구 보급을 위한 열쇠가 이 동부에……."

　퍼시먼 자작은 별로 현실성이 없다는 것처럼 중얼거렸다. 그런 퍼시먼 자작에게 유피는 계속 말했다.

　"그 열쇠란 아직 손대지 못한 정령 자원이에요. 최대 채굴지인 북부의 검은 숲과 조건이 비슷한 곳이 동부에 있어요.

이 퍼시먼 자작령도 후보 중 하나예요."

"네에…… 아, 아니, 그렇군요……? 그 말씀은, 즉……?"

석연치 않은 모습이었던 퍼시먼 자작이 마침내 이해했는지 놀란 표정으로 유피를 마주 보았다.

퍼시먼 자작의 반응을 본 유피는 고개를 끄덕이고서 미소 지었다.

"앞으로 동부 개척이 급선무가 될 거예요. 그리고 저는 유능한 신하를 한 명이라도 더 많이 두고 싶어요. 퍼시먼 자작, 저는 자작이 계속 제게 충성을 바쳤으면 해요."

"……하, 하지만, 지금 상태로는 영지를 재건하기도 어려워서……."

"올해는 넘길 수 있다고 자작은 말했죠. 내년은 알 수 없다고도 말이에요. 만약 올해를 극복하겠다고 약속해 준다면, 저는 내년에 자작이 유복해질 기회를 주겠어요."

유피는 힘 있게 선언했다. 퍼시먼 자작은 유피를 바라보며 눈물을 글썽거렸다. 그 옆에 앉은 샤르네도 감격한 듯 입가를 가리고 있었다.

"이 영지가 자원 채굴지가 되도록 저도 움직이겠어요. 다시금 제게, 그리고 이 나라에 충성을 바쳐 주시겠어요?"

"……예! 반드시 버티겠습니다. 가문의 이름에 맹세코, 앞으로도 사랑하는 이 나라와 여왕 폐하께 변함없는 충성을 바치겠습니다."

퍼시먼 자작이 자리에서 일어나 유피에게 진심으로 인사했다. 한 박자 늦게 샤르네도 자리에서 일어나 눈물을 흘리며 인사했다.

유피는 그런 두 사람을 향해 미소 지으며 말했다.

"그럼 조금 더 의논하기로 하죠. 이 영지의 미래에 관해."

* * *

앞으로 어떻게 할지 퍼시먼 자작과 이야기를 끝낸 후, 마침 시간도 적당하여 해산하는 흐름이 되었다.

밤이 깊어 불을 끈 객실의 침대에서 나는 유피와 나란히 누워 있었다. 화제는 당연히 퍼시먼 자작이었다.

"퍼시먼 자작, 장래가 기대되는 사람이었어."

"성실하고 착실해요. 너무 신중한 것 같긴 하지만, 신뢰가 가는 인품이었어요."

"영지가 재건되면 좋겠는데……."

"구제안 후보는 몇 가지 있으니, 좀 더 현지인의 이야기를 듣고 어떤 방법을 시행할지 정하고 싶어요."

"유피가 생각해 준다면 괜찮겠네. 내가 할 수 있는 일이 있으면 말해 줘."

"그 신뢰를 배반하지 않도록 힘낼게요. ……사실 지금의 저희가 있는 건 아니스 덕분이지만요."

"나?"

"네. 아니스가 없었다면 지금 같은 상황은 만들어지지 않았을 거예요."

나는 유피 쪽으로 몸을 돌리며 물었다. 그녀도 똑같이 내 쪽으로 몸을 돌려 마주 보았다.

"이를테면 에어바이크. 이번에 퍼시먼 자작령이 겪은 것처럼 많은 마물이 돌발적으로 발생해도, 에어바이크가 한 대라도 있으면 연락을 돌릴 수 있어요."

"원래부터 생각해 뒀던 사용법이지."

"에어바이크 외에도 아니스가 개발한 마도구는 다양한 가능성을 간직하고 있어요. 그 가능성을 살릴 수 있는 상황은 많을 거예요. 그렇기에 사람들은 마도구를 원하겠죠. 사람들이 원할 것을 알기에 퍼시먼 자작에게도 그런 제안을 할 수 있었던 거예요."

"……그렇게 말해 주니 겸연쩍네."

조금 민망해서 몸을 꼼지락거렸다. 그러자 유피가 손을 뻗어서 내 뺨을 어루만졌다.

"아직도 칭찬이 어색한가요?"

"……어색해. 지금까지 겪은 게 있다 보니. 당장은 바뀌기 어려울 거야."

"그래도 익숙해져야 할 텐데요. 안 그러면 저도 곤란해요."

"으음~ 노력은 할게."

"어머님이 말씀하시길, 그건 아니스가 할 생각이 없을 때 자주 쓰는 변명이라고 하셨어요."

"아이참! 다들 이 정도 말은 하잖아! 어마마마는 나한테 너무 엄격해!"

삐진 것처럼 어마마마에 대한 불만을 꺼내자 유피가 재미있다는 듯 키득키득 웃었다.

"어머님은 아니스를 걱정하는 거예요."

"그건, 알지만…… 그렇지만 엄격하단 말이야."

"제가 보기엔 많이 부드러워지신 것 같은데요."

"뭐? 거짓말…… 내 얼굴을 보자마자 눈꼬리가 확 올라가는걸……."

"아니스는 특별한 걸지도 몰라요."

"마구 설교를 듣는 특별함 같은 건 필요 없어."

"그러면 제가 말씀드릴까요? 『이대로 가면 아니스에게 미움받을 거예요』라고 하면 조금은 태도가 둥글어지시겠죠."

"……딱히 미워하진 않을 거지만."

내게 엄격한 것이 어마마마 나름의 애정이라는 것은 안다. 그리고 지금의 어마마마에게 싫다고 해도 어떤 반응이 돌아올지 상상이 안 갔다. 아바마마라면 꿀밤이 날아올 것이 쉽게 예상되지만.

"제가 말하기도 뭐하지만, 아니스는 좀 더 어머님과 얘기해야 해요."

"……설교가 없다면 얼마든지 얘기할 텐데."

"아니스가 먼저 말을 꺼내면 돼요. 대화의 주도권이 어머님에게 있으니까 설교를 듣게 되는 거예요."

"무슨 얘기를 하면 좋을지 모르겠어."

말하고 나서 새삼 깨달았는데, 내가 먼저 어마마마에게 말을 거는 일은 거의 없었다.

어마마마가 나와 대화하길 어려워하는 것도 당연했다. 그래서 내 행동거지가 눈에 들어오는 걸지도 모른다.

지금까지는 그렇게 지내도 괜찮았을지 모르지만, 역시 이제부터는 개선하고 싶다. 나도 항상 어마마마의 화를 돋우고 싶은 건 아니고.

"어머님은 동부 출신이시니까, 돌아가면 이것저것 얘기를 들을 수 있지 않을까요? 상담하고 싶다고 얘기를 꺼내 보면 어떨까요?"

"……응. 어마마마랑 아바마마가 어떻게 만났는지도 궁금하고, 물어볼래."

"네. 분명 어머님도 기뻐하실 거예요."

그렇게 말하며 유피가 흐뭇하게 미소 지어서 좀 민망해졌다.

하지만 문득 유피의 미소에 위화감을 느꼈다. 어라? 하고 생각하며 유피의 얼굴을 빤히 바라보니, 유피가 살짝 인상을 썼다.

"……그렇게 보면 곤란한데요."

"왜?"

"저도 반성하고 있어요. 그래서 조금 삼가자고 생각하고는 있거든요."

"아, 혹시 배고파? 마력은 충분해?"

"충분히 받고 있으니 마력은 문제없어요. 다만……."

"……다만?"

거기까지 말한 유피는 입을 다물고 그저 입술을 달싹거리기만 했다.

유피의 말을 기다리며 가만히 바라보았지만 유피는 어색한 듯 눈을 피했다.

"유피?"

"……이유도 없이 만지면 화낼 건가요?"

"네?"

"……."

"저기, 유피?"

"이제 됐어요."

내가 얼떨떨해서 유피를 빤히 바라보니 유피는 삐친 것처럼 고개를 휙 돌렸다.

허? 그 반응은 귀여운데요. 나는 무심코 웃어 버렸다.

"유피는 참 귀엽네."

"……웃지 마세요."

"베르베타에서는 적극적이었는데 말이지."

"……몸져누워서 반성했어요."

"반성이라……."

유피의 반응이 귀여워서 나는 또 웃음을 터뜨렸다. 차라리 배를 잡고 웃어 버리고 싶다.

하지만 그러면 유피에게 무슨 짓을 당할지 모른다. 필사적으로 웃음을 참으며 유피의 뺨으로 손을 뻗었다.

"만지고 싶으니까 만지는 건 안 돼?"

"……그 이유만으로 만진다면 끝이 없을 것 같아서요."

"그러네."

나는 유피의 뺨에 손을 올리고 그대로 미끄러뜨리듯 쓰다듬었다.

"하지만 나는 만지고 싶으면 만질 거야."

"……아니스는 치사해요."

"그래?"

"아니스는 간단히 저를 행복하게 만들어요. 너무 행복해지면 바보가 된단 말이에요……."

"손쉬운 행복이네."

최근 유피가 여러모로 조절을 못 했던 건 어리광이었을지도 모른다.

지금은 시찰 중이고 밖에 나왔으니까 여왕으로서 체면은 유지해야 한다며 자신을 규제했다. 하지만 단둘이 되면 스스로를 제어할 수 없는 것이다.

만약 그렇다면— 정말이지 귀여운 아이다. 사랑스럽다는 마음이 북받쳤다.

"이유가 있든 없든 만져도 돼. 유피라면 언제든."

"……아니스가 부끄러워해도요?"

"……역시 조금은 조절해 주세요."

유피의 눈초리가 조금 위험했기에 나도 모르게 움츠러들고 말았다.

그러자 유피가 몸을 가까이 붙이고 나를 끌어안았다. 그대로 내 목 쪽에 얼굴을 묻듯 몸을 말았다.

"응석받아주는 아니스를 좋아하지만, 안 될 때는 야단쳐 주세요. 아니스에 관해서는 저도 조절이 되고 있는지 알 수 없으니까요……."

"응석 부리는 유피가 좋아. 그러니까 받아 줄 수 있는 범위에서 힘낼게."

아직 부끄럽고, 때로는 벅차기도 하지만.

그래도 진심으로 유피의 응석을 받아 주고 싶다. 이유라고 할지, 면죄부가 없으면 응석도 제대로 못 부릴 만큼 서툴고 열심인 유피가 진심으로 사랑스러우니까.

어르듯 등을 두드리자 내 목에 얼굴을 묻은 유피가 입술을 당겨왔다. 내 피부 위로 미끄러지는 입술의 감촉이 간지러워서 반사적으로 몸을 살짝 비틀고 말았다.

"……너무 무방비해요."

"유피 앞에서만 그래."

"……안일해요. 좀 더 경계심을 가지세요."

"그렇게 둔하진 않아. 유피한테는 따끔한 맛을 보고 있으니까. 그래도 유피라면 괜찮겠지 싶지만."

"……그런 말을 하니까 그런 거예요."

뾰로통하게 말한 유피는 이곳저곳을 살짝살짝 깨물기 시작했다.

최근 들어 배웠는지, 아니면 자연스럽게 익혔는지, 유피는 자주 깨물게 되었다.

유피의 사랑스러운 항의를 받으며 나는 더 진하게 웃었다.

*　*　*

"음~ 쾌청하네. 탐색하기 딱 좋은 날씨야."

"탐색하기 좋은 날씨는 뭔가요."

두 팔을 쭉 뻗으며 크게 숨을 들이쉬자 갓군이 태클을 걸었다.

퍼시먼 자작령을 방문하고 며칠 후, 우리는 숲속에 있었다. 우리가 있는 이 숲은 영민들이 사냥터로 이용하는 곳이었다.

스탬피드 후의 조사 겸 자원지로 적합한지 확인하기 위해 숲을 찾은 것이었다.

스탬피드가 일어났다면 뭔가 원인이 있을 터다. 하지만 그 원인조차 일손이 부족하여 조사하지 못한 듯했다.

그대로 조사한다고 하면 퍼시먼 자작이 흔쾌히 허락해 주지 않을 것 같았기에, 정령 자원 채굴지로 적합한지 확인한다는 명분을 준비하여 허락받았다.

숲을 조사하러 온 사람은 나, 유피, 호위 역할인 갓군과 나블 군, 그리고 안내역으로 샤르네가 동행해 줬다.

레이니, 일리아, 그리고 하르피스는 퍼시먼 자작의 저택에 남아 일을 돕겠다고 했다. 우리의 시중을 드는 것이 일이니까 저택을 돕는 것도 그 일환이라면서.

우리의 배려에 퍼시먼 자작은 송구스러워했지만, 지금은 힘든 시기니까 조금쯤 돕고 싶을 따름이다.

"날씨가 좋아서 다행이에요. 둘러보기도 편하고."

그렇게 말하고 웃은 샤르네는 귀족 영애라기보다 모험가 같은 차림이었다. 허리에는 짧은 막대기와 단검을 차고 등에는 활과 화살을 메고 있었다.

숲을 걷는 데도 익숙해 보였다. 그 모습을 보고 나블 군이 감탄한 듯 말했다.

"퍼시먼 자작 영애는 익숙해 보이는군."

"네, 옛날부터 숲에 자주 들어와서요."

"퍼시먼 자작은 숲에 들어오는 걸 반대하지 않나?"

"저는 사냥을 좋아해요. 그리고 숲을 순찰하는 건 영지를 관리하는 데 있어 중요한 일이니 아버지의 대역이기도 하죠. 이래 봬도 활은 잘 다뤄요."

"그렇구나. 사냥이라. 나도 아버지를 따라 자주 갔었어."

갓군이 쾌활하게 말했고 샤르네도 편하게 대했다.

똑같은 동부 출신이라 말이 잘 통하는 걸지도 모른다. 그리고 동부 출신이긴 하지만 왕도 생활에 더 익숙한 나블 군이 관심을 보이며 이야기에 끼고 있었다.

나는 그런 세 사람을 흐뭇하게 바라보며 숲을 살폈다. 가만히 숲속을 바라보고 있으니 유피가 내 옆으로 다가왔다.

"조금 더 안쪽까지 가서 숲을 살펴보죠."

"그래. 그러는 게 좋겠어."

그 후 우리는 한동안 숲속을 돌아다니며 점점 안으로 들어갔다. 가는 길에 샤르네가 활로 야생 새를 잡았고, 갓군과 나블 군이 그 새를 해체했다.

자작령의 전체 규모를 생각하면 사소한 양이지만 그래도 중요한 식량이었다. 샤르네도 우리에게 신선하고 맛있는 고기를 대접할 수 있겠다며 기뻐했다.

세 사람이 사냥을 통해 친목을 다지는 동안, 나는 근처 나무와 땅에 남은 흔적을 확인했다.

"……아니스, 어떤가요?"

"숲속에 남은 흔적을 보니 마물들이 꽤 난리를 쳤던 것 같아. 하지만 그런 것치고는 숲 전체가 너무 조용한 게 신경 쓰여. 그게 조금 이상하면서도, 섬뜩해……."

"섬뜩한가요……."

나는 유피의 질문에 대답하며 숲을 확인했다. 나무에 난 발톱 자국, 부러진 가지, 발자국 등의 흔적은 스탬피드가 일어난 뒤라는 것을 이야기했다.

반면 숲속은 매우 조용했다. 숲의 먹거리도 필요 이상으로 헤집어지지 않아서, 그것만 보면 평범한 숲이라는 생각조차 들었다.

그렇기에 명확하게 남은 대량의 흔적과 맞춰 보면 위화감이 들었다.

"스탬피드 후에는 숲이 다소 조용해지긴 하지만, 이 숲은 너무 조용한 것 같아."

"너무 조용한 게 문제인가요?"

"일단 숲속에 보이는 마물의 수가 너무 적어. 스탬피드는 무리 간의 영역 싸움에 진 무리가 밀려오는 경우와, 무리 전체가 도망칠 만한 거물이 나타나서 쫓겨난 경우에 일어나."

나는 손가락 두 개를 세우고 생각을 정리하며 말했다.

"만약 마물 무리가 영역 싸움에 졌을 뿐이라면, 다른 개체로 교체되었을지언정 스탬피드 전후로 숲의 마물 수는 크게 달라지지 않을 거야."

"영역을 차지한 마물이 단순히 교체됐을 뿐이니까요."

"응. 하지만 거물에게 쫓겨난 경우라면 마물의 수가 확 줄어드는 경향이 있어. 그리고 사냥할 마물이 줄어든 탓에 거물 마물이 마을에 침입하는 2차 피해가 일어날 가능성이 확 올라가."

"그 얘기를 들으니 드래곤이 떠오르네요……."

유피는 복잡한 표정을 짓고서 중얼거리듯 말했다. 이에 나도 뭐라 말할 수 없는 표정을 짓고 말았다.

"드래곤은 극단적인 경우이긴 하지만, 이론상으로는 똑같지. 아무튼 원래 하던 얘기로 돌아가서, 동물과 식물을 포함하여 이 숲의 먹거리가 헤집어졌다는 느낌이 안 들어."

"숲의 먹거리가 헤집어지지 않았다고요?"

"사체도 별로 안 보이고. 그러니까 영역 싸움이 격해진 건 아닌 것 같아. 하지만 숲에 남은 흔적을 봐도 스탬피드가 일어난 건 틀림없어."

"그럼 이번 스탬피드는 거물 때문에 발생했을 가능성이 큰 건가요?"

"그렇게 보기에는 마물이 너무 많이 줄어든 것 같기도 해. 만약 거물이 나타나서 스탬피드가 일어났더라도, 도망쳤을 터인 마물이 이렇게나 안 보이는 건 신경 쓰여. 역시 눈에 띄는 마물 수도 그렇고, 사체도 너무 적어."

아까부터 내가 고민 중인 이유는 이것이었다.

거물이 나타나서 마물 무리가 앞다투어 도망치며 스탬피드가 일어났다고 치자. 거기까지는 좋다.

문제는 그 후의 상황이다. 이 숲은 마물의 수가 극단적으로 줄어들었다. 주변의 흔적을 보면 결코 적지 않은 수의 마물이 있었을 텐데도 말이다.

"예상할 수 있는 케이스는, 이미 마물 대부분이 거물을 피해 숲을 뛰쳐나갔다는 거야."

"……그런 일이 일어났다면 이유는 뭘까요?"

"스탬피드의 원인이 된 거물이 엄청난 대식가고, 사냥 범위가 무진장 넓기 때문이려나. 그래서 안정권으로 도망치려면 이 숲을 버려야만 했던 거지."

"그래서 숲에도 마물이 안 남아 있게 된 건가요. 사냥 범위가 넓은 건 성가시네요……."

"이건 제대로 조사해야겠어. 확실하게 원인을 특정해 둬야 해."

"역시 거물이 숨어 있다고 생각하시나요?"

"우연히 사람들과 맞닥뜨리지 않았을 뿐, 지금도 배회하고 있을지 몰라."

"다른 곳으로 갔을 가능성은요?"

"그럴 수도 있지만, 그랬다면 다른 곳에서 스탬피드가 일어났다는 보고가 올라왔을 거야. 배불리 먹고 만족해서 쉬고 있을 수도 있고."

현시점에 추측할 수 있는 것을 정리하면 다음과 같다. 이번 스탬피드는 무리 간의 영역 싸움이 아니라 거물의 출현으로 마물들이 일제히 도망치면서 일어났다.

인근 숲조차 안정권이 아니라서 마물들이 뛰쳐나간 결과, 퍼시먼 자작령이 피해를 보았다.

이 추측이 옳다면 이 숲은 여전히 거물의 사냥 범위에 있는 것이다.

"음…… 이거 혹시 그건가?"

"그거? 그게 뭐죠?"

"예전에도 이번과 비슷한 방식으로 스탬피드가 발생한 적이 있어서."

"그건 대체―."

"―잠깐."

짚이는 바를 유피에게 이야기하려고 했을 때, 멀찍이서 소리가 들렸다.

"……온다!"

"네?"

―내가 중얼거림과 동시에 커다란 하울링이 숲속에 울려 퍼졌다.

그 소리의 크기와 흉악함에 샤르네가 작게 비명을 지를 정도였다.

"바, 방금 그 하울링은 뭐죠?!"

"마물인가?!"

"갓군, 나블 군! 샤르네를 호위해 줘!"

"아니스피아 전하?!"

나는 허리에 차고 있던 셀레스티얼을 뽑고, 소리가 난 쪽으로 한 발짝 내디뎠다.

그와 동시에 숲이 술렁거렸다. 뭔가가 무시무시한 속도로 숲속을 질주하고 있었다.

나뭇가지들을 부러뜨리며 나타난 것은 거대한 늑대였다. 사람의 서너 배는 될 만큼 크기가 컸다.

털은 검회색이었다. 진홍색 눈이 형형히 빛나며 우리를 바라보았고, 침을 줄줄 흘리고 있었다.

"이, 이건 설마……?!"

"맙소사…… 펜리르……?!"

나블 군이 경악했고, 샤르네는 곤혹과 공포에 떨리는 목소리로 말하며 그 자리에 엉덩방아를 찧었다.

펜리르는 늑대종 마물이 마석을 품어 거물이 된 개체를 잠정적으로 부르는 총칭이었다.

본래 마석을 가지게 된 마물은 고유한 이름을 얻는다. 마석을 가진 마물은 그렇지 않은 동족보다 강력하여 다른 마물과 구별하지 않으면 위험하기 때문이다.

하지만 늑대종 마물은 이 법칙을 적용하기 어려웠다. 마석을 가지게 된 늑대종은 행동 범위가 넓어지는 경향이 있고 민첩하여, 고유명을 지을 만큼 정보가 모이지 않았다.

그렇다고 방치할 수는 없었다. 그렇기에 그 위협을 잊지 않기 위해서도 마석을 가진 듯한 늑대종 마물은「펜리르」라는 통칭으로 부르게 된 것이다.

만약 펜리르에게 고유명이 지어지는 일이 있다면, 그건 개체를 식별할 수 있을 만큼 정보가 모이고, 그 상태에서 토벌에 실패한 경우이리라.

그런 펜리르가 나타난다면 실력 좋은 모험가도 위기감을 느낄 것이다. 실제로「초대」펜리르가 가져온 피해는 팔레티아 왕국의 역사 속에서도 더없이 처참했다. 그래서 펜리르는 공포의 대명사였다.

"흐응, 펜리르인가. 보기 드문 녀석이 나왔네."

"그렇군요. 이게 펜리르인가요."

"맞아. 유피도 알고 있었어?"

"네. 어디까지나 자료로만 본 거지만요."

"펜리르라면 사냥 범위가 넓은 것도 납득이 가고, 다른 마물들이 모조리 도망간 것도 끄덕일 수 있겠어."

"아, 아니스피아 전하! 뭘 태평하게 계시는 겁니까!"

나블 군이 당황하여 뒤에서 소리쳤다. 역시 갓군과 나블 군이 이 펜리르를 상대하는 건 위험할 것 같았다.

그리고 펜리르는 아무래도 나와 유피를 주목하고 있는 듯했다. 우리를 품평하듯 본 후, 웃는 것처럼 이빨을 드러냈다.

"이거, 우리를 사냥감으로 본 거려나?"

"저는 정령 계약자고, 아니스한테서는 드래곤의 냄새라도 맡은 게 아닐까요?"

"코가 좋을 것 같긴 해. 뭐, 나도 펜리르라는 희귀한 마석 개체와 조우한다는 행운을 잡게 됐지만!"

"……하아, 역시 그렇게 되는 건가요."

"두 분 다 듣고 계십니까?!"

"괜찮아, 들려! 아까도 말했지만, 나블 군이랑 갓군은 샤르네를 호위해 줘! 이 펜리르는 내 사냥감이야!"

나는 오랜만에 느끼는 고양감에 웃었다. 그에 맞춰 등이 근질거리며, 각인문에서 드래곤의 마력이 흘러나왔다.

사실 펜리르와 조우한 게 처음은 아니었다.

처음 조우했을 때는 집단으로 토벌했기에 내 몫도 조금밖에 없었다고! 이번에는 한 마리를 통째로 꿀꺽해도 되지 않을까?!

그렇게 생각하니 웃음이 멈추지 않았다. 이렇게나 크게 자란 마석 개체를 간과할 수 없기도 하지만, 펜리르라면 어떤 마석을 얻을 수 있을지 기대된다!

"유피, 싸울 수 있지?"

"네, 아니스에게 맞출게요. 여기서 펜리르를 놓칠 수도 없으니까요."

"그럼 뒤는 맡길게!"

"맡겠습니다. 부디 앞만 보고 싸워 주세요."

우리가 전투태세에 들어간 것을 확인한 듯, 펜리르가 털

을 곤두세우고 입을 크게 벌렸다. 귀가 먹먹해질 만큼 강렬한 포효에 바람이 휘몰아쳤다.

나무가 부러져 자그마한 공간이 만들어질 정도의 충격에도 날아가지 않도록 다리에 힘을 주며 나는 더 활짝 웃었다.

"버릇없는 멍멍이네!"

나는 바람이 약해진 순간에 맞춰 크고 강하게 한 걸음 내디뎠다.

단숨에 가속하여 펜리르에게 육박했다. 펜리르도 그 속도에 대응하여 기선을 제압하고자 입을 크게 벌려서 물려고 했다.

나는 속도를 죽이지 않고 셀레스티얼을 방패 삼아 이빨을 막았다. 그 기세를 몰아 회전하여 펜리르 옆을 지나쳤다.

펜리르가 착지함과 동시에 셀레스티얼에 마력을 주입했다.

"우선 심플하게! 벤다!!"

마력을 변환해 도신을 형성, 그대로 칼날을 늘여 펜리르를 베어 넘기려고 했다.

하지만 펜리르도 갑자기 길어진 칼날에 반응하여 피했다. 확실하게 고개도 돌린 탓에 이빨에도 스치지 않았다.

"아깝다! 이빨 하나 정도는 벨 수 있을 줄 알았는데!"

이 펜리르, 반응이 빠르다. 내 움직임에 대응하는 것만으로도 규격을 벗어난 일이다. 게다가 나보다 몸집이 크고 속도도 빨랐다.

반격하겠다는 듯 펜리르가 땅을 박차고 내게 달려들었다.

"크르아아아!"

"가소롭네! 손! 반대쪽! 그리고 엎드려!"

이번에는 발톱으로 찢어발기려 하는 펜리르를 자잘하게 스텝을 밟아 피하고, 머리 위로 점프해 공중에서 몸을 돌린 후 뒤꿈치로 찍었다.

하지만 생각보다 모피가 단단했다. 살기를 느낀 몸이 바로 반응하여, 내리찍은 발을 축 삼아 펜리르의 등을 굴러서 거리를 벌렸다.

"크아아!!"

착지하는 순간, 펜리르가 짖었다. 동시에 바람이 탄환으로 변해 내게 날아왔다.

즉시 셀레스티얼로 막았지만, 충격에 몸이 뒤로 날아갔다. 그 흐름을 거스르지 않고 착지하여 자세를 바로잡았다.

"이 자식, 제법이네!"

반응 속도는 펜리르가 더 빠른 탓에 수세에 몰리게 되는 것이 괴로웠다. 대응할 수는 있지만, 만약 펜리르가 도망치면 귀찮아진다. 이 녀석을 여기서 놓칠 수는 없다.

"아니스, 뒤로 뛰어 주세요!"

그때, 유피의 목소리가 들렸다. 확인하기도 전에 뒤로 펄쩍 뛴 다음, 자세를 바꿔 달렸다.

"「어스퀘이크」!"

유피가 아르칸시엘을 움켜잡고 땅에 푹 꽂는 것이 시야 끄트머리에 보였다. 그 순간, 대지가 폭발했다.

땅이 솟아오르며 펜리르가 아까 쓰러뜨린 나무들까지 날려 버렸다.

땅이 융기하며 창처럼 솟은 끝부분이 펜리르에게 육박했으나 펜리르는 그걸 피하고 그대로 유피를 공격하려고 했다.

유피도 그걸 알아차리고 곧장 펜리르의 진로를 막듯 대지를 뾰족하게 융기시켰다.

"「에어 해머」!"

길을 막은 대지도 함께 부수며 유피가 펜리르를 향해 바람 망치를 휘둘렀다. 흙덩이가 섞인 일격은 기세를 잃었으나 펜리르에게 흙을 뿌리는 데엔 성공했다.

쏟아지는 토사가 불쾌한 듯 펜리르가 몸을 틀었다. 그사이에 유피는 땅을 박차고 위로 날아올랐다. 그대로 공중에서 몸을 돌려 아르칸시엘을 휘둘렀다.

"「워터폴」!"

유피가 공중에서 물을 대량으로 불러내 펜리르에게 쏟았다. 이미 무너진 지면은 진흙탕처럼 질척해졌다. 펜리르가 입을 크게 벌려 호흡을 발산하듯 유피에게 바람 탄환을 날렸다.

이에 유피는 하늘을 달렸다. 발밑에 바람을 일으켜 바람 탄환을 피하고, 그 기세를 몰아 낙하 속도를 높이며 펜리르에게 향했다.

"이곳에 광란의 연회를. 나의 목소리를 듣고 미쳐 날뛰어라! 「아이시클 스톰」!"

마치 바람과 얼음의 정령이 광희하듯 펜리르를 에워싸는 냉기 소용돌이가 만들어졌다. 휘몰아치는 냉기의 소용돌이는 펜리르의 털이 머금은 수분과 휘감아 올린 진흙, 그 전부로 몸을 굳히려는 것처럼 동결시켜 나갔다.

이건 버틸 수 없다는 듯 포효한 펜리르가 냉기 소용돌이에서 벗어나려고 했다.

"어디로 갈지 미리 알고 있다면!!"

"……?!"

내가 그 앞으로 돌아들었다. 발톱 모양으로 변형된 마력 칼날이 펜리르의 몸을 찢었다. 피하려고 몸을 튼 펜리르의 옆구리를 가른 일격이 그 몸에 새겨졌다.

그리고 선혈이 튀었다. 엇갈려 지나가며 생긴 상처에 펜리르가 날카롭게 비명을 질렀다.

좋았어! 묵직하게 들어갔다! 근데 유피도 변함없이 터무니없네! 지형이 바뀌었는데요!

"아니스!"

유피의 경고가 들려서 나는 펜리르를 보았다. 그대로 달려들 줄 알았는데 펜리르는 하늘을 향해 울부짖었다.

귀가 떨리는 포효를 따라 주위가 점점 어두워졌다. 하늘을 보니 빛이 차단된 원인은 구름이었다. ……구름? 이렇게 갑자기 구름이 낀다고?

"헉……! 유피, 물러나!!"

위험을 감지한 나는 다급히 외쳤다. 나와 유피는 동시에 펜리르와 거리를 뒀다.

다음 순간, 펜리르를 향해 하늘에서 뭔가가 떨어졌다. 직시하면 눈이 타 버릴 듯한 빛, 그리고 고막을 울리는 굉음— 즉, 벼락이었다!

"바람뿐만 아니라 번개 속성의 적성까지 있었던 거야?!"

번개는 바람의 아종으로 여겨지는 속성이다. 뇌운까지 부를 수 있다는 것은 이 펜리르의 마석이 번개 속성도 가지고 있다는 뜻이었다.

벼락을 맞은 펜리르는 쌩쌩했다. 심지어 몸에 번개를 축적한 것처럼 보이기도 했다. 아마 이러려고 벼락을 불렀을 것이다. 전기를 띠어서 그런지 파직파직 소리가 났다.

이어서 펜리르가 공격해 왔다. 명백하게 아까보다 힘과 속도가 올라가서 아슬아슬하게 반응할 수 있는 정도였다.

"벼락 맞고 파워 업이라니, 완전 사기야!"

셀레스티얼을 방패 삼아 이빨을 막았지만, 다음 순간, 몸이 저릿했다.

'이 녀석, 접촉해서 전류를 흘리고 있어!'

전류를 차단하기 위해 마력을 방출해서 대항했지만 힘겨

루기 상태가 되었다. 이대로 가면 저릿함이 심해져서 밀릴지도 몰랐다.

"얕보……지 마!!"

순간적으로 셀레스티얼에 마력을 쏟아부었다. 내 의지를 받은 셀레스티얼의 칼날은 점점 길어져서 그대로 내 몸을 공중으로 들어 올렸다.

몸을 상공으로 옮기고 마력 칼날을 해제하자 낙하하기 시작했다. 낙하지점에서는 펜리르가 이빨을 드러내고서 기다리고 있었다. 알면서 이대로 떨어질 것 같냐!

"유피! 날려 줘!"

"웃, 「에어 해머」!"

즉시 유피를 향해 외쳤다. 내 의도를 알아차린 듯 유피가 바람 망치로 나를 쳤다.

셀레스티얼로 바람 망치를 막아 그대로 거리를 벌리고 착지했다. 위력을 완전히 죽이지 못해서 얼굴을 찌푸렸지만, 온몸이 감전되는 것보다는 낫다!

"아니스, 괜찮아요?!"

착지한 내 곁으로 유피가 바로 뛰어왔다. 나는 유피에게 외쳤다.

"유피, 방금 그거 봤어?!"

"네! 바람과 번개 속성을 가졌네요!"

"심지어 펜리르야! 그 마석은 얼마나 가치가 있을까!"

내가 무심코 그렇게 말하자 유피가 그 자리에서 넘어질 듯이 어깨를 떨궜다. 싸우는 중이기에 진짜로 넘어지진 않았지만.

"역시 그 소리인가요! 정말로 어쩔 도리가 없는 사람이네요!"

"미안! 하지만 어쩔 수 없어!"

이 펜리르의 마석은 반드시 내가 접수하겠다! 번개와 바람의 이중 속성을 가진 펜리르의 마석이라니, 연구할 맛이 나잖아!

"유피! 단숨에 끝내고 싶으니까 「심장」을 쓸 거야!!"

그렇게 유피에게 선언한 나는 셀레스티얼을 고쳐 들고 의식을 집중했다.

"일어나라! 「가공식 · 용마심장」!"

드래곤하트

드래곤의 마력을 직접 몸에 주입하여 전신을 채워 나갔다. 온몸을 가득 채우고도 흘러넘치는 힘은 셀레스티얼로.

마력이 주입된 셀레스티얼의 칼날에 변화가 일어나, 칼날이 결정화되었다.

내가 한 걸음 내디딤과 동시에 펜리르도 포효하며 발을 내디뎠다. 전기를 두른 발톱 일격이 나를 찢어발기고자 했다.

이에 나는 정면으로 셀레스티얼을 휘둘렀다. 셀레스티얼의 칼날과 펜리르의 발톱이 교차하며 선혈이 튀었다.

툭 떨어진 것은 펜리르의 발이었다. 발이 베인 곳에서 피가 흘렀고, 펜리르가 겁먹은 듯 비명을 지르며 주춤했다.

조금 전까지 전의가 넘쳤던 펜리르의 눈에 두려운 기색이 섞였다. 하지만 그래도 펜리르는 자신을 분기시키듯 힘차게 짖었다.

"—도망치지 않고 짖은 그 높은 긍지에 경의를!!"

펜리르가 나를 깨물어 부수려고 입을 벌렸다. 나는 겁내지 않고 셀레스티얼의 결정화된 마력 칼날을 해방하며 일섬을 날렸다.

내가 가한 일섬은 펜리르의 일격을 막고 그대로 날려 버렸다. 부러져 있던 나무들과 함께 날아간 펜리르가 아직 부러지지 않은 나무에 부딪혀 멈췄다.

펜리르는 비틀거리며 일어나려고 했지만 그대로 전신을 떨며 쓰러졌다. 거구가 쓰러지는 충격에 땅이 살짝 흔들리고 정적이 찾아왔다.

나는 펜리르가 움직이지 않게 된 것을 확인하고 천천히 숨을 내쉬었다.

드래곤의 마력을 흩뜨리고 나서 셀레스티얼을 보았다. 이렇게나 힘을 담았는데 망가질 기미도 안 보이는 파트너가 믿음직스러워서 무심코 웃었다.

'토마스에게 진짜 고마워해야겠어.'

셀레스티얼을 검집에 넣고 유피 쪽을 돌아보았다. 유피는 경계를 푼 모습으로 한숨을 쉬며 아르칸시엘을 검집에 넣고 있었다.

"수고했어, 유피."

"네, 아니스도 수고했어요."

유피와 함께 웃으며 말을 나눴다.

"너희도 괜찮아?"

뒤에 있는 세 사람을 돌아보니 나블 군과 샤르네는 믿을 수 없다는 표정을 짓고 있었다.

갓군은 어째선지 묘한 표정을 짓고 있었다. 그리고 뭔가 결심한 듯 물었다.

"이건 하면 안 되는 말이겠지만, 두 분에게 호위 기사가 필요한가요?"

"그건 진짜로 하면 안 되는 질문이야, 갓군!"

묻지 않을 수 없었겠지만, 논의 자체를 무의미하게 만드는 말을 하는 갓군에게 태클을 거는 내 한심한 목소리가 숲속에 울려 퍼졌다.

* * *

펜리르 토벌을 확인한 후, 우리는 저택으로 돌아갔다.

토벌의 증거로 내가 자른 펜리르의 발톱을 가져가자 퍼시먼 자작은 그 자리에서 졸도할 듯이 놀랐다.

놀랄 만도 했다. 만약 우리가 없었을 때 펜리르와 맞닥뜨렸다면 엄청난 피해를 입었을 것이다. 단순히 운이 좋아서 지금까지 조우하지 않았던 거다.

"펜리르는 왕도의 모험가 길드에 가져가서 해체를 의뢰했으면 해. 우리는 아직 시찰 중이고, 운반을 부탁하는 대신 소재 일부를 퍼시먼 자작에게도 줄 테니까 영지 부흥에 보태 줘."

"네?"

"아, 물론 마도구 연구에 쓸 만한 부위는 내가 가져가겠지만!"

"그, 그건 괜찮습니다……. 오히려 제가 소재를 받는 것도 송구스러운데……."

"앞으로 퍼시먼 자작령을 부흥시키는 데 필요한 거예요. 나라의 지원이라고 생각하고 받아 주세요."

"유필리아 여왕 폐하께서 그렇게 말씀하신다면……. 그나저나 펜리르라니, 유필리아 여왕 폐하와 아니스 전하가 안 계셨다면 얼마나 큰 피해를 입었을지……. 다시금 진심으로 감사드립니다!"

"아냐, 나야말로 좋은 인연을 얻었다고 생각하고, 피해가 생기지 않은 걸 기뻐하자! 펜리르가 없어졌으니 마물도 조금씩 숲으로 돌아올 테고, 수입원도 늘어날 거야. 이후 영지 부흥은 맡길게, 퍼시먼 자작."

내가 그렇게 말하자 퍼시먼 자작은 눈을 살짝 크게 뜬 후, 천천히 숨을 내쉬며 어깨에서 힘을 뺐다. 그대로 가슴에 손을 얹고 미소 지었다.

"네. 반드시 기대에 부응하고 싶습니다."

"정말로 감사합니다! 이 은혜는 절대 잊지 않겠어요!"

퍼시먼 자작에 이어 샤르네도 감격한 모습으로 깊이 머리를 숙였다.

그 후 위협이 제거된 기념으로 작은 연회가 열리게 되었고, 퍼시먼 자작은 최대한의 사치를 제공해 줬다.

펜리르를 토벌했다는 소식은 영민에게도 전해져서 그들도 오늘은 잔치를 연다고 했다. 향후 부흥에 밝은 전망이 보였기 때문이리라. 꼭 진심으로 즐겼으면 좋겠다.

"이야~, 예상치 못한 거물이었네요. 펜리르라니."

작은 연회 도중에 갓군이 고기와 술을 끌어안고서 감회에 젖어 중얼거렸다.

나블 군은 와일드하게 양손에 음식을 든 갓군을 보며 눈썹을 찡그리고 있었지만, 갓군의 중얼거림에는 반응하기 곤란하다는 듯 한숨을 쉬었다.

"무시무시한 마물이었습니다. 기록으로 본 것과 실물은 다르군요⋯⋯."

"호위 기사로서는 한심하기 짝이 없는 말이지만, 아니스피아 전하와 유필리아 여왕 폐하가 안 계셨다면 어땠을지 생각만 해도 오싹해요."

"펜리르도 굉장했지만 아니스피아 전하와 유필리아 여왕 폐하도 굉장했습니다……. 유필리아 여왕 폐하의 재능이야 학생 때부터 인정하고 있었지만, 정령 계약자가 되시면서 엄청난 경지에 오르신 모양이라……."

"그렇게 따지자면 아니스피아 전하는 저게 대체 뭔가 싶었죠. 기사로서 자신감이 사라져요……."

"가크, 조금은 말을 가리도록 해……!"

갓군의 가벼운 태도에 나블 군이 눈총을 줬지만 나는 신경 쓰지 않기에 웃어넘겼다.

"근데 정말로 운이 좋았어. 펜리르라면 좀 더 피해가 생겼어도 이상하지 않으니까. 퍼시먼 자작령이 이 이상 피해를 입는 건 피하고 싶었고."

"그건 그렇지만요. 근데 두 분이 계셨던 것도 우연이었잖아요. 그것에게 대항할 수 있는 사람이 동부에 얼마나 있을지……."

"아니, 원래 그건 기사단이 포위해서 대응해야 하는 수준의 마물이야."

"그렇다고 해도요. 펜리르에게 대응할 수 있는 기사단은 손에 꼽을 정도예요."

"그건 그렇지만……."

"역시 동부의 상황은 아직 어렵다는 걸 통감했어요."

"유피."

갓군과 이야기하고 있으니 음료수를 한 손에 든 유피가 내 곁으로 왔다. 그러자 나블 군이 가슴에 손을 얹고 그녀에게 머리를 숙였다.

"오늘은 호위 기사로서 한심한 모습을 보여드려 죄송합니다."

"고개를 들어 주세요, 나블. 제 입으로 말하기도 뭐하지만, 저와 아니스는 규격을 벗어났으니까요. 둘이서 펜리르와 대치하는 건 보통은 생각할 수 없는 일이에요."

유피는 온화한 목소리로 나블 군에게 말했다. 나블 군은 천천히 고개를 들었지만, 그 표정은 복잡해 보였다.

"그리고 당신은 아직 신출내기 기사예요. 원래 같으면 그것에게 덤비려 하는 게 무모한 생각이에요. 하지만 그 위협을 체감한 것은 당신에게 좋은 경험이 됐을 거예요."

"그건…… 맞습니다."

"그렇다면 나블도 같이 생각해 주세요."

"생각…… 말입니까?"

"저도 아니스도, 아무리 무력이 극에 달하더라도 결국 개인일 뿐이에요. 저희끼리 모든 재앙에 대처하는 건 불가능해요."

"그건…… 그렇지요."

"그리고 아무나 이 영역에 도달할 수 없다는 것도 알고 있어요. 그래도 아니스의 마도구에는 그 가능성에 다가갈 수 있는 힘이 있다고 생각해요."

"마도구의 가능성……."

"네. 그렇기에 동부 개척은 팔레티아 왕국의 발전을 위해 빼놓을 수 없는 일이라고 생각해요. 마도구가 발전하려면 정령 자원을 더 많이 확보해야 하니까요. 그 밖에도 인재 육성이 필요하겠죠. 그 인재에 귀족이나 평민 같은 신분의 차이는 필요 없다고 생각해요. 마법을 쓸 수 있는지가 중요시되는 시대는 역사의 뒤안길로 사라져 가게 될 테니까요."

"……유필리아 여왕 폐하는 귀족의, 마법의 권위를 실추시키고 싶으신 겁니까?"

나블 군은 진지한 표정으로 유피에게 물었다. 이에 유피는 부드럽게 미소 지었다.

"마법만이 권위가 아닌 시대로 만들고 싶다는 게 정확하겠네요. 마법을 쓸 수 있는 것이 권위가 되는 게 아니라, 가능성을 발견할 재능의 하나로 꼽히는 미래. 제가, 그리고 아니스가 바라는 미래는 그런 거예요."

"……정말로 그런 미래가 찾아오리라고 생각하십니까?"

"실현되려면 긴 세월이 필요하겠죠. 하지만 서두르지 않아도 돼요. 몇 세대에 걸쳐서, 그게 당연해지는 날을 소원하며 나아가는 거예요. 선인의 가르침을 잊지 않으면서도 필요 이상으로 고집하지 않고. 나라를 위해, 백성을 위해 위정자로서 뭘 해야 하는지를 생각하며."

나블 군은 유피의 말을 듣고도 여전히 고민스러운 표정이었다. 그러자 유피는 나블 군에게서 눈을 돌려 자신의 손바닥을 내려다보았다.

"현재에 만족하지 않고 생각을 그만두지 않는 것. ······사실은 그 사람도 그렇게 살고 싶었을 테니까요."

"······유필리아 여왕 폐하."

유피의 중얼거림에 퍼뜩 놀란 모습으로 고개를 든 나블 군은 미간에 주름을 만들며 눈을 감았다. 그렇게 한동안 뭔가를 견디듯 침묵한 후, 조용히 고개를 끄덕였다.

"······저는 유필리아 여왕 폐하께서 말씀하시는 미래가 최선의 미래인지 확신할 수 없습니다. 그렇기에 제 나름대로 답을 낼 수 있도록 생각해 보고 싶습니다."

"네, 그래 주세요."

"······어려운 얘기는 잘 모르겠지만, 어쨌든 생각하기를 포기하지 말고 자신이 할 수 있는 일을 해 나가자는 말이죠, 아니스 님?"

"그걸 확인받는 부분이 글러 먹은 거야, 갓군."

유피와 나블 군에게 들리지 않도록 소곤소곤 확인받는 갓군의 행태에 힘이 쭉 빠져서 나도 슬쩍 한숨을 쉬었다.

계속 생각한다라. 유피가 그 사람이라고 말하며 떠올렸을 사람— 아르 군을 떠올리며 눈을 감았다. 중압감을 받는 것은 그만큼 책임을 느끼기 때문이리라. 그렇기에 우는소리도

하고 싶어진다.

"······아니스?"

나는 유피 곁으로 다가가 밀착하듯 어깨를 기댔다.

그런 나를 보고 유피가 조금 의아해하는 표정을 지었지만, 문득 뭔가를 깨달았는지 내 어깨를 안아 줬다.

"나블, 가크, 저희는 먼저 쉴게요. 아니스도 오랜만에 토벌에 참전해서 피곤한 것 같아요."

"알겠습니다. 퍼시먼 자작에게는 제가 전하겠습니다."

"부탁해요. 그럼 실례할게요."

유피는 내 어깨를 안은 채 걷기 시작했다. 나는 손을 뻗어 유피의 손을 깍지 껴 잡았다.

그대로 둘이서 방을 나가 우리에게 안배된 침실로 향했다.

이동하는 동안 나는 유피에게 기대어 이마를 문지르고 말았다.

그러자 유피가 작게 웃고서 다정한 목소리로 내 이름을 불렀다.

"아니스, 갑자기 왜 그래요?"

"아냐······ 드래곤의 마력을 써서 그런지, 나도 모르게 어리광 부리고 싶어졌을 뿐이야."

"그런가요."

유피는 그 이상 아무것도 묻지 않고 걸었다. 그리고 침실 문을 열고 나를 먼저 들여보낸 다음, 문을 닫고 잠갔다.

내 얼굴을 잡은 유피가 턱을 들어 올려 입을 맞췄다. 나는 저항하지 않고 그녀의 키스를 받으며 눈을 감았다.

서로 쪼듯이 키스한 후, 나는 유피를 지척에서 바라보며 중얼거렸다.

"……있지, 유피."

"네?"

"오늘은 그냥 조금 지친 거야. 우연히, 그래, 우연히 어리광 부리고 싶어졌을 뿐이야……."

"네, 알고 있어요."

입 맞추는 소리를 내며 유피가 키스의 비를 계속해서 내렸다. 유피와 닿을 때마다 눈이 절로 가늘어질 만큼 기분 좋았다.

그래, 오늘은 오랜만에 드래곤의 마력을 써서 마력이 안정되지 않았기에 어쩔 수 없는 거야. 그리고 조금 떠올리고 만 일이 있었으니까.

그래서 아주 조금만 기대고 싶어졌을 뿐이다.

"어리광 부려도 돼요, 아니스."

"……시끄러워."

놀리듯 말하는 유피의 이마에 머리를 콩 부딪치며, 나는 유피에게 몸을 맡기듯 힘을 뺐다.

그런 나를 사랑스럽다는 듯이 본 유피가 달콤하게 미소 지었다. 당장에라도 콧노래를 흥얼거릴 것처럼 즐거워 보여

서 조금 울컥했다.

* * *

펜리르와 조우한다는 예상치 못한 사태가 있었지만, 퍼시먼 자작령을 시찰하는 일정은 무사히 지나갔다.

우리는 자작 일가와 영민들에게 배웅받으며 퍼시먼 자작령을 뒤로했다.

"이 시찰도 슬슬 막바지네요."

"어라? 그랬던가? 벌써 그렇게나 예정을 소화했어?"

"……아니스, 역시 일정에 관해 흘려들었군요?"

"뜨끔!"

퍼시먼 자작령을 떠나고 첫 휴식 시간, 유피가 불쑥 중얼거린 한마디에 반응했다가 긁어 부스럼을 만들고 말았다.

유피뿐만 아니라 모두가 어쩔 수 없는 녀석을 보는 듯한 뜨뜻미지근한 시선을 보내서 매우 민망해졌다.

에어바이크가 효과적으로 활용되는 게 기뻤으니 어쩔 수 없잖아! 좀 신혼여행 같다는 생각도 했지만!

마음속으로 변명하고 있으니 유피가 이마를 짚으며 깊이 한숨을 쉬었다.

"……어쩌면 안 들었을지도 모르겠다고 생각은 했어요. 들었다면 이렇게까지 태연하지는 못했을 테니까요."

"엥?"

"시찰도 다음 영지가 마지막이고, 그 영지가 어딘지 기억한다면 아니스가 태연하지는 못할 거라고 생각했거든요. 눈치채지 못했다면 그냥 두자고 넘겼지만……."

"어어…… 무슨 뜻일까요?"

나도 모르게 존댓말이 되어 모두의 안색을 살피며 확인하고 말았다.

내 의문에 답해 준 사람은 레이니였다.

"아니스 님, 다음으로 시찰하러 갈 영지는 오커 변경백령이에요."

"……어? 오커 변경백령?"

나는 레이니가 알려 준 이름을 무심코 복창하고 말았다.

오커 변경백령. 나는 그 이름을 알고 있었다. 그렇기에 깜짝 놀랐다.

오커 변경백령은— 폐적된 아르 군이 유폐된 영지였다.

5장 그와의 재회, 미지와의 만남

오커 변경백령은 팔레티아 왕국의 최동단에 있는 영지다.

국경과 접해 있기에 나라의 지원도 두터웠다. 하지만 지원이 있어도 생활은 궁핍했다. 개척이 진행되지 않아 마물과 영역 싸움을 벌이는 하루하루가 이어져서 큰 발전을 이루지 못하고 있었다.

그런 상황인지라 징역형을 받은 죄인이 병사로 일하는 곳이었고, 영내 치안도 좋다고는 할 수 없었다. 떠들기 좋아하는 사람들은 오커 변경백령을 유배지라고 부를 정도였다.

그렇기에 변경백 가문은 여러 번 교체되어서 영주가 교대제인 영지가 되어 버렸다. 그런 사연이 있는 곳인지라 현 변경백 가문도 영지의 경계 근처에 저택을 짓고 영토에 들어가는 걸 피하고 있었다.

아르 군은 마을과 떨어진 곳에 지어진 저택에서 사는 것 같았다.

예전에 스탬피드에 휩쓸린 뒤 방치된 저택을 보수하여 지내고 있다고 했다.

그 저택이 있는 장소도 거의 숲속 한가운데라고 할 수 있었다. 울창한 나무들이 햇빛을 차단하여 숲은 어둡고 으스

스했다.

"검은 숲과 맞먹을 만큼 어둡네요……."

"응……."

유피의 중얼거림에 나도 고개를 끄덕여 동의했다. 밤에 오면 담력 테스트를 넘어선 체험을 할 듯한 괴이한 분위기가 충만했다.

그런 숲을 나아가자 아르 군이 살고 있다는 저택이 보이기 시작했다.

저택의 정원은 황폐하여 최소한의 관리만 되어 있었고, 외벽은 일부가 삭았고, 덩굴이 종횡무진 자라 있는 등 아무튼 외관이 심각했다.

"이 저택, 밤에 돌아다니면 뭔가 나올 것 같네요……."

"이런 곳에 아르가르드 님이……."

저마다 그렇게 반응하면서도 에어드라와 에어바이크를 멈추고 저택을 올려다보았다.

'이곳에 아르 군이 살고 있어…….'

마지막으로 방문하는 시찰 장소가 아르 군이 있는 영지라고 들은 뒤로, 나는 줄곧 생각했다.

이제 와서 무슨 얼굴로 아르 군과 만나면 좋을까.

그 생각밖에 안 들어서 다른 일은 손에 잡히지 않을 정도였다.

유피가 이번 시찰 중에 아르 군이 지내는 곳에 가겠다고 결정한 이유도 신경 쓰였지만, 일단 내 고민거리는 아르 군을 볼 면목이 없다는 것이었다.

아르 군을 이런 곳으로 쫓아내 버린 원인은 나에게 있으니까.

나를 원망하고 있지는 않을 것이다. 아르 군과는 마지막에 화해의 악수를 했다.

그렇다고 해서 아무 일도 없었던 것처럼 재회를 기뻐할 수도 없었다. 그저 단순히 아르 군을 어떻게 대하면 좋을지 알 수 없었다.

만나기 싫냐고 묻는다면, 만나고 싶다고 대답할 것이다. 하지만 만나고 싶은 마음만큼 그를 볼 면목이 없다는 생각도 드니까, 분명 만나기 싫다는 마음도 있을 것이다.

마음이 복잡한 채로 여기까지 와 버렸다. 여기까지 와서 돌아가는 건 말도 안 되는 일이다. 그러니 아르 군과는 싫어도 얼굴을 마주해야 한다.

아르 군은 이런 곳에서 어떻게 생활하고 있을까? 어떤 마음으로 지내고 있을까? 생각하기 시작하면 끝이 없었다.

"아니스."

"유피?"

"……분명 괜찮을 거예요."

그렇게 말은 해 줬지만, 유피도 어딘가 긴장한 모습이었다.

그래도 유피는 아르 군과 만나기로 했다. 그렇다면 내가 언제까지고 꾸물거릴 수는 없다는 생각에 뺨을 가볍게 때려서 정신을 다잡았다.

뺨의 통증으로 의식이 또렷해지니 문득 생각이 들었다.

"……이거 어쩌지?"

저택까지 온 건 좋은데, 문은 활짝 열려 있었고 문지기도 없었다.

이대로 들어가서 사람을 부르는 게 좋을까? 애초에 그 방법 말고는 없지? 꽥꽥 소리 질러서 부를 수도 없고.

"안에 사람이 있을 테니까 일단 불러올까?"

"아니스 님, 제가 갈게요."

갓군이 가볍게 한 손을 들며 말했다.

그렇게 정원에 발을 들인 갓군이 그대로 현관문으로 가려고 했을 때였다.

"—멈춰!"

갓군의 앞을 막듯 정원 그늘에서 뭔가가 튀어나왔다.

갓군과 현관문 사이에 나타난 것은— 소녀였다. 귀족 학원에 입학할락 말락 한 나이로, 우리보다 어렸다.

우리는 그 소녀를 보고 눈을 크게 뜨고 말았다.

소녀는 허리까지 오는 은회색 머리를 묶고 있었다. 그리고 그 머리에— 모발과 색이 똑같은 「늑대귀」가 있었다.

자세히 보니 소녀의 뒤에서 꼬리로 여겨지는 것까지 흔들리고 있었다. 어딜 어떻게 봐도 진짜였다. 파란 눈도 동공이 짐승 같았다. 사람과 짐승이 섞인 듯한 그 모습을 보고 다들 어안이 벙벙해졌다.

"수인……?"

마물 중에는 인간형 마물도 있지만, 소녀는 내가 아는 마물과 비교해도 사람과 흡사했다. 늑대귀와 꼬리를 제외하면 인간과 똑같았다.

대체 이 소녀는 누굴까? 어째서 정원에 숨어 있다가 우리 앞을 막은 걸까?

"너희, 수상해. 웬 놈들이냐!"

적의와 경계심을 드러내며 늑대귀 소녀가 우리를 위협했다.

그 말투가 좀 고풍스럽다고 할까, 어색하게 들렸다. 그 위화감에 의문이 들었지만 지금 신경 써야 할 문제는 아니었다.

"으음, 우리는…….."

"이곳엔 뭐 하러 왔지?! 그리고 거기 너!"

"어?! 저, 저요?!"

내 말을 막듯 외친 늑대귀 소녀는 레이니를 가리켰다.

갑자기 지목받은 레이니는 당황하며 깜짝 놀랐다. 그 반응이 마음에 안 든다는 것처럼 늑대귀 소녀가 눈을 찌푸렸다.

"너― 뱀파이어인가?"

"—엇?!"

늑대귀 소녀의 지적에 내 긴장감은 단숨에 높아졌다. 유피와 일리아도 마찬가지였다.

뱀파이어에 관해 모르는 갓군, 하르피스, 나블 군은 의아한 표정을 짓고 있었다.

말도 안 돼. 이 아이는 레이니가 뱀파이어라는 걸 어떻게 안 거야?!

"그리고 거기 너는…… 정말로 사람인가? 이상한 기운이 느껴지는데?"

다음으로 늑대귀 소녀가 가리킨 사람은 유피였다.

미심쩍어하는 지적에도 유피는 침묵을 관철했다.

뱀파이어뿐만 아니라 정령 계약자인 것까지 꿰뚫어 본 거야? 이 아이는 대체 정체가 뭐지?

"너는……."

"너도."

정체를 물어보려고 하자 또 발언을 차단당했다. 이번에는 내게 시선을 보냈다.

빤히 나를 본 소녀는 뭐가 마음에 안 드는지 인상을 확 찌푸렸다.

"너는…… 뭔지 모르겠지만 위험한 느낌이 들어. 그리고 닮았어."

"······닮았다고?"

"너— 아르와 뭔가 관계가 있는 건가?"

"아르라면······ 아르 군?!"

소녀가 꺼낸 이름에 나도 모르게 반응하고 말았다. 이 아이는 아르 군의 지인인가?

내 반응에 소녀도 눈을 살짝 크게 떴다가 물었다.

"설마— 너, 아니스피아인가?"

"······그렇긴, 한데."

내 이름을 불렀기에 무심코 긍정해 버렸다.

다음 순간, 무의식적으로 몸을 긴장시킬 정도의 살기가 느껴졌다. 그 살기는 눈앞에 있는 늑대귀 소녀가 보낸 것이었다. 그녀는 증오스럽다는 듯 나를 노려보았다.

"네가······ 아니스피아······!"

"저, 저기······ 잠깐 얘기를 들어 줬으면 하는데······."

"—아니스, 물러나세요."

날카롭게 말한 유피가 험악한 표정을 짓고서 한 발짝 앞으로 나갔다. 당장이라도 뽑을 것처럼 아르칸시엘을 잡고 있었다.

아아, 진짜! 상황이 엉망진창이야! 그리고 유피는 왕이 됐으니까 솔선해서 앞으로 나가면 안 되지!

"—아크릴 씨, 멈추십시오! 그분들은 적이 아닙니다!"

일촉즉발의 상황에 또 다른 목소리가 날아들었다.

현관문을 열고 나온 사람은 집사복을 입은 초로의 남성이었다. 그 남성을 본 유피가 표정을 풀고 말했다.

"클라이브, 오랜만이에요."

"유필리아 님, 격조하였습니다. 그리고 저희 손님이 실례했습니다. 사전에 설명이 부족했습니다. ……부디 용서해 주시길 바랍니다."

클라이브라고 불린 남성은 훌륭하게 인사하고서 늑대귀 소녀의 태도를 사과했다.

소녀는 클라이브가 머리를 숙인 것을 보더니 무안한 표정으로 적의를 거뒀다. 나도 그 모습에 안도의 숨을 내쉬고서 클라이브에게 말했다.

"클라이브, 오랜만이야."

"아니스피아 왕녀 전하, 격조하였습니다. 많이 크셨군요. ……아아, 지금은 장공주님이셨지요."

"은퇴한 이후로 처음 보는 거니까 대충 10년 만인가? 건강해 보여서 다행이야."

클라이브는 예전에 왕성에서 일하던 사람으로, 아바마마가 무척 신뢰하는 가신이었다. 나와 아르 군, 그리고 왕비 교육을 받던 유피를 가르치기도 했었다.

나이를 이유로 은퇴하고 왕성을 떠났지만, 아르 군이 변방으로 보내진다는 이야기를 듣고서 아르 군의 감시자 역할로 나서 줬다.

"은퇴했는데 변방까지 와 줘서 고마워."

"저도 고마워요."

"아니스피아 님, 유필리아 님⋯⋯. 아닙니다. 아르가르드 님의 처우에 관해서는 저도 책임을 느끼고 있으니까요. 이것이 최후의 소임이라고 생각하며 진력하고 있습니다."

"⋯⋯쌓인 얘기도 있겠지만, 그 전에 물어봐도 될까?"

나는 여전히 나를 가볍게 노려보고 있는 늑대귀 소녀를 보며 클라이브에게 물어보았다.

그러자 클라이브는 난처한 듯 쓴웃음을 지으며 이마에 맺힌 땀을 닦았다.

"이분은 아크릴 씨라고 하는데, 이 저택에 체재 중인 손님입니다. 그리고 보다시피⋯⋯."

"⋯⋯늑대귀와 꼬리가 달렸지. 진짜야?"

아크릴이라고 소개받은 소녀를 나도 모르게 빤히 바라보자 소녀는 불쾌한 듯 표정을 찡그리며 입을 열었다.

"빤히 보지 마. 이 귀와 꼬리는 리칸트라는 증거야."

"리칸트?"

"아크릴 씨의 부족, 종족이라고 할까요⋯⋯. 말하자면 아크릴 씨는 마석을 가진 인간입니다."

"마석을 가진 인간?!"

클라이브의 설명을 듣고 나는 경악하여 눈을 부릅뜨며 아크릴을 보았다.

그 말은 즉, 뱀파이어와 똑같다는 거다. 그렇다면 귀와 꼬리도 납득이 갔다. 말하자면 사람과 마물의 중간쯤 되는 존재인 것이다.

"마석을 가졌다니…… 그럼 마물인 건가요?"

하르피스가 곤혹스러워하며 중얼거리자 아크릴이 그쪽을 노려보았다.

"리칸트를 평범한 마물과 똑같이 취급하지 마."

"아크릴 씨, 위협하지 마십시오. 아르가르드 님께 폐가 됩니다."

"……흥."

아크릴의 태도는 뾰족했지만, 클라이브가 타이르자 입을 다물었다.

근데 참 충격적인 만남도 다 있다. 어떤 얼굴로 아르 군을 만나면 좋을지 모르겠다는 고민도 날아가 버렸다.

"클라이브, 일단 안에 들어가도 될까? 아르 군도 이 아이의 사정은 파악하고 있는 거지? 자세히 얘기를 듣고 싶은데."

"물론입니다. 그럼 안내해 드리겠습니다."

우리는 클라이브에게 승인받고 정원에 에어드라와 에어바이크를 이동시킨 뒤 저택에 들어갔다.

외관과 달리 저택 내부는 깔끔하게 청소되어 있었다. 다 같이 복도를 나아가자 클라이브가 어떤 방 앞에 멈춰 섰다.

"아르가르드 님, 유필리아 여왕 폐하 일행을 모셔 왔습니다."

"—들어와."

안에서 들린 목소리에 내 심장은 펄떡 뛰었다.

목이 타서 침을 삼켰다. 클라이브가 문을 열고 우리를 방 안으로 들여보냈다.

그리고— 나는 오랜만에 아르 군을 보았다.

나와 아주 비슷한 백금색 머리, 아직 낯선 진홍색 눈. 왕 성에 있을 때와 비교하면 검소한 옷을 입은 아르 군은 기억 속 모습보다도 키가 컸다.

"—유필리아 여왕 폐하, 아니스피아 장공주님. 먼 곳까지 와 주셔서 감사합니다."

우리의 모습을 확인한 아르 군은 그대로 무릎 꿇고 인사 했다.

유피는 일순 눈을 크게 뜨며 숨을 삼켰지만, 천천히 숨을 내쉬고서 아르 군 앞으로 한 걸음 나갔다.

"고개를 들어 주세요. 무릎 꿇을 필요는 없어요."

"신하로서 예의는 다하여야 합니다. 심지어 저는 죄인입니 다. 존안을 눈에 담는 것조차 염치없는 일입니다."

"……그럼 허락하겠습니다. 자세를 편히 하세요."

"……알겠습니다."

아르 군은 잠시 간격을 두고서 천천히 일어났다.

다시금 얼굴을 마주한 유피와 아르 군은 서로의 얼굴을 보고 어색하게 쓴웃음을 지었다.

"……이곳에는 막역한 자들만 있으니 부디 예전처럼 대해 주세요. 당신이 딱딱하게 예의를 차리면 마음이 좀 불편 거든요."

"일부러 신하로서 신경 썼더니, 한다는 말이 그건가?"

"당신이 말하니까 비꼬는 것처럼 들리네요?"

"뭐? 흥, 속 좁은 녀석."

유피와 아르 군은 가볍게 말을 주고받고서 서로 어깨를 으쓱였다.

그 대화를 듣고 나는 조금 놀랐다. 유피가 아르 군을 대하는 태도는 생각보다도 망설임이 없어 보였다. 나뿐만 아니라 나블 군도 놀란 모습이었다.

얼떨떨해하고 있으니 아르 군이 다른 사람들에게 시선을 보냈다.

"……다시 보니 뭐라고 먼저 말을 꺼내야 할지 난감한 멤버 군."

"그렇겠네요. 하지만 저희도 깜짝 놀랐어요."

"아아, 아크릴 말이지? 미안. 내 쪽에서 설명이 부족했어. 바로 클라이브를 보냈지만, 아크릴의 무례는 내 과실이야. 아무쪼록 아크릴을 벌하지 말아 줘. 아직 팔레티아 왕국의 상식과 물정에 어두워."

"고개 숙이실 필요는 없어요. 다만 이야기를 들을 수 있을 까요?"

"아크릴이 신경 쓰이는 건 당연하겠지. 하지만…… 나에 관해서도 얘기해야 할 텐데, 괜찮은 건가?"

그렇게 말한 아르 군은 나블 군, 갓군, 하르피스를 눈짓했다. 무슨 뜻인지 알아차린 유피가 고개를 끄덕였다.

"원래 전부 얘기할지 말지는 여기 온 다음에 정하려고 했지만……."

"아크릴이 레이니가 뱀파이어라고 말해 버렸으니까 설명하지 않을 수도 없지……."

"그런가…… 정말 미안. 일단 앉아. 얘기가 길어질 테니. 클라이브는 차를 끓여 줘."

"알겠습니다."

클라이브가 차를 준비하러 나갔고, 우리는 아르 군이 권한 대로 소파에 앉았다.

모두 자리에 앉은 것을 확인한 후, 아르 군은 옆에 앉은 아크릴을 보고서 다시 입을 열었다.

"먼저 뭐부터 설명하면 좋을까. 아크릴이 리칸트라는 건 이미 들었나?"

"네."

"리칸트는 보다시피 늑대귀와 꼬리, 그리고 높은 신체 능력을 가진 종족이야. 사람과 마물의 중간쯤 되는 종족이라고 하면 되려나. 리칸트는 무리 지어 살며 일족이 대대로 마석을 계승한다는 모양이야."

"그건 놀라운 얘기네요……."

"이미 눈치챘을 수도 있지만, 아크릴은 팔레티아 왕국 사람이 아니야. 여기보다 더 동쪽에서 왔어."

"즉, 아크릴 씨는 동쪽 너머—「캔버스 왕국」의 백성이란 건가요?"

유피는 어느 정도 눈치챘으면서도 놀람을 감추지 못하고 아르 군에게 물었다.

팔레티아 왕국의 동쪽 끝에는 깊은 숲과 험한 산맥이 있어서 그걸 국경선으로 쓰고 있었다. 그보다 더 동쪽에 있는 나라가 캔버스 왕국이었다. 거기서 왔다면 놀랄 만한 일이었다. 캔버스 왕국과의 관계 때문이다.

"캔버스 왕국이 있다는 건 알고 있었습니다. 하지만 행상인이 국경 부근에서 거래하는 정도일 뿐, 교류 자체가 거의 없어서 실태도 잘 모른다고 들었는데요……."

그랬다. 유피가 말한 대로 캔버스 왕국은 어떤 곳인지 잘 모르는 이웃 나라였다.

교류하려고 해도 험한 산길을 넘어야 하고, 저쪽도 국경 부근까지 가지 않으면 모습을 보이지 않으며 팔레티아 왕국과 관계를 맺으려 하지 않았다.

그래도 희귀한 마석이나 마물의 소재를 물물교환해 주기에, 그런 진귀한 물건을 원하는 행상인이 모험가를 호위병으로 고용하여 행상하러 갔다. 교류라고는 그 정도밖에 없는 나라였다.

하지만 아르 군은 복잡한 표정을 한숨을 쉬고서 고개를 가로저었다.

"동쪽에서 왔다고 하면 캔버스 왕국 백성이라고 상상하는 게 당연하지만, 실상 그렇지도 않아……"

"그럼 대체……?"

"아크릴은 어디까지나 리칸트 부족에서 지냈을 뿐이라서 캔버스 왕국에 속해 있었는지는 확실치 않아. 나도 아크릴에게 들은 얘기로 추측할 수밖에 없으니까. 아크릴은 그저 동쪽 너머에서 온 이방인일 뿐이야."

"어디까지나 부족 내에서 생활했을 뿐, 나라에 속했던 건 아니라는 건가요? 그 얘기를 그대로 받아들인다면 확실히 캔버스 왕국의 백성은 아닌 것 같네요……"

유피를 포함하여 이야기를 듣고 있는 우리 손님 측 사람들은 곤혹스러워했다.

그런 분위기가 되었을 때, 클라이브가 차를 실은 카트를 밀며 돌아왔다.

"클라이브 님, 돕겠습니다."

"아, 저도 도울게요."

"일리아, 감사합니다. 그쪽 아가씨도 잘 부탁드립니다."

역시 클라이브 한 명에게 다 맡길 수는 없다고 생각했는지 일리아와 레니가 돕기 시작했다.

그 모습을 본 아크릴이 관심이 생겼는지 일리아에게 시선을 줬다.

"클라이브, 그 사람이랑 아는 사이야?"

"일리아 말입니까? 일리아는 저의 제자 중 한 명입니다. 교육 담당 외에 오르펀스 선왕 폐하의 종자로 일한 적도 있는데, 일리아는 그쪽 제자죠."

"그럼 내 선배?"

"그렇다고 할 수도 있겠군요."

클라이브와 그런 대화를 나눈 후, 아크릴은 흥미진진한 모습으로 일리아를 주목했다. 일리아는 아크릴이 쳐다보든 말든 솜씨 좋게 차를 모두에게 대접했다.

그렇게 한숨 돌리자 이야기를 전환하듯 나블 군이 손을 들었다.

"저기, 죄송합니다. 확인하고 싶은 것이 있는데, 아까 거론됐던 뱀파이어는 무엇인지요? 레이니가 그 뱀파이어라는 건 대체……?"

당혹스러운 모습인 나블 군의 질문에 나와 유피는 마주 보고 서로 고개를 끄덕였다.

"이건 국가 기밀로 발설해서는 안 되는 얘기임을 명심하고 들어 줘."

"자칫 잘못하면 나라가 기울 만큼 중요한 얘기니까요."

"그, 그렇게 심각한 얘기입니까……?"

"이 얘기의 발단은 아르 군이 일으켰던 유피와의 약혼 파기사건에 있는데—."

우리는 사정을 모르는 사람들에게 아르 군이 일으켰던 약혼 파기 소동의 이면에서 일어났던 일, 그 과정에서 레이니와 아르 군이 뱀파이어가 되었다는 점, 그리고 뱀파이어의 정체 등을 알려 줬다.

설명을 듣는 나블 군과 하르피스는 내내 경악한 모습이었다.

그 옆에서 갓군이 이해했는지 못 했는지 알 수 없는 반응을 보여 맥이 빠질 뻔했지만, 대강 설명할 수 있었다.

"방금 얘기한 게 그 약혼 파기 이면에서 일어났던 일이고, 아르 군이 변방으로 보내진 진짜 이유야."

"그 약혼 파기의 이면에 이런 사정이 있었을 줄이야……. 그럼 샤르트뢰즈 가문과 모리츠가 처벌받은 것도……."

"나 역시 원래라면 목이 떨어질 만한 일을 했어. 나블, 용서받을 수 있으리라고 생각하진 않지만, 아무것도 모르는 너를 이용해서 정말 미안하다. 너의 불명예는 내 부덕의 소치임을 여기서 증언한다."

아르 군이 나블 군을 향해 깊이 머리를 숙였다. 이에 나블 군은 숨을 삼켰지만, 바로 숨을 내쉬고서 고개를 가로저었다.

"고개를 들어 주십시오, 아르가르드 님. 그 약혼 파기의 이면에 그러한 음모가 있었음을 저는 전혀 눈치채지 못했습니다. 섬기는 주인의 잘못을 바로잡는 것도 신하의 역할임을 생각하면, 저는 당신 곁에 있기에 부족한 사람이었습니다. 그러니 아르가르드 님께서 사죄할 필요는 없습니다. 오히려 당신의 고뇌를 헤아리지 못하여 부끄러울 따름입니다."

"너는 결코 모자란 남자가 아니야. 그저 지나치게 정직하고 성실했을 뿐이지. 그걸 교활하게 이용한 나의 죄는 앞으로도 사라지지 않을 거다. 그에 대한 속죄로서 앞으로 누구에게도 부끄럽지 않게 행동할 것을 맹세한다."

"……저도 같은 마음입니다, 아르가르드 님."

아르 군과 나블 군은 조금 어색해도 웃으며 온화하게 말을 주고받았다. 그 모습을 보고 나는 남몰래 가슴을 쓸어내렸다.

"─그나저나 사람과 마물의 중간쯤 되는 종족인가요. 마석이 자식에게도 유전되는 게 신기하고 놀랍네요……."

하르피스가 레이니를 빤히 바라보며 그렇게 중얼거렸다. 레이니가 몸 둘 바를 몰라 하자 일리아가 그런 레이니의 손을 잡아 줬다.

"뱀파이어가 어떻게 탄생했는지는 알았지만…… 그, 리칸트 분들은 어떤가요?"

"우리 리칸트는 위대한 선조에게 힘을 받아 지금의 모습이 되었다고 해."

하르피스에게 질문받은 아크릴은 담담히 대답했다. ……뭔가 나한테 보이는 태도와는 차이가 있는 것 같다.

"선조가 된 마물이 있고, 그게 늑대 마물이었다는 거야?"

"맞아. 우리의 선조는 늑대였다고 해. 리칸트 외에도 선조가 된 마물로부터 힘을 받은 일족이 있고, 각자의 영역에서 살고 있었어."

"리칸트 말고도 마석을 가진 일족이 있다니…… 참 흥미로운 얘기네요."

호기심을 자극받았는지 하르피스는 아크릴의 얘기에 흥미진진한 모습이었다. 나도 관심 가는 얘기이긴 하지만…….

"아크릴의 사정은 알았어. 근데 왜 여기 있는 거야?"

내가 질문하자 아르 군은 고민스럽다는 표정을 짓고서 조용히 말했다.

"─아크릴은 동쪽 산맥을 넘어 이 저택으로 도망쳐 왔어."

그렇게 아르 군은 두 사람의 만남을 이야기하기 시작했다.

6장 길 잃은 이는 만난다

　─배고프다.

　숨쉬기도 힘들다. 배고파서 기절할 것 같다.

　몸은 지쳤고 목도 말랐다. 그래도 나는 필사적으로 다리를 움직였다.

　멀리, 더 멀리. 이곳이 아닌 어딘가로. 이곳을 벗어나야 하니까.

　내 머릿속은 그 생각으로 꽉 차 있었다. 다른 쓸데없는 생각은 하지 못한 채, 녹초가 된 몸을 질질 끌며 앞으로 나아갔다.

　"……아."

　그렇게 걸어가니 버려진 것 같은 커다란 집이 나왔다. 그 집에서 맛있는 냄새가 났다. 그 냄새를 맡으니 배가 우렁차게 꼬르륵거렸다.

　'음식 냄새가 나……'

　요 며칠 제대로 된 음식을 먹지 못했다. 입안에 침이 가득 고였다.

　나는 그 냄새에 이끌려 집으로 다가갔다. 파수꾼도 없었기에 집에 들어가는 건 아주 간단했다.

'……인기척이 느껴져.'

버려진 건물처럼 보였는데 내부는 깔끔하게 청소되어 있었다.

사람이 살고 있는 것 같지만 모습은 보이지 않았다. 나는 기척을 죽이고서 냄새가 나는 쪽으로 갔다.

그리고 냄새의 근원지에 도착했다. 그곳에는 누군가의 식사로 보이는 음식이 차려져 있었다. 그걸 본 순간, 침이 꼴깍 넘어갔다.

'더는 못 참아―!'

배고픔이 한계에 달해서 머리가 제대로 돌아가지 않았다. 나는 지금까지 유지했던 경계심도 내다 버리고 식탁 위에 차려진 음식에 달려들려고 했다.

"―희한한 손님이군."

"……?!"

뒤에서 목소리가 들려서 돌아보기도 전에 천지가 뒤집혔다.

어느새 물로 만들어진 밧줄이 내 몸을 묶고 있어서 움직일 수 없었다. 상하가 뒤집힌 시야에 한 청년의 모습이 잡혔다.

이 꺼림칙한 저택과 어울리지 않을 만큼 밝은 백금발, 저도 모르게 시선을 빼앗기게 되는 반듯한 얼굴, 그리고 나를 바라보는 불길한 진홍색 눈.

그 눈이 끔찍한 기억을 자극하여 등골이 오싹해졌다. 하지만 겁먹고 있을 때는 아니었다. 나는 이를 드러내고 외쳤다.

"놔! 내려! 풀어!"

"······입을 열자마자 한다는 소리가 그건가. 아주 기운 넘치는 침입자군."

청년은 어이없다는 듯 말하고서 깊이 한숨을 쉬었다.

그리고 손을 뻗어 내 머리를 만졌다. 정확히는 내 머리에 있는 「귀」를. 감촉을 확인하듯 몇 번 만진 후, 툭 중얼거렸다.

"······이건 진짜인가?"

"만지지 마!"

몸을 흔들어 청년의 손을 뿌리쳤다. 청년이 만진 것은 내 머리와 똑같은 색을 지닌 「늑대귀」였다. 가까운 사이가 아니면 만지게 하지 않는 부위다. 멋대로 만지면 혐오감만 들었다.

으르렁거리듯 위협하며 청년을 노려보자 청년은 가만히 나를 관찰하는 것 같았다.

"워 울프인가? 아니······ 그렇다고 하기에는 생긴 게 인간에 가까워."

"나는 워 울프가 아니야! 긍지 높은 리칸트다!"

"그 긍지 높은 리칸트가 왜 음식을 훔쳐 먹으려고 했지? 남의 집에 멋대로 들어가 음식을 뺏는 것이 너희 사이에서는 허락되는 행위인가?"

"윽, 그건······."

너무나도 당연한 지적을 받고 대꾸할 말이 없어서 침음을 흘리고 말았다.

그때, 내 배가 배고프다며 애달픈 소리를 냈다. 청년이 눈을 동그랗게 뜨고서 나를 보았다. 그 시선을 받으니 수치심이 들었다.

"⋯⋯내 질문에 대답한다면 거기 있는 음식을 먹게 해 주지."

"어?"

"그 대신, 너는 도망치지 않고 위해를 가하지 않을 것을 약속하도록. 어때?"

"⋯⋯너야말로 그게 거짓말이 아님을 맹세할 건가?"

"맹세하겠어."

청년이 너무 쉽게 말해서 나는 의심스럽게 노려보았다.

하지만 그것도 오래가지는 않았다. 너무 배가 고파서 내 기력은 이제 한계였다.

"⋯⋯나도, 약속을 지키겠다고 맹세해."

"그런가."

내가 그렇게 대답하자 몸을 구속하던 물 밧줄이 사라졌다. 해방된 나는 살짝 휘청였지만, 착지에 성공했다.

"자, 먹어."

청년은 앉으라는 듯 의자를 뺐다. 나는 의자에 앉아 식탁 위에 놓인 음식으로 손을 뻗었다.

만든 지 얼마 안 됐는지 따뜻한 빵. 고기와 채소가 든 수프. 당장 달려들고 싶었지만 일단 독은 없는지 냄새를 맡았다.

수상한 냄새는 나지 않았으나 경계심을 완전히 풀 수 없어서 빵과 수프를 노려보았다. 그렇게 신음하고 있으니 맞은 편 자리에 앉은 청년이 한숨을 쉬었다.

"하아…… 자."

"앗……."

청년은 수프를 들어 한 모금 마셨다. 그리고 빵을 작게 뜯어 입에 넣었다. 빵을 꼭꼭 씹어 삼키고 나서 조용히 말했다.

"보다시피 독은 안 들어 있어. 넣을 틈도 없었다는 건 봤을 텐데?"

"……."

"역시 필요 없다고 한다면 내가 먹겠지만……."

"……윽, 먹을 거야!"

나는 잠깐 망설인 후, 몸을 내밀어 청년에게서 수프를 뺏었다. 그리고 빵을 입에 가득 넣고 정신없이 수프를 들이켰다.

입에 빵과 수프가 들어가자 오랜만에 행복한 기분이 들었다.

"맛있어…… 맛있어……!"

나도 모르게 눈물을 흘렸다. 이렇게 제대로 된 식사를 하는 건 정말로 오랜만이었다. 며칠 전에 먹은 거라고는 어떻게든 먹을 수는 있는 날고기가 다였다.

이렇게 제대로 된 식사는 어림도 없는 일이었다. 이게 현실인지 의심이 들 것 같았지만, 나는 하염없이 식사했다.

"진정해, 흘리겠다. 이건 네 거야. 천천히 먹어. 아무도 안 뺏어. 뭣하면 더 줄까?"

"더……? 더 먹어도 돼?! 빨리! 빨리 줘!"

"진정하래도…… 뭐, 좋아. 잠깐 기다려."

빈 수프 접시를 든 청년은 접시에 수프를 담아 돌아왔다.

나는 빵을 다 먹은 뒤에도 배가 터지도록 수프를 먹었다. 그러는 동안 눈물은 줄곧 멈추지 않았다.

"만족했나?"

"……."

먹는 동안 나를 계속 지켜보던 청년에게 말없이 고개를 끄덕였다. 이제 수프 한 방울도 배에 더 안 들어갈 것 같았다.

"그럼 식사의 대가로 몇 가지 질문을 하겠어. 너에게 거부권은 없어."

"……."

"먼저 네 이름을 들을까."

"……나는, 아크릴."

나는 이름을 물은 청년에게 내 이름을 알려 줬다. 아크릴, 하고 청년은 확인하듯 내 이름을 되뇌었다.

"아크릴인가. 너는 혹시 국경을…… 산을 넘어왔나?"

"……왜 그렇게 생각해?"

"너의 말투가 고풍스럽기 때문이야. 팔레티아 왕국의 고어, 과거에 쓰이던 형식에 가까워."

"팔레티아 왕국?"

처음 듣는 말이라서 나는 고개를 갸웃했다. 그러자 청년이 인상을 썼다.

"너는 캔버스 왕국에서 온 게 아닌가?"

"캔버스 왕국……? 그게 뭐야?"

"그쪽도 모르나……. 그럼 너는 어디서 왔지?"

"……몰라."

"모른다고?"

나는 그 질문에 대답할 수 없었다.

왜냐하면 나도 지금 이곳이 어디인지 모르고, 여기 오기 전에도 어디에 있었는지 모르니까.

"산을 넘어온 건 인정하지만, 팔레티아 왕국이란 것도 모르고 캔버스 왕국이란 것도 몰라."

"산을 넘어오기 전에는 어디에 있었지?"

"……잡혀 있었어."

"잡혀 있었다? 왜?"

"……그것까지 말해야 해?"

배가 차자 겨우 돌아온 기력이 경계심을 불러일으켰다.

음식을 준 건 고맙지만, 거기까지 얘기해도 될지 믿을 수는 없었다.

"……흠. 궁금하긴 하지만, 거기까지 파고들어도 되는지 묻는다면 어려운 문제군."

청년은 기분 상한 기색도 없이 간단히 고개를 끄덕였다. 조금 맥이 빠진 건 비밀이다.

"아크릴이라고 했나. 넌 여기가 어딘지 모르는 거지?"

"……그렇긴, 한데."

"그럼 한동안 이곳에 있겠나?"

"어?"

"나는 너에게 먹을 것과 침상을 제공하지. 그 대신 너는 내 질문에 답하는 거야. 어때?"

"……어째서?"

"너에게 관심이 있으니까. 산을 넘어온 너는 누구인지, 리칸트란 대체 무엇인지. 너를 알고 싶어."

처음에는 무슨 소리를 하는 건지 이해하지 못했다. 하지만 청년은 진심인 것 같았다.

어떻게 대답하면 좋을까 생각하고 있으니 청년이 콧방귀를 뀌고서 말했다.

"뭐, 너한테 거부권은 없어. 나는 너를 도둑으로 벌할 권리가 있으니까."

"……그건."

"하지만 너를 벌해 봤자 내가 얻을 게 없지."

청년은 딱 잘라 말했다. 아까부터 대화의 주도권을 청년이 쥐고 있었다.

"그러니 네가 이 거래에 응해 줬으면 해. 나는 호기심을 채우고, 너는 배를 채우고. 나쁘지 않은 조건 같은데?"

"……네가, 거짓말하고 있을지도 모르잖아."

"나를 안 믿는 건 상관없지만, 앞으로 먹고살 길은 있나?"

"윽……."

"그래서 어쩔 거지?"

나는 한동안 입을 다물고서 청년의 얼굴을 노려보았다. 하지만 청년의 제안이 매우 고마운 건 사실이었다. 청년이 말한 대로, 여길 나가도 갈 곳 따위 없으니까.

"……알았어. 널 따를게."

"그런가. 그럼 잘 부탁해."

"……네 이름은?"

내가 이름을 묻자 청년은 일순 아련한 표정을 지었다. 그 표정은 곧 쓴웃음으로 바뀌었고, 청년은 자신의 이름을 말했다.

"아르. ……그냥 아르다. 아르라고 불러."

"……아르."

아르, 하고 이름을 부르자 어째선지 아르는 그립다는 듯, 그러면서도 쓸쓸해 보이는 표정을 지었다.

왜 그런 표정을 짓는지 알 수 없었지만, 물어보면 안 된다는 것만큼은 알 수 있었다.

"아크릴, 네가 이 저택에 사는 건 좋지만 몇 가지 조건이 있어."

"조건?"

"일단 공부를 해줘야겠어. 어떤 사람한테는 네 말이 안

통할 테니까. 그 외에 팔레티아 왕국의 상식도 배워야 해."

"응."

"그리고 방을 하나 줄 테니, 기본적으로 거기서 안 나왔으면 좋겠어. 너처럼 짐승의 부위를 가진 자는 마물로 오해받을 가능성이 있으니까."

"리칸트를 평범한 마물과 똑같이 취급하지 마!"

"그건 너의 상식이잖아? 우리는 리칸트와 교류가 없어."

아르는 그렇게 말했지만, 정말인지 의심되었다. 배가 차서 머리도 돌아가게 됐기 때문일까. 아르의 눈을 보고 있으니 어떤 짐작이 떠올랐다.

그 짐작이 맞다면 아르가 리칸트를 모르는 건 이상한 얘기다.

"아르는 정말로 리칸트를 몰라?"

"그래."

"─뱀파이어면서?"

내 물음에 아르는 눈을 크게 떴다. 그 후 예리한 눈빛을 띠고서 아까보다도 낮은 목소리로 내게 물었다.

"……뱀파이어를 알고 있나?"

"……알고 있으면 안 돼?"

반대로 되묻자 아르는 다시 입을 다물어 버렸다. 하지만 아까보다도 나를 경계하는 것 같았다. 그렇게 예민하게 굴 질문은 아닌 것 같은데…….

"뱀파이어인데, 나를 안 잡아도 돼?"

"잡는다고……?"

"……혹시 아르는 내가 아는 뱀파이어랑 다른 부족이야?"

"잠깐. 애초에 너는 뱀파이어를 아는 건가? 그리고 부족이라니? 즉, 뱀파이어 취락 같은 게 있다는 건가?"

"어? 진짜로 모르는구나……."

놀람 반, 안심 반이었다. 나는 무심코 가슴을 쓸어내렸다. 이 모습을 보아하니 아르는 내가 아는 뱀파이어와는 관계가 없는 것 같았다.

그렇다면 반대로 아르에게는 내 사정을 이야기해 두는 편이 좋을지도 모른다.

"내가 산을 넘어온 것도 뱀파이어한테서 도망쳤기 때문이야……."

"뱀파이어한테서 도망쳤다고?"

"원래부터 마음에 안 드는 녀석들이었지만, 그 녀석들한테 붙잡혀서 노예처럼 다뤄졌어. 그래서 도망쳤어. 그게 내가 여기 있는 이유야……."

그게 내가 산까지 넘은 이유였다. 그걸 전하자 아르는 여전히 험악한 표정으로 입가를 매만지며 생각에 잠겼다.

"……너한테 물어야 할 게 늘어난 것 같군. 서로 모르는 게 너무 많아. 서로 인식을 맞춰 가는 작업이 필요해. 우선 추격자가 붙었을 수도 있나?"

"……모르겠어. 애초에 그 녀석들이 왜 나를 잡았는지도 몰라."

"리칸트와 뱀파이어는 교류가 있었나?"

"서로 존재를 알고 있었을 뿐이야. 우리는 부족 간에 싸움이 벌어지지 않도록 자신들이 정한 영역 내에서 지냈어. 그래서 서로 관여하지 않아."

"흥미로운 얘기군……. 리칸트 외에도 여러 부족이 있다는 건가?"

아르는 내 얘기가 흥미로웠는지 이런저런 질문을 던졌다. 그렇게 질문하는 아르의 표정은 아까보다도 어려 보였다.

어른스럽고 매우 냉철한 아르와 호기심에 이끌려 즐거운 표정을 보여 주는 아르. 그런 양면성을 가진 그에게 나도 흥미가 생겼다.

그 후 우리는 서로의 생활과 지식에 관해 오랫동안 이야기를 나눴다.

아르가 사는 「나라」의 이름은 팔레티아 왕국. 리칸트의 취락에 빗대어 말하자면 부족의 족장이 「왕」이고, 그 왕을 보좌하는 「귀족」이 있고, 그 밑에 「평민」이 있다.

팔레티아 왕국의 영토는 리칸트의 취락과 비교가 안 될 만큼 넓어서 백성의 수도 상상이 안 갈 만큼 많다.

그렇기에 왕을 대신하여 각 토지를 다스리는 우두머리가 필요하고, 그게 귀족이라는 건 이해했다.

아르가 말하길, 엄밀히 말하면 더 복잡하지만 내가 제대로 이해하지 못하니까 이렇게만 알아도 된다고 했다.

반대로 아르는 리칸트 부족이 어떤 방식으로 존재하는지 바로 이해했다. 굉장히 머리가 좋은 사람이라고 감탄이 나올 정도였다.

서로의 사정을 어느 정도 설명한 후, 아르는 만족스럽게 고개를 끄덕였다.

"그렇군. 외부에서 보면 폐쇄적이지만 내부에서 보면 개방적으로, 리칸트는 자연에 몸을 맡긴 소박한 생활을 하는 거네."

"팔레티아 왕국은…… 뭔가 복잡하네?"

아르의 이야기를 이해하려고 머리를 많이 썼다. 오랫동안 산을 헤매기도 해서 졸음이 슬금슬금 다가오는 게 느껴졌다.

"……호기심이 이겨서 널 무리하게 한 모양이야. 방을 준비할 테니까 오늘은 이만 자도록 해."

"무리한 건 아니야……. 필요한 일이었다고 생각하고."

"그런가. 그럼 방을 준비시킬 테니 잠깐 기다려."

자도 된다는 말을 들으니 눈을 뜨고 있기도 귀찮아졌다.

아르와 이야기하면서 아르라면 믿어도 된다는 생각이 들었기 때문일까.

'뱀파이어인데 내가 아는 뱀파이어랑 전혀 달라서 그런가…….'

생각하려고 하자 졸음이 더 거세게 밀려들었다. 이제 한

계라는 생각에 눈을 감고 식탁에 엎드렸다.

그렇게 나는 순식간에 의식을 놓아 버렸다.

＊　＊　＊

―피비린내가 난다.

일대에 피를 쏟은 것처럼 눈앞이 새빨갰다. 구역질이 날 만큼 진동하는 피비린내가 후각을 마비시켰다.

으르렁거리는 소리가 났다. 비명이 들렸다. 귀청을 찢는 절규가 울려 퍼졌다. 뒤섞이는 소리를 듣고 있으니 머리가 이상해질 것 같았다.

그 소리에 섞여 또 다른 소리가 들렸다. 아아, 또 왔다. 그럼 싸워야 해.

―그래. 여기서는 싸워서 죽여야 한다. 안 그러면 반대로 내가 죽을 테니까.

그러니 나는 오늘도 죽인다. 피비린내가 지워지지 않을 만큼, 몇 번이고―.

"―헉…… 헉…… 헉……!"

벌떡 몸을 일으킨 나는 지금까지 내가 자고 있었다는 걸 떠올렸다.

코가 마비될 듯한 피비린내도 나지 않았다. 쏟아부은 듯한 핏빛도 보이지 않았다. 낯선 방과 새하얀 침구만이 있을 뿐이었다.

여기가 어디인지 알 수 없어서 일순 혼란스러웠지만, 잠들기 전에 만난 아르를 떠올리고 침착함을 되찾았다.

'그런가. 나 그대로 자 버렸구나……. 여기가 아르가 말했던 내 방?'

긴장이 탁 풀려서 침구에 몸을 맡기듯 누웠다.

부드러운 이불에서는 햇살 같은 냄새가 났다. 이불에 몸을 비비적거렸을 뿐인데 따뜻해지는 기분이었다.

꿈의 기운이 멀어졌다. 이곳은 안심할 수 있는 곳이라고 생각하니 눈물이 차올랐다.

"……좋은 냄새."

이불에 얼굴을 묻고 속으로 쏙 들어갔다. 그 부드러운 감촉과 포근한 냄새에 눈물을 뚝뚝 흘리면서 눈을 감았다.

줄곧 헤매며 차가운 밤을 보냈다. 계속 그런 생활이 이어질 줄 알았지만, 아르와 만났다.

음식을 훔쳐 먹으려고 들어온 건 사과해야겠지만, 아르와 만나서 정말 다행이라는 생각이 든다.

"……맞다, 아르."

잠이 깨긴 했지만, 리칸트를 잘 모르는 팔레티아 왕국 사람들 앞에 내가 모습을 드러내는 게 그다지 좋은 일이 아니

174 전생 왕녀와 천재 영애의 마법 혁명 5

라는 건 이해했다.

그럼 어쩌면 좋을까. 기다리고 있으면 아르가 올까?

"아크릴, 일어났나?"

"꺄아?!"

그런 생각을 하고 있으니 문 너머에서 아르의 목소리가 들려왔다. 갑작스러운 일이었기에 깜짝 놀라서 몸이 펄쩍 뛰었다.

"아침 식사를 가져왔어. 방에 들어가도 될까?"

"으, 응."

아직 가슴이 두근거렸지만, 아침 식사라는 말에 귀가 쫑긋 섰다.

방에 들어온 아르는 아침 식사가 담긴 쟁반을 내게 건넸다.

이 방에는 테이블과 의자가 없었기에 나는 침대에 앉아서 아침을 먹기 시작했다. 어제 먹었던 것과 거의 똑같은 빵과 수프였지만, 그래도 맛있어서 신경 쓰이지 않았다.

"맛있나?"

"엄청!"

"그런가. 만든 이도 기뻐하겠어."

"아르는 안 먹어?"

"나는 이미 식사를 끝냈어."

"그렇구나."

아르와 나누는 별 의미 없는 대화. 뱀파이어 녀석들에게 붙잡혔을 때나 도망칠 때는 거의 잊고 있었던 일상의 기운.

이곳은 따뜻하다. 아르가 있기 때문일까? 이 사람이 나를 허락해 줬기에 이 행복을 느낄 수 있다.

"아르."

"응?"

"고마워."

그러고 보니 고맙다고 제대로 인사를 안 했다는 것이 생각나서 아르에게 그렇게 말했다.

고맙다는 말을 들은 아르는 눈을 살짝 동그랗게 떴다가 미소 지었다.

그것만으로도 다시 행복의 냄새가 짙어진 것 같았다.

7장 그대는 아름다운 사람

아르의 저택에서 지내기 시작하고 열흘쯤 지났다.

나는 방에서 나갈 수 없기에 팔레티아 왕국에서 쓰이는 말을 공부하고 있었다.

"역시 네가 쓰는 말은 팔레티아 왕국의 고어와 비슷해. 다소 변형된 부분은 있지만 거의 똑같아."

"흐응~ 그렇구나."

아르와 공부하면서 서로의 상식을 알아 나간 결과, 그런 결론에 이르렀다.

"네가 쓰는 말은 리칸트가 옛날부터 쓰던 말이지? 그럼 너희 선조가 우리의 선조와 같은 일족이었을 가능성도 있겠어."

"그런 거야?"

"추측일 뿐이지만. 그래도 이 정도면 책도 읽을 수 있겠지. 나중에 몇 권 가져다줄게."

"책? 희한한 걸 가지고 있네."

"리칸트도 책은 가지고 있었나?"

"으음…… 리칸트는 기본적으로 다른 부족과 교류하지 않지만, 그래도 때때로 유별난 괴짜가 물물 교환을 하러 오거든. 책은 좋아하는 사람이나 족장만 읽었어. 나는 글자를 배워서 읽을 수 있지만, 딱히 책을 좋아하진 않아."

"족장이나 유별난 사람만 읽었다고……. 기록 같은 건 안 남겼나?"

"기록? 옛날 일은 족장이 구전으로 전하고 있어. 노래로 만들어서 남기기도 하고."

"글자를 배우는 게 필수는 아니라는 거군……. 그런데 너는 글자를 읽을 줄 안다고?"

"한 번 배우면 대체로 기억하니까."

"……혹시 넌 무자각 천재인가?"

"응? 뭐라고?"

"아니, 아무것도 아니야."

아르와 같이 공부하고, 팔레티아 왕국의 이야기를 듣고, 리칸트의 생활에 관해 이야기하는 것은 즐거웠다.

하지만…… 어느 날, 아르가 내 방에 오지 않았다.

"아르, 오늘은 안 오나?"

아르가 온종일 나와 함께 있는 건 아니었다. 찾아오는 건 식사 때였다. 그리고 아르에게 시간이 있으면 공부를 가르쳐주거나 대화를 나누곤 했다.

아르가 오지 않으면 밥도 먹을 수 없기에 곤란했다. 실제로 아침을 먹고 나서 다음 식사가 오는 게 평소보다 늦었다.

"무슨 일 있나……?"

나는 이 방에만 있어서 바깥이 어떤지는 전혀 몰랐다.

불안한 마음이 들었다. 아르가 안 온다면 다시 외톨이가 되어 버린다. 그것뿐이라면 그나마 낫다. 악몽에 나오는 광경으로 당장 되돌아갈 것 같아서 가슴을 쥐어뜯고 싶어졌다.

"······응?"

불안해진 탓에 평소보다 감각이 예민해진 걸지도 모른다. 그래서 나는 그 소리를 듣고 말았다.

소리에 귀를 기울였다. 그건 사람 목소리였다. 멀리서 큰 목소리로 뭐라 뭐라 외치고 있는 것 같았다. 평범하게 대화하며 낼 소리는 절대 아니었다.

"뭐지······?"

안 된다고 생각하면서도 나는 문으로 다가갔다. 그러자 들려오는 목소리가 더 선명해졌다.

그건 고함 같았다. 그리고 멀리서 풍겨 오는 냄새도 맡을 수 있었다. 그 냄새가 몹시 익숙한 냄새라 나는 동요할 수밖에 없었다.

'피 냄새······?!'

어째서 피 냄새가? 대체 무슨 일일까? 혹시 아르에게 무슨 일이 생긴 건 아닐까?

그렇게 생각하자 가만있을 수 없었다. 나는 살짝 열려 있던 문을 벌컥 열어젖히고 목소리가 들리는 방향으로 달려갔다.

그렇게 간 곳은 이 저택의 정면 입구가 있는 커다란 홀이었다. 풍겨 오는 짙은 피 냄새, 뭐라고 지시하는 다급한 목소리, 그리고 익숙한 빨간색으로 물든 사람이 누워 있었다.

"―빨리 붕대를 가져와! 응급 처치를 서둘러! 상처 소독은 내가 하겠다!"

부상자 옆에서 아르가 험악한 표정을 짓고서 날카로운 목소리로 지시를 내리고 있었다.

아르는 옷이 피에 젖는 것도 아랑곳하지 않고 고통스러워 신음하는 부상자를 치료하고 있는 것 같았다.

아르가 손을 휘젓자 아무것도 없는 곳에서 물이 나와 부상자의 상처를 소독했다. 멀리서 봐도 저건 봉합이 필요한 깊은 상처였다.

하지만 일손이 부족하여 치료까지는 못 하는 것 같았다.

'치료할 사람이 없는 거야?'

부상자 수가 많은 탓이리라. 이대로 가면 치료가 늦어져서 목숨을 잃는 사람이 나올지도 모른다.

숨이 거칠어지려고 해서 필사적으로 심호흡했다. 한동안 맡지 않았던 진짜 피 냄새와 농후한 죽음의 기운에 머리가 어지러워졌다.

아니다. 이곳은 내가 붙잡혀 있었던 지옥 같은 곳이 아니다. 지금 이곳에는 다친 사람이 있고, 치료해 줘야 한다. 하지만 그럴 일손이 부족하다.

그렇다면 지금 여기서 내가 해야만 하는 일은 뭐지?

"―아르!"

나는 2층에 있었고 아르가 있는 홀은 1층이었다. 나는 2층 난간을 잡고 그대로 1층으로 뛰어내렸다.

아르가 나를 보고서 화들짝 놀란 표정을 지었다. 나는 가볍게 착지하여 아르 곁으로 달려갔다.

"아크릴?! 너 왜 방에서 나왔어?!"

"얘기는 나중에! 치료가 필요한 거지? 내가 할 수 있어!"

"뭐?"

"리칸트는 모두 사냥꾼이야! 다쳤을 때의 처치는 어릴 때부터 배워! 돕게 해 줘!"

나는 아르를 똑바로 바라보며 말했다. 그는 놀라고 곤혹스러워하면서도 나를 바라보았다.

그렇게 마주 보는 시간은 길게 이어지지 않았다. 아르 옆에 누워 있는 부상자가 고통스럽게 신음했기 때문이다. 그 소리에 아르의 시선이 부상자에게 돌아갔다.

"……알았어. 도와줘, 아크릴. 치료를 맡아 줄 사람이 부족해."

"응! 우선 부상자를 파악하고 싶어! 처치가 필요한 사람부터 순서대로 치료할게! 그리고 바늘이랑 실! 봉합용 도구가 있으면 빌려줘!"

*　*　*

　아르에게 도구를 빌려서 처치가 필요한 사람을 치료하고 한숨 돌렸다.

　다행히 죽거나 손발을 잃은 사람은 없었다. 안정을 취하며 상처를 악화시키지 않는다면 건강을 되찾을 것이다.

　치료가 끝난 후, 아르는 곧바로 나를 데리고서 방으로 돌아갔다. 나를 방에 넣은 아르는 미간을 찌푸리고서 복잡한 표정을 짓고 있었다.

　"……아크릴, 이번에 치료를 도와줘서 고마워. 하지만 왜 멋대로 방을 나온 거야?"

　"……미안해."

　약속을 어긴 것은 사실이었다. 그렇기에 순순히 사과했다.

　"하지만 뭔가 소란스럽고 피 냄새도 나서…… 아르한테 무슨 일이 생긴 건가 싶어서."

　변명 같은 말이라는 건 나도 알기에 시선이 바닥으로 내려가고 말았다. 그래서 아르가 어떤 표정을 짓고 있는지도 알 수 없었다.

　툭, 머리에 손이 얹어졌다. 아르는 여전히 인상을 쓴 채로 내 머리를 쓰다듬었다. 딱 봐도 머리를 쓰다듬는 데 익숙하지 않은 사람의 손길이었다.

　"고맙기는 해. 하지만 어쩌면 네가 더 큰 혼란을 부를 수도 있었어. 경솔한 짓은 하지 마."

"……응."

"그래도 좋은 기회가 됐어. 네가 치료를 도와줬으니 너한테 악의가 있다고 보는 사람은 적어지겠지. 그러면 방에 가둬 둘 필요도 없어질 거야."

"정말? 나가도 돼?"

"계속 가둬 둘 수는 없으니까. 그리고……."

"그리고?"

"……너한테는 돌아갈 곳이 있지 않나?"

아르의 말을 듣고 나는 리칸트 취락을 떠올렸다. 돌아가고 싶냐고 묻는다면 돌아가고 싶었다.

하지만 나는 천천히 고개를 가로저었다. 그리고 아르를 똑바로 바라보았다.

"나는 받은 은혜를 잊지 않아. 은혜를 다 갚을 때까지 아르 곁에 있을 거야. 그리고 리칸트 취락이 어디 있는지도 모르고, 찾으러 가려고 해도 지금은 아직 힘이 부족해."

"……그런가. 그나저나 네 치료는 훌륭했어."

아르는 내 대답을 듣고 나서 화제를 돌리듯 치료 얘기를 꺼냈다. 이에 나는 고개를 끄덕이며 말했다.

"사냥꾼 일족인 리칸트는 우리 영역을 지키기 위해 마물을 사냥하는 게 생활의 일부니까. 리칸트라면 그 정도 기술은 누구나 배워."

"그렇군……. 마물과 더 가까운 곳에 사는 일족이라서 그런가. 이번에는 정말로 네 덕분에 살았어."

"그런데 그 사람들은 왜 그렇게 다친 거야? 마물한테 당한 거지?"

"솎아내러 갔다가 다친 거야. 이곳은 팔레티아 왕국에서도 변방이니까. 마물을 사냥할 일손은 항상 부족해. 이렇게 다치는 사람도 적지 않아."

"……흐응."

내 질문에 아르가 대답해 줬지만 나는 한 가지 의문이 들었다.

"있지, 아르."

"응?"

"일손이 부족한데 왜 아르는 안 싸워?"

아르가 입은 옷에는 피가 묻어 있지만, 그건 어디까지나 부상자를 치료하면서 묻은 피였다.

냄새를 맡아 봐도 아르는 밖에 나가지 않았다. 즉, 아르는 다른 사람들에게 전투를 맡기고서 저택에 있었다는 뜻이다.

"그리고 부상자 치료도, 아르가 그 사람들에게 힘을 줬다면 바로 나을 상처였는데."

"……힘?"

"아르는 왜 그 사람들을 권속으로 안 삼아?"

내가 아는 뱀파이어는 그런 종족이었다. 아르는 그들과 관계없는 뱀파이어라지만, 뱀파이어인 점은 변함없을 터다.

그 사람들을 권속으로 삼아 뱀파이어 일족의 일원으로 맞이하면 쓸데없는 상처도 줄어든다. 나는 그렇게 생각하고 말았다.

"팔레티아 왕국에는 나 같은 종족이 없다고 들었지만, 그래도 힘든 상황에 처했다면 아르가 그 사람들에게 힘을 주는 게 더 편하지 않아? 내 생각은 그런데……."

"……너는 그들을 뱀파이어로 바꿔 버리는 게 낫다고 생각하는 건가?"

"내가 아는 뱀파이어는 그랬으니까, 「안 그러는 걸까?」 하고 생각했을 뿐이야. 아르도 그 사람들을 걱정했잖아?"

아르는 내 말을 듣고서 머리가 아프다는 듯 미간을 짚었다. 그렇게 한동안 침묵한 후, 천천히 입을 열었다.

"……아크릴, 네가 마물로 오해받을 수도 있으니까 이 방에서 나오지 말라고 했잖아? 즉, 팔레티아 왕국에서 리칸트나 뱀파이어는 마물로 여겨질 수도 있다는 거야."

"하지만 마물이 아닌데?"

"리칸트와 뱀파이어는 왜 마물이 아니지?"

"왜냐니…… 그렇지만 다른걸."

"너는 다르다는 걸 아니까 그렇게 말할 수 있는 거겠지. 하지만 팔레티아 왕국에는 리칸트와 뱀파이어가 없고, 존재 자체가 알려지지 않았어. 그래서 마물과 다르다는 걸 모르

는 사람이 더 많아. 마물과 똑같이 취급되어 죽을 가능성
도 있어."

"……그렇구나."

팔레티아 왕국에서는 그렇다고 하니, 솔직히 무슨 말을
하면 좋을지 알 수 없어졌다.

저번에 가볍게 설명을 듣긴 했지만, 실감이 나지 않았다
는 걸 새삼 자각했다. 내게는 그런 상식이 존재하지 않기
때문이다.

"확실히 나는 사람들을 걱정하고 있어. 어떻게 보면 나 때
문에 이런 역할을 맡게 된 거니까. 도와줄 수 있다면 돕고
싶어. 하지만 나는 아무것도 할 수 없어."

"그건 거짓말이야. 왜냐하면 아르…… 꽤 강하잖아?"

평소 몸놀림을 보면 아르는 자연스럽게 사각지대를 경계
하고 있었다. 그 외에도 발걸음이라든가, 가끔 보이는 팔의
근육도 단련하는 사람의 것이었다.

그걸 지적하자 아르는 나를 보았다. 그 미간에는 주름이
아예 새겨져 버릴 듯이 잡혀 있었다. 그리고 어째선지 체념
한 듯 한숨을 쉬었다.

"……리칸트는 그렇게 통찰력이 뛰어난 종족인가?"

"사냥꾼이니까. 집중력과 관찰력이 없으면 숲속은 위험하
고, 마물과의 실력 차이를 헤아리지 못하면 목숨을 잃을 수
도 있어. 그래서 아르가 아무것도 안 하는 게 이상해. 너한

테는 확실히 싸울 힘이 있을 텐데."

내 물음에 아르는 완전히 입을 다물어 버렸다.

물어보면 안 된다는 것은 어렴풋이 이해하고 있었다. 하지만 그렇다고 못 본 척할 수는 없었다.

아르는 다친 사람을 열심히 치료하고 있었으니까. 다친 사람을 진심으로 걱정하고 치료에 온 힘을 다하고 있었다. 아르가 할 수 있는 일이 더 있을 텐데 어째서 아무것도 안 하는 걸까?

그렇게 아르가 얼마나 침묵하고 있었을까. 제법 시간이 지난 후, 아르는 천천히 입을 열었다.

"딱히 아무것도 안 하고 싶은 건 아니야. 나도 마물을 솎아내는 데 참가할 수 있다면 모두의 힘이 될 수 있겠지. 하지만 그건 허락되지 않아."

"허락되지 않는다고?"

"—나는 죄인이니까. 그래서 이 저택에서 나갈 수 없어."

아르는 이곳이 아닌 어딘가 먼 곳을 바라보는 눈으로 그렇게 말했다.

그 옆모습을 보고 있으니 덧없이 녹아내리는 눈처럼 아르가 사라져 버릴 것 같아서 나는 손을 뻗어 아르의 손을 잡았다.

"아르가 말하는 죄라는 게 뭔데?"

"……말해 줘도 너는 이해하지 못할 거야."

"서로 모르는 게 있는 건 당연하다고 한 사람은 아르야. 그래도 서로를 알아 가는 게 중요한 거잖아?"

나는 아르를 똑바로 바라보며 물었다. 아르는 한동안 내 눈을 피한 채 침묵했지만, 내가 아르의 손을 놓으려고 하지 않으니 포기한 듯했다.

내가 잡지 않은 반대쪽 손으로 가볍게 머리를 헝클더니 한숨을 쉬고 입을 열었다.

"나는, 배신했어."

"배신?"

"많은 것을 배신했어. 부모의 기대, 주어진 역할과 책무, 지켜야 했을 터인 사람들. 팔레티아 왕국 자체를 배신했다고 해도 좋아."

"……아르는 왜 배신한 거야?"

아르의 말을 그대로 받아들인다면 그건 아주 큰 배신이다.

하지만 아르가 그런 배신을 할 사람처럼 보이지는 않았다. 그렇기에 알고 싶어졌다.

아르는 내 질문에 아무런 대답도 하지 않았다. 그렇게 한동안 침묵한 후, 천천히 말했다.

"나는…… 나는, 증오스러웠어."

"……아르?"

"팔레티아 왕국을, 아버지를, 어머니를, 국민을, 온갖 것들을…… 증오했어."

무겁고 고요한 말이었다. 냉기와 예리함마저 느껴지는데도 아르의 표정은 잔잔했다.

바람이 불면 날아가 버릴 것처럼. 당장에라도 꺼질 듯한 미약한 불처럼. 대체 어떤 심경이길래 그런 말이 나오는 걸까. 그런 표정이 되는 걸까.

나는 알 수 없었다. 알 수 없지만…… 그래도.

"……아르는, 그게 괴로웠구나."

아르가 당장에라도 울 것 같다는 건 알 수 있었다. 그런데도 눈물을 흘리지 않고, 울고 있다는 것도 모른 채 그저 막막하게 서 있었다.

우는 법을 잊어버린 사람 같았다. 그래서 아르에게 아련한 느낌을 받는 것이리라.

눈처럼 차갑고 얼음처럼 날카롭다. 하지만 건드리면 사라져 버릴 것 같은 사람. 괴롭고, 힘들고, 슬픈데도 그걸 표현하는 걸 잊어버린 것 같다.

나는 그런 아르를 내버려 둘 수 없게 되었다. 그 모습을 보고만 있어도 가슴이 옥죄듯 아프니까.

사람은 온기가 없으면 살아갈 수 없는데, 그 온기조차 건드리면 사라져 버릴 것 같았다. 그래도 닿고 싶다고 생각하고 말았다.

"……네가 뭘 아는데?"

내가 중얼거린 말을 들었는지 아르가 더 차갑고 날카로워졌다.

나를 거부하고 있었다. 힘을 줘서 뿌리치면 내 손은 간단히 떨어져 나갈 것이다.

그래도 아르는 억지로 내 손을 뿌리치려고 하지 않았다.

내 손에 살며시 자기 손을 올리고서 손가락을 떼어 냈다. 그 동작에서 아르가 어떤 사람인지 느껴졌다.

사람을 미워하고, 싫어하고, 거부하면서도. 자신에게 내미는 온기를 거절하는 것에서도 상냥함이 느껴졌다.

아아, 분명 사람이 싫다며 멀리하는 이 사람은, 사실 누구도 거부하고 싶지 않은 거다. 그런데도 남을 멀리하려는 것은 자신이 죄인이라고 생각하기 때문일까.

"아무것도 몰라. 하지만 모르니까 널 알고 싶어."

내 손을 떼어 내려고 하는 아르의 손을 반대쪽 손으로 감쌌다.

우리는 서로 양손을 포갠 상태로 마주 보았다. 아르는 거부의 뜻을 담아서, 나는 다가가고 싶다는 소망을 담아서.

"……왜 나를 알려고 하지?"

"너를 알고 싶으니까."

"왜 알고 싶지?"

"네 고통을 이해하고 싶으니까."

"이해해서 어쩌려고?"

"너의 힘이 되고 싶어."

아르가 숨을 삼켰다. 일그러지려고 하는 얼굴을 고개를 돌려서 감추려고 했다.

이번에야말로 아르가 손을 뿌리치면서 우리 사이에 거리가 생겼다. ……기껏해야 한 걸음인 거리지만, 발을 내디딜 수 없는 커다란 골이 있었다.

"……쓸데없는 참견이야."

"응, 그렇지."

"……그걸 또 인정하는 건가."

"아르가 진심으로 바라지 않는다는 건 알아. 하지만 내가 알고 싶어 하고, 너의 힘이 되고 싶다고 생각하는 건 내 자유잖아?"

"그걸 받을 자유는 나한테 있다고 생각하는데?"

"강요하는 건 아니야. 하지만…… 만약 그럴 마음이 든다면 받아 줬으면 해."

그때까지 여기 있고 싶다고 생각하게 됐으니까.

"나는 지금 너한테 매우 관심이 생겼거든."

당장에라도 덧없이 사라져 버릴 것 같고, 무시무시한 차가움 속에 따뜻한 본성을 숨긴 사람.

받은 은혜를 갚고 싶다. 힘이 되고 싶다. 그렇게 생각하는 것만큼 너라는 사람을 알고 싶다고 바라고 만다.

그런 마음을 담아 가만히 바라보고 있으니 아르가 어이없다는 눈으로 나를 보았다. 그리고 깊은 한숨을 쉬더니 손으로 미간의 주름을 펴며 중얼거렸다.

"……오해를 부르는 말을 하고 있다는 자각은 있어?"

"오해?"

"……나는 어린애한테 연애 감정을 품지 않아. 만약 그런 기대를 하고 있다면 그만둬."

연애? 아르가 중얼거린 말이 머리에 바로 들어오지 않았다. 그건 짝이 되어 부부가 되는 자들 사이에 싹트는 감정이고…….

내가 아르에게 그런 기대를 하는 것처럼 보였다고? 그 사실을 마침내 이해하여 얼굴이 달아오르는 걸 멈출 수 없었다.

"바보! 무슨……! 아니, 그리고 어린애 아니야! 멋대로 오해하지 마!"

"……그럼 다행이고. 하지만 어린애는 어린애지."

"확실히 아직 성인이 되진 않았지만, 어린애는 아니야!"

"어릴수록 자신이 어리지 않다고 주장하지 않나?"

"어린애 아니라고! 아르, 바보!!"

창피해진 나는 아르를 때리려고 했다. 하지만 아르가 피했기에 맞지 않았다.

"피하지 마!"

"무리한 요구를 하지 마."

"으~! 아르…… 바보~!"

아르를 때리려 들었지만, 그는 간단히 피해서 분한 마음
에 쫓아다녔다.

그때 아르가 어떤 표정을 짓고 있었는지 나는 보지 못했다.

* * *

내가 방을 뛰쳐나가는 사건이 있고 나서 제법 시간이 흘
렀다.

지금 나는 저택 안뜰에 나와서 빨래를 널고 있었다. 막 세
탁한 빨래를 다 널고, 바람을 받아 천이 살랑거리는 것을
보며 만족스럽게 고개를 끄덕였다.

"좋아, 이걸로 끝!"

"수고했어, 아크릴. 항상 고마워."

나와 함께 빨래 당번 일을 한 아저씨가 웃으며 말했다.

나도 미소로 화답했다. 이게 지금 나의 일상이었다.

내가 방에서 뛰쳐나가고 며칠 후, 아르가 나와도 된다고
허락해 줬다. 저택에 있는 사람들에게 나를 알리고, 위험하
지 않은 존재임을 주지시켰다고 했다.

상처를 치료한 것이 좋은 인상을 줬는지, 저택 사람들은
나를 호의적으로 맞이해 줬다.

다만 연상의 남성들뿐이라서 아이 취급하며 귀여워하는

건 좀 마음에 안 들었다. 이제 그렇게 예쁨 받을 나이는 아니라고 주장하고 싶다.

아무튼 자유로이 돌아다니게 된 나는 아르에게 어떤 부탁을 했다. 이 저택에서 일하고 싶다는 부탁이었다.

지금까지 나는 이 저택에서 손님일 뿐이었기에 밥도 얻어먹기만 하고 아무것도 안 했다. 아르도 내가 뭔가 하기를 원하는 건 아니라고 했지만, 아무것도 안 하며 지내는 건 마음이 불편했다.

아르가 내 목숨을 구해 줬고, 게다가 지낼 곳과 먹을 것도 줬으니까. 적어도 그 은혜를 갚아야 했다.

그래서 나는 저택 일을 돕게 된 뒤로 필사적으로 일했다.

내가 맡은 일은 저택 청소와 의복 세탁, 그리고 요리 도우미였다. 팔레티아 왕국에서는 「메이드」라는 사람들이 하는 일이라는데, 아르의 저택에는 메이드가 없었다. 그래서 내가 오기 전에는 각자 직접 했다고 한다.

그런 와중에 내가 나타난 것이다. 그런 사정도 있어서 다들 나를 환영했다.

이 저택에는 아르를 포함하여 스무 명 정도가 살고 있었다.

그들은 평소에 저택에서 훈련하거나, 집안일을 하거나, 교대제로 숲을 순찰했다. 그리고 마물 무리가 커지기 전에 발견하면 토벌하러 갔다.

요전번 소동은 상당히 큰 마물 무리를 발견해서 대처하느라 부상자가 나온 거라고 했다.

이에 관해서도 조금 생각하는 바가 있지만, 내가 이 속마음을 밝히려면 좀 더 저택 사람들의 신뢰를 얻어야 한다고 느꼈다.

그리고 그 판단은 옳았다. 실제로 저택 일을 돕게 된 뒤로 이것저것 보인 것이 있었다.

'아르는 평소에 저택 사람들과 얼굴을 마주하지 않으려고 하는구나……'

저택의 평소 생활을 알게 되면서 눈치챈 것이었다.

평소에 저택을 돌아다녀도 아르와 만나는 일은 전혀 없었다. 저택에 사는 사람들도 아르에 관한 이야기를 하지 않았다.

'그건 아르가 죄인이라는 것과 관계가 있는 걸까……?'

그런 생각을 하며 저택 안을 걷고 있으니, 머리가 하얗게 센 초로의 남성이 맞은편에서 걸어왔다.

"아아, 아크릴 양. 빨래를 도와주셔서 고맙습니다."

"클라이브."

이 사람은 클라이브. 이 저택을 관리하는 사람이다. 그리고 이 저택에서 유일하게 아르와 직접 이야기하는 모습을 본 적이 있는 사람이었다.

나이가 있어서 그런지 아주 온화하고 태도가 부드러운 사람이었다. 내가 하는 일도 클라이브에게 부탁받을 때가 많아서 이야기하는 횟수도 크게 늘었다.

"슬슬 점심 식사를 준비하려는데 도와주실 수 있을까요?"

"알았어."

지금까지 요리는 거의 클라이브가 만들었다는 모양이다. 저택 사람이 말하길, 뭐든 잘하는 사람이라서 클라이브가 없었다면 저택 생활은 더 힘들었을 거라고 했다.

그렇기에 나는 클라이브와 친해지고 싶었다. 내가 궁금해하는 것을 가르쳐 줄 사람은 바로 이 사람이라고 생각했으니까.

그렇게 클라이브를 타깃으로 삼은 지 벌써 한 달 가까이 됐다.

'으음~ 슬슬 물어봐도 되려나……'

만약 물어봤는데 떨떠름한 모습을 보인다면 조금 더 시간을 두자. 나는 그렇게 생각하고 클라이브에게 물었다.

"클라이브, 뭣 좀 물어봐도 돼?"

"말씀하시지요."

"아르는 뭐 하는 사람이야? 아르는 자신을 죄인이라고 했는데."

나는 점심 준비가 일단락된 것을 보고 클라이브에게 물었다.

클라이브는 내 물음에 입을 다물고 침묵했다. 냄비가 끓으며 내는 소리만이 귀에 들렸다.

"……아크릴 양. 점심 식사 후에 시간 있으십니까?"

"가르쳐 줄 거야?"

"네. 예상보다 물어보기까지 시간이 더 걸렸다고 생각했을 정도입니다. 굉장히 신중하게 경계를 풀려고 하시더군요."

"……알고 있었어?"

"사람의 감정을 파악하는 게 특기라서요. 나이를 먹으며 딸려 온 특기이긴 합니다만."

그런 말을 들으니 내가 진 것 같아서 재미없었다. 입술을 삐죽 내밀자 클라이브가 작게 웃었다.

"하지만 그렇게 신중히 그분의 마음을 이해해 주려고 하셨기에 그분도 마음을 열기 시작한 걸지도 모릅니다."

"……아르가?"

"만약 아크릴 양이 물어보면 얘기해도 좋다고 허락해 주셨습니다. 얘기가 조금 길어질지도 모릅니다만."

그렇게 말한 클라이브는 똑바로 나를 바라보았다. 그 눈이 마치 각오를 묻는 것처럼 진지했기에 나도 표정을 다잡고 고개를 끄덕였다.

* * *

이야기는 내 방에서 하게 되었다. 클라이브는 이야기를 시작하기 전에 홍차를 끓여 내 앞에 놓았다. 그리고 내 맞은편에 바른 자세로 앉았다.

"우선 아르가르드 님의 입장부터 얘기할까요."

"아르가르드? 그거 아르의 이름이야?"

"네. 본명은 아르가르드 보나 팔레티아. 그분은 이 나라의 왕자입니다."

"……아르가 왕자. 그 말은 국왕의 아들이란 거야?"

"네. 맞습니다."

아르는 왕자였다. 그 사실에 놀란 한편, 나는 납득했다.

그 차분한 분위기는 확실히 리칸트의 족장과도 닮은 데가 있었으니까.

"장래 국왕이 될 분이었습니다. 원래 이런 변방에서 지낼 분이 아닙니다. 그 사정에 관해 아르가르드 님께 뭔가 들으셨습니까?"

"아르는 자신이 죄인이라고 했어……."

"네. 아르가르드 님은 죄를 지으셨습니다. 그래서 차기 국왕이 되는 것을 허락받지 못하고, 이곳에서 지내라는 명령을 받았습니다."

"아르는 이 나라의 차기 우두머리가 될 사람이었지만 되지 못했다는 거지? 그렇게 큰 죄를 지은 거야?"

나는 아직 국가라는 규모가 잘 실감 나지 않았다. 아무래도 내가 아는 상식에 맞춰서 생각해 버리기 때문이다.

차기 우두머리가 되지 못하고 집에 틀어박혀 나가지 않는 생활을 해야만 하는 죄라고 해도 대체 얼마나 큰 죄인지 상상이 가지 않았다.

아르는 대체 어떤 죄를 저지른 걸까? 어째서 죄인이 될 만한 일을 한 걸까? 그런 의문이 샘솟았다.

내 질문을 받은 클라이브는 무겁게 한숨을 쉬고서 천천히 이야기했다.

"아르가르드 님의 죄는, 이 나라를 자기 것으로 지배하려고 한 겁니다."

"……지배?"

"네. 자신의 부친인 국왕도, 모친인 왕비도, 귀족도 평민도 불문하고 전부를 말입니다."

"……아르가 그런 짓을?"

그런 건 전혀 상상이 가지 않았다. 지금까지 느낀 인상으로는 아르가 그런 생각을 할 사람 같지 않았다.

하지만 클라이브가 거짓말을 하는 것 같지도 않았다. 믿기 힘든 이야기지만, 이건 정말로 아르가 저지른 죄에 대한 이야기인 거다.

"아르가르드 님은 사악한 방법을 이용하여 팔레티아 왕국을 혼란에 빠뜨리려고 했습니다. 그렇게 국왕이 될 자격을 잃고 이 땅으로 추방된 겁니다."

"……."

"……도저히 믿을 수 없다는 얼굴이시군요. 하지만 사실입니다."

"아르는 어째서 그런 짓을 한 거야……?"

아르가 저지른 죄의 무게는 이해했다. 다음으로 알고 싶은 것은 이유였다. 어째서 아르가 그런 짓을 해야만 했을까.

내 물음에 클라이브는 일단 이야기를 멈추고 찻잔을 들었다. 마른 목을 축이듯 홍차를 한 모금 마시고서 소리 없이 찻잔을 잔 받침에 되돌렸다.

"아르가르드 님에게는 누나가 있습니다."

"누나?"

"네. 이 나라에서 마법이 중요하다는 것은 아십니까?"

"응. 아르가 가르쳐 줬어. 우리는 정령의 힘이라고 부르지만."

팔레티아 왕국은 마법이 발달한 나라다. 우리 리칸트가 정령의 힘이라고 부르는 것을 이 나라 사람들은 아주 중요하게 여겼다.

나라의 성립에도 마법이 깊게 관여되어 있었고, 귀족은 선조로부터 물려받은 마법의 힘을 백성과 나라를 위해 썼다. 그렇기에 귀족이라는 특권을 가지고 있는 거라고 배웠다.

그리고 그 귀족 위에 왕족이 있었다. 팔레티아 왕국을 건국한 초대 국왕으로부터 시작된, 이 나라를 다스리는 일족.

"이 나라에서 마법은 힘의 상징입니다. 마법을 정교하게 쓸수록 명예로운 일이라고 여겨지죠. 아르가르드 님의 누나도 주목을 모으는 사람이었습니다."

"아르의 누나는 우수한 마법사였어?"

"아뇨, 그 반대입니다. 아르가르드 님의 누나는 마법을 전혀 쓰지 못했습니다."

"뭐……?"

예상했던 것과 정반대인 이야기를 듣고 나는 곤혹스러운 목소리를 내고 말았다. 그런 내 반응을 보고서 클라이브가 눈을 가늘게 뜨며 이야기를 계속했다.

"그래서였을 겁니다. 그 누나 되는 분은 이질적이라고도 할 수 있는 재능을 사람들에게 보여 주셨습니다."

"이질적……?"

"그분의 성함은 아니스피아 윈 팔레티아. 그분은 귀족이 아니어도 마법을 쓸 수 있는 「도구」를 만들어 내셨습니다."

"마법을 쓸 수 있는 도구를……?"

"네. 그 도구가 있으면 왕족과 귀족만 쓸 수 있는 마법을 누구든 쓸 수 있습니다. 평민이더라도 말이죠."

"……그건, 대단하네."

리칸트도 정령의 힘을 지니고 있지만, 팔레티아 왕국의 마법처럼 쓰지는 않았다. 우리가 가진 정령의 힘은 몸을 강화하는 데 특화되었기 때문이다.

아르가 말하길, 그건 마법사들이 쓰는 신체 강화와 비슷하다고 했다.

그렇기에 누구든 마법을 쓸 수 있는 도구를 만든 것이 얼마나 대단한 위업인지는 나도 알 수 있었다.

"이 나라는 차기 국왕으로 남자가 우선됩니다. 마법을 쓰지 못하는 아니스피아 님에게 왕위가 넘어가는 일은 본래 있을 수 없었습니다. 하지만 아니스피아 님은 전대미문의 기술을 개발하여 이 나라에 큰 영향을 끼쳤습니다."

"굉장한 사람이구나……."

"네, 굉장한 분이셨습니다. ……아르가르드 님이 아니라 아니스피아 님을 차기 국왕으로 삼아야 하는 것 아니냐는 말이 나올 만큼."

"……그럴 수가 있는 거야?"

"아니요. 그러길 바라는 사람은 일부였고, 아니스피아 님도 왕이 될 생각은 하지 않으셨습니다. 하지만 그 영향력은 무시할 수 없어서 아르가르드 님은 결심하게 되신 거겠지요……."

"누나의 영향력이 강했기에 아르는 힘으로 왕이 되고자한 거야……?"

거기까지 들으니 상상이 갔다.

본래 자신의 것이었을 터인 자리. 그게 위태로워져서 강제적인 수단을 택한 것은 이해 못 할 얘기는 아니지만…….

"좀 더 세세한 사정은 있지만, 국민이 아닌 아크릴 양에게는 생소한 이야기일 겁니다. 지금은 그렇게 인식하셔도 됩니다. ……하던 얘기로 돌아가서, 나라를 배신한 아르가르드 님의 흉행을 저지한 사람이 아니스피아 님이었습니다."

"……즉, 그 아니스피아라는 누나가 아르에게 고통을 준거야?"

마법을 쓸 수 없는, 원래 같았으면 왕족 실격인 왕녀.

그럼에도 누구나 마법을 쓸 수 있는 도구를 개발한 이단아.

본래 왕이 되어야 했던 아르를 밀어내고 왕이 될지도 몰랐던 사람.

그 사람이 아르에게 고통을 줬다고 생각하니 조금 미웠다.

하지만 클라이브는 슬픈 표정을 짓고서 천천히 고개를 저었다.

"아니스피아 님이 원해서 아르가르드 님을 고통스럽게 한 것은 아닙니다. 그분은 그분 나름대로 아르가르드 님을 아끼셨습니다. 잘못은…… 주위 어른들에게 있었던 거겠죠."

"어른?"

"귀족은 남들 위에 서는 존재이기에 사치가 허락됩니다. 그리고 한번 사치를 알게 된 사람은 더 큰 사치를 바라게 됩니다. 귀족이라면 다른 귀족보다 더한 부를. 그게 도를 넘어서면 스스로 왕이 되고자 하는 겁니다. 아르가르드 님을 이용하여 자기들 마음대로 움직이려고 한 자들이 있었습니다."

클라이브가 한 이야기를 믿을 수 없어서 나는 눈을 크게 뜨고 말았다.

사치를 위해? 그것 때문에 아르를 이용하려고 한 사람들이 있었다고?

"어떻게 그런……! 남들 위에 서는 자가 사치를 누리는 건 이해해. 하지만 그건 책임을 완수하고 나서 누리는 거잖아?"

"그렇지요. 옳으신 말씀입니다. 그러나 올바르지 못한 어른들이 아르가르드 님과 아니스피아 님의 사이를 갈라놓았습니다."

클라이브의 표정이 칼날처럼 날카로워져서 등골이 오싹했다. 그렇게 차가운 분노를 드러내며 클라이브는 주먹을 떨고 있었다.

"아르가르드 님도 아니스피아 님도 어린 시절에는 사이좋은 남매였습니다. 하지만 아르가르드 님은 재능 넘치는 분이 아니라는 평가를 받았고, 반면 누구도 본 적 없는 물건을 만들어 내는 아니스피아 님은 암암리에 높은 평가를 받았습니다."

깊이 한숨을 쉰 클라이브는 거기까지 말하고서 고개를 가로저었다.

"그러나 아니스피아 님의 가치는 팔레티아 왕국을 다스려 온 귀족들이 받아들이기 어려운 것이었습니다. 그렇기에 두 분을 이간질하려는 자들이 있었습니다. 그게 바로 이권을 원하는 어른들이었습니다."

"……그럼 다른 사람들의 농간으로 아르가 누나에게 적의를 품었다는 거야?"

내 물음에 클라이브는 조용히 고개를 끄덕였다. 이에 나는 화를 억누르지 못하고 책상을 세게 때리고 말았다. 책상에 놓여 있던 찻잔이 튀어 오르며 날카로운 소리를 냈다.

"그건 아르 잘못이 아니야! 아르가 원해서 누나와 사이가 틀어진 게 아니잖아! 그 사람들이 나쁜 건데 왜 아르가 죄인이란 말을 듣는 거야?!"

클라이브의 이야기가 사실이라면, 주위에 있던 어른들이 사치를 부리고 싶어서 아르를 이용하고자 했다는 거다. 도저히 믿을 수 없는 얘기였다.

이해할 수 없어서, 이해하고 싶지도 않아서, 분노로 눈이 화끈거렸다.

그런 내 모습을 본 클라이브는 쓸쓸하게 미소 지었다. 그 표정을 보자 치솟았던 화가 조금씩 가라앉았다.

"네, 말씀하신 대로입니다. 아르가르드 님만의 잘못은 아니었죠. 많은 이에게 책임이 있었고, 모두가 조금씩 잘못했습니다. 하지만, 그렇더라도."

"……그렇더라도, 그건 아르의 죄인 거야?"

"네. 왕족이었기에, 남들 위에 서는 자였기에. 물론 야망에 눈이 멀어 잘못된 길에 들어선 자들은 상응하는 벌을 받았습니다. 하지만 그자들의 말에 현혹된 이상, 아르가르드 님 또한 죄가 있습니다. 왕족이기에 용서받을 수 없는 죄가……."

"멋대로 비교하고, 실망하고, 이용하려 했는데? 이용당한 게 잘못이야? 아르의 재능이 없었던 게 잘못이야? 누나에게 재능이 있었던 게 잘못이야? 이런 얘기가 어디 있어? 그러라고 아르를 부추긴 건 주위에 있던 어른들이잖아!"

"……뭐라 반박할 말도 없습니다. 아르가르드 님이 현혹되지 않도록 저희가 좀 더 곁에 있어 드려야 했습니다. 그렇기에 부탁드리고 싶은 겁니다. 아크릴 양."

"……그렇기에? 무슨 부탁?"

"부디 아르가르드 님 곁에 있어 주십시오."

"아르 곁에……?"

"아크릴 양은 이 나라의 백성이 아닙니다. 아르가르드 님이 지켜야 했던 백성이 아니고, 인정받아야만 했던 사람도 아닙니다. 아크릴 양은 그저 손님입니다. 그리고 친구가 될 수도 있습니다. 지금 그분에게 필요한 건 그런 사람입니다."

나를 똑바로 바라본 클라이브는 감정을 담아 살짝 떨리는 목소리로 말했다.

그 진지한 말을 듣고 나는 심호흡했다. 이 진지함과 제대로 마주하고 싶었으니까.

"클라이브도 괴로운 거구나. 하지만 그 부탁은 들어줄 수 있을지 모르겠어. 먼저 아르와 얘기해 봐야지. 사정은 알았지만, 아르가 어떻게 생각하고 있는지 들어 봐야 해. 솔직히 나는 아무것도 못 할지도 몰라."

"강요하는 건 아닙니다. 제 욕심이라는 건 알고 있으니까요."

"욕심인가. ……아르는 구원받고 싶어 할까?"

"……그건."

"만약 아르가 구원을 바라지 않는다면 무슨 말을 해도 구할 수 없을 거야."

"……그도 그렇군요."

클라이브는 괴롭고 쓸쓸한 얼굴로 작게 중얼거렸다.

내가 보기에는 전부 제멋대로인 얘기였다. 아르가 죄인이
되어 버린 것도, 아르를 구해 달라는 얘기도.

"클라이브의 후회도, 아르를 돕고 싶다는 마음도 전부 진
짜겠지. 하지만 아픔은 사라지지 않아. 없었던 일이 될 수는
없고, 그래선 안 된다고 생각해. 그래도 아르가 구원받고 싶
어 한다면, 손을 내미는 건 아르가 직접 말하고 나서야. 아
르가 구해 달라고 말하지 않는다면 그저 참견이 될 뿐이야."

다른 사람들이 아무리 말해도 마지막에 결정하는 사람은
자기 자신이다.

그러니 선택은 아르가 해야 한다. 누군가의 마음을 어떻
게 받아들일지도 전부.

"아르한테는 자기 마음을 털어놓을 사람이 없었던 걸지도
몰라."

"……그럴지도 모르겠습니다."

"내가 그런 사람이 될 수 있을지는 모르겠어. 얘기는 들어
볼 거지만. 하지만 그건 클라이브가 부탁해서가 아니야. 직
접 제대로 확인하고 싶어. 아르의 마음을."

"아크릴 양……."

"나는, 구원을 바라는 사람만 구할 수 있어."

그것만큼은 확실하다. 다른 사람이 어떻게 생각하든, 아르의 마음도 인생도 아르의 것이니까.

아르가 구원을 원하여 손을 내밀어 달라고 하지 않는다면 그걸로 끝이다. 바라지도 않는 일까지 강요할 생각은 없다.

"그래도 좋습니다. 아뇨, 그렇기 때문이겠죠. 아크릴 양은 부디 그대로 변치 말아 주십시오. 저는 그저 지켜보고 싶습니다. 이번에야말로. 그러니……"

클라이브는 자리에서 일어나 깊이 머리를 숙였다.

"아무쪼록 그분을 보듬어 주셨으면 합니다. 아크릴 양."

"……부탁받아서 하는 건 아니야."

나는 그렇게 말하고서 찻잔을 들었다. 입에 들어온 차는 다 식어서 더욱 쓰게 느껴졌다.

* * *

클라이브의 이야기를 들은 후, 나는 가만있을 수 없어서 아르의 방을 찾았다.

날은 완전히 어두워져서 창밖에 달과 별이 반짝이는 게 보였다. 그래도 아르의 방에서 사람이 깨어 있는 기적이 느껴졌기에 문을 노크했다.

그러자 잠시 후 문이 열렸다. 안에서 나온 아르가 나를 보았다.

"……아크릴인가."

"안녕. 잠깐 시간 괜찮을까?"

"……들어와."

아르는 특별히 아무것도 묻지 않고 나를 방에 들였다.

아르의 방은 상당히 살풍경했다. 침대와 흔들의자, 붙박이 테이블. 눈에 띄는 가구라고는 그게 다였다. 생활감이 전혀 없어서 살짝 한기가 들 정도였다.

"……너한테 그 의자는 큰가."

"나 안 작거든."

"네가 작다고는 안 했어. 뭐, 좋아. 침대에라도 앉아."

아르가 권한 대로 침대에 앉았다. 아르도 두 명분 정도 거리를 두고서 침대에 앉았다. 그렇게 나란히 앉은 뒤 아르가 입을 열었다.

"……여길 찾아온 걸 보면, 클라이브한테 얘기를 들었나?"

"응……."

"그렇군. ……놀랐나?"

"어?"

"이것저것 감추고 있었으니까. 원래는 내가 직접 말해 줘야 했겠지. 하지만 내 입으로 말하면 냉정하게 얘기할 자신이 없었어. 너도 직접 물어보지 않아서 결국 클라이브에게 맡기고 말았어."

"……아르는 묻지 않기를 바라는 것 같았으니까."

"그래도 조사하려고 한 걸 보면 포기하지 않은 거군."

"⋯⋯싫었어?"

"처음에는. 하지만 내게 직접 묻지 않는 너를 보고 다른 생각이 든 것도 사실이야."

아르는 눈을 감더니 뭔가를 생각하듯 살짝 고개를 들고서 그렇게 말했다.

아주 온화하고 고요하여 그대로 투명하게 사라져 버릴 것 같았다. 그래서 아르에게서 눈을 뗄 수 없었다.

"너한테라면 알려져도 괜찮다는 생각이 들었어. 알게 된 네가 어떻게 해 줬으면 하는지는 나도 모르겠지만. 하지만 네가 진짜 나를 알았으면 했어."

"진짜 아르?"

"그래. ⋯⋯나는 평범한 아르가 될 수 없었어. 나는 아르가르드 보나 팔레티아. 이 나라의 미래를 이끌어야 하는 왕자였어. 그리고 그걸 전부 내던진 죄인이야."

아르는 담담한 목소리로 말했다. 감정조차 느껴지지 않는 건조한 목소리였다.

그래도 살짝 뜨인 눈에서는 다양한 감정이 소용돌이치고 있었다. 입꼬리가 약간 올라간 표정도 아르의 복잡한 감정을 나타내고 있는 것처럼 보였다.

목소리에는 드러내지 않으려고 하면서 표정에는 드러냈다. 제각각 따로 노는 아르가 망가질 것처럼 불안정하게 느껴졌다.

분명 숨기고 싶은 것도 진심이고 숨기지 못하는 것도 진심이다. 둘 다 진짜이자 거짓이다. 본인이 말한 것처럼 아르는 정말로 자신이 뭘 원하는지조차 모르는 게 아닐까.

"……열중해서 계획을 세웠었지."

"나라를 지배하려고 했던 걸 말하는 거야?"

"그래. 그때는 아주 매력적인 생각 같았어. 줄곧, 줄곧 숨이 막혔으니까."

　아르는 나직이 생각을 흘리듯 조용히 이야기하기 시작했다.

"다들 내게 요구하고, 나는 부응하지 못하고, 받기만 했어. 마치 나라는 그릇만이 존재하고 나는 그 안에 없어서, 뒤에서 그저 보기만 하는 기분이었어. 많은 걸 받았는데 말이야. 그 모두가 사랑이었겠지. 지위도, 풍족한 생활도, 약혼자도."

"……약혼자?"

"응? 아아, 얘기 안 했나. 왕자 정도 되면 보통 약혼자가 있어."

　약혼자. 그 의미는 말을 공부하면서 배웠다. 즉, 장래 짝이 되기로 약속한 상대가 있었다는 거다.

　……뭐지. 조금 짜증이 난다고 할까, 언짢은 기분이 든다.

"친밀한 관계는 아니었지만."

"……그랬어? 장래 짝이 될 상대였는데?"

"빈말로도 나는 우수하다고 할 수 없었으니까. 내게 나라를 맡기기 불안했던 부모님은 우수한 여성을 내 약혼자로 삼았어."

"그럼 그 사람은 대단한 사람이었어?"

"나 같은 건 비교도 안 될 만큼 완벽해서, 결점이라고는 살가운 맛이 없다는 것밖에 안 떠오르는군. 그래서 나는 그 여자를 혐오했어."

"싫어했어?"

"그래. 내게는 벅찬 여자였으니까. 대체 누굴 위한 약혼자 인지……. 그 녀석과 있으면 내가 부속품 같다는 생각이 들었어. 그래서 나는 그걸 이유로 그 녀석에게 심한 짓을 해 버 렸어. 아무리 그 녀석을 싫어했다지만 그건 후회하고 있어."

"……역시 좋아했던 거 아니야?"

"말도 안 되는 소리. 기껏해야 친구가 될 수 있었을지도 모르는 정도겠지. 반려로 삼는 건 지금도 사양이야."

그렇게 말한 아르의 입매는 쓴웃음이 아니라 온화한 미소 형태로 바뀌어 있었다.

눈을 감고 과거를 떠올리고 있는지 그 얼굴은 즐거워 보였다.

좋아하지는 않는다. 하지만 친구가 될 수 있었을지도 모른 다. —반려로는 사양이다.

그런데도 두 사람이 반려로 맺어져야만 했다면…….

"……잘 풀리지 않았구나."

"그래, 맞아. 여러 가지로."

아르의 목소리에서 복잡한 심경이 느껴졌다.

그야말로 엇갈림이다. 잘못된 형태로 꿰매진 채 풀지 못하고 이어졌다. 한번 일그러진 것은 되돌릴 수 없다.

"전부 받아들였다면 좋았을 거야. 아무것도 생각하지 않고, 고민하지 않고, 이게 행복이라고. 이게 나에게 필요한 거고, 의문을 가지면 안 된다고 말이야."

"……하지만 그러지 못한 거구나."

"그래. ……그 사람이 눈부셨거든."

"그 사람?"

"누님이."

심장이 펄쩍 뛰었다.

아르가 무시할 수 없는 인물. 누나 아니스피아 윈 팔레티아.

아르의 입에서 그 존재가 나오자 자연스럽게 몸이 긴장되었다.

하지만 나는 어안이 벙벙해지고 말았다. 왜냐하면 아르의 표정이 전에 없이 온화했기 때문이다.

마치 보물을 꺼내서 바라보는 듯한 온기마저 느껴졌다.

"나는…… 그 사람을 줄곧 동경했던 거겠지."

"누나를……?"

"그래. 철이 들었을 때부터 이래저래 누님에게 휘둘렸으니까. 지금도 선명히 기억나. 둘이서 자주 혼났었어. 맨날 무모한 짓만 하고, 엉뚱한 짓만 하고. 하지만 그게 왠지 무척 즐거워서…… 누님 뒤를 따라다니는 게 당연했어."

"아르……."

"그 무렵이 가장 나답고…… 행복했다고 할 수 있는 시간이었어."

아르는 눈을 감고 곱씹듯이 천천히 말했다. 가슴속에 있는 생각을 확인하듯 손을 얹고서.

"하지만 누님은 나를 내쳤어. 지금 생각해 보면 그것도 어쩔 수 없는 일이었겠지. 내가 왕이 되려면 누님은 방해됐어. 누님 자신도 그렇게 생각하고 말았어. 나는 내가 정말로 원하는 사람에게 손을 내밀 수가 없었어."

그건 한없이 깊은 후회였다. 나는 충동적으로 외치고 싶어졌지만, 아무 말도 나오지 않아서 입술을 깨물었다.

이건 아르의 꾸밈없는 본심이었다. 그렇기에 아프도록 울렸다.

"결국 모든 걸 배신했어. 책임도, 가족도, 전부. 이게 죄가 아니라면 뭐겠어? 나는 무거운 죄를 지었어. 용서받으면 안 된다는 생각이 들 만큼, 텅 빈 인간이야."

"─그건 틀렸어!"

아르의 말을 듣자 이번에야말로 생각이 그대로 말이 되어 튀어나왔다.

시야가 번졌다. 깜짝 놀란 듯한 아르의 표정이 흐려졌다. 나는 시야를 가리는 눈물을 닦으며 넘쳐흐르는 생각을 말했다.

"텅 빈 인간은 자신이 뭘 잘못했는지 생각 안 해. 아르는 텅 비지 않았어. 그저 자신의 생각을 말하지 못했을 뿐이야."

"……왜 네가 우는 거야? 아크릴."

"아름다운 것을 봤으니까."

"뭐?"

"아르의 마음은 아름다워. 이렇게 마음이 아름다운 사람과 만나서 다행이야."

"……이해할 수가 없군. 어째서 내 얘기를 듣고 그런 생각이 들지?"

정말로 이해가 안 되는지 아르는 곤혹스러운 표정으로 말했다.

그런 아르를 보고 나는 웃었다. 나도 이렇게 온화한 기분이 드는 건 처음이었다. 아르는 지금 내가 짓고 있는 표정도 이해하지 못할 것이다.

"이유는, 나도 말로 잘 표현을 못 하겠어."

"그게 뭐야……."

"이유는 모르겠지만 그런 생각이 들었어. 하지만 그거면 됐어. ……있지, 아르."

나는 우는 채로 웃으며 물었다.

말로 표현할 수는 없지만, 이게 내가 그렇게 생각한 이유고, 아르 안에 있는 진실이니까.

"—아르는, 어떤 사람이 되고 싶었어?"

간단한 질문이었다. 하지만 그 질문 하나에 아르의 표정은 무너졌다.

허를 찔린 것처럼 멍해지더니 표정을 일그러뜨리며 손으로 가슴을 눌렀다.

마치 안에서 흘러넘친 마음을 쏟지 않으려는 것처럼.

"……나는."

참으려고 했지만 억누를 수 없는 마음을 흘리듯, 아르는 침음을 흘렸다.

나는 그런 아르에게 다가가 손을 뻗었다. 굳어 버린 뺨에 손을 얹고 속삭였다.

"억지로 말하지 않아도 돼. 그건 아르 거야. 내가 말하더라도 분명 올바른 형태가 되진 않을 거야. 하지만. 거기 있는 게 내 이유고 아르의 진실이라고 생각해."

"……나의, 진실."

아르는 내 말을 곱씹듯 중얼거렸다.

그리고서 뺨을 감싼 내 손에 자신의 손을 살며시 포갰다.

"……나는."

"응."

"……누님과 함께 걸어갈 수 있는, 그런 사람이 되고 싶었어."

말로 표현된 바람과 함께 아르의 눈에서 눈물이 떨어졌다. 뺨을 타고 흐르는 그 눈물이 예쁘다고 생각해 버렸다.

"내게는 꿈도 이상도 없었고, 뭔가를 이룰 힘도 없었어. 그저 살아 있을 뿐인 내게 그것들이 얼마나 멋진지 가르쳐 준 사람은…… 누님이었어."

목소리가 떨리지 않도록 노력해도 아르의 말은 떨림을 감추지 못했다.

그건 분명 무엇보다도 아르의 마음이 떨리고 있기 때문이리라.

"누님이 보여 준 꿈이 내게는 빛나 보였어. 재능이 없다는 말을 들을 바에야 차라리 마법 따위 쓰지 못했다면 좋았을 텐데! 마법을 못 썼다면 누님과 똑같았어! 장점이라고도 할 수 없는 하찮은 재능 때문에 누님과 멀어질 바에야! 나를 봐 줬던 그 시선이 거둬질 바에야…… 나는 아무것도 필요 없었어! 내가 정말로 갖고 싶었던 건 줄곧 그것뿐이었어……! 나는 그 사람의 꿈을 동경했어."

아르의 표정이 나이에 걸맞게 바뀌었다. 분하고, 슬프고, 괴로워서, 그 감정의 무게에 그저 떨고 있었다.

"나는…… 누님을 상처 입힐 바에야 왕 같은 건 되고 싶지 않았어."

"아르는 누나의 꿈을 응원하는 사람이 되고 싶었던 거구나."

"맞아. ……맞아, 그랬어. 나는 그 사람의 꿈을 응원하고 싶었던 거야."

마침내 깨달았다는 것처럼 아르는 중얼거렸다. 자신 안에 있는 것을 조심스럽게 확인하는 모습을 보고 나는 참지 못하고 아르를 껴안았다.

등에 팔을 두르고 매달리듯 아르를 세게 안았다.

"아크릴……?"

"아르는 울어도 됐어. 왜, 어째서, 줄곧, 이렇게 될 때까지 울지 않은 거야?"

텅 비었다고 말할 만큼 자신을 제대로 보지 못하다가 마침내 깨달았다고 하는 아르가 길 잃은 아이 같았다.

의지할 곳 없이 헤매는 공포를, 고독을, 슬픔을 나는 안다.

아르의 마음은 줄곧 길을 잃고 헤맸던 거다. 그 괴로움을 생각하면 안아 주지 않을 수 없었다.

"여기에, 분명히 있어. 아르의 소중한 것, 아르의 마음, 아르가 바랐던 것, 아르가 정말로 소중히 여기고 싶었던 것이…… 네가 아름답게 여기는 것이 여기 있어."

"……그런가. ……그런, 가."

아르는 곱씹듯 되뇌고서 내게 살며시 몸을 맡겼다.

그 후 우리는 아무 말 없이 시간을 보냈다. 서로의 감정이 진정될 때까지.

＊　＊　＊

그런 일이 있고 나서 시간이 흘러 그날이 왔다.

아르의 누나인 아니스피아 윈 팔레티아가 아르의 저택을 찾아왔다.

아아, 확실히 닮은 구석은 있을지도 모르겠다. 그 얼굴에서 같은 핏줄이라는 게 느껴졌다.

하지만 그게 다였다. 그 요소조차 호의적으로 보이지 않았다. 아무리 아르와 닮았어도 아니스피아는 내 신경을 건드렸다.

아르는 길을 잃을 만큼 상처 입었는데, 어째서 너까지 상처 입은 얼굴을 하고 있지?

무시하고 싶은 건 아니지만 말이 안 나오고 접촉하기 두렵다는 듯한 어중간한 태도가 짜증 났다. 아르와 이야기하면서도 그 거리를 메꾸려고 하지 않는 모습에 화가 났다.

"—그런 경위로 아크릴이 이 저택에 머물고 있는 거야."

내 감정을 가라앉히는 데 집중하다 보니 아르의 이야기를 듣지 못했다.

내 사정을 설명했을 뿐이니까 안 들었어도 딱히 문제는 없겠지만.

"아하…… 그렇게 된 거구나. 으음, 아크릴?"

아르의 이야기를 들은 아니스피아가 나를 보았다.

그것조차도 짜증 났다. 왜 나를 봐? 나한테 뭔가 묻는 것 보다 더 중요한 일이 있잖아? 그런데 어째서 아까부터 눈을 피하듯 아르를 안 보는 거야?

뭔가 생각하는 바가 있다면 말하면 될 텐데. 나보다도 신경 써야 하는 사람이 눈앞에 있잖아. 그런 생각이 들었다.

"나한테 말 걸지 마."

"어?"

"나는 네가 싫어."

싫다는 말을 들은 아니스피아는 놀람과 곤혹에 찬 표정을 짓고서 나를 보았다.

그 동작도, 표정도, 어딘가 아르와 비슷했다. 그렇기에 화를 억누를 수 없었다.

"—네가 신경 쓰고 정말로 마주해야 할 사람은 내가 아니 잖아?"

이해할 수 없었다. 분명 앞으로도 쭉 이해하지 못할 것이다.

아르의 누나는 너뿐이니까. 아르의 마음도, 바람도, 전부 알고서 받아 줄 사람은 너였어야 할 테니까.

8장 누나와 동생, 맞잡는 마음

나는 낯선 천장을 올려다보며 멍하니 있었다.

이곳은 아르 군이 사는 저택의 객실로, 나와 유피에게 배정된 방이었다.

아르 군과 재회하고, 이 저택에 체재 중인 아크릴이 이곳에 있게 된 경위와 사정을 들은 후, 아크릴에게 말을 걸려고 했더니 거절당했다.

계속 이야기할 분위기도 아니게 되어서 일단 방에서 쉬게 됐는데…….

"……하아."

"아니스, 괜찮아요?"

"그렇게 걱정하지 않아도 돼."

"하지만……."

유피가 하고 싶은 말이 있는 것처럼 눈썹을 찡그렸다. 아마 아크릴의 태도가 마음에 걸려서 그럴 것이다.

그녀가 나를 거부한 건 그만큼 인상적이었다.

아르 군이 수습해 줘서 아무 일도 일어나지 않았지만, 그대로 뒀다면 뭔가 문제가 벌어졌을지도 모른다.

아크릴의 태도는 그 자리에서 체포당해도 할 말 없을 만큼 불경했다.

그래도 아크릴이 처벌받지 않은 것은 아크릴이 팔레티아 왕국의 국민이 아니라 다른 상식을 가진 리칸트였기 때문이다.

하지만 그렇다고 해도 나를 대하는 태도를 탐탁지 않게 여기는 것 역시 어쩔 수 없는 일이었다. 일리아와 갓군, 하르피스는 완전히 아크릴을 경계하는 것 같았다.

반면 레이니와 나블 군, 유피는 곤혹스러워했다.

"……태도는 좀 그랬어도, 아크릴이 한 말은 전혀 틀리지 않았으니까."

내가 마주해야 할 사람은 아크릴이 아니다. 아크릴은 감정을 드러내며 나를 질타했다. 그 말에 나는 반론할 수 없었다.

자각이 있었으니까. 여전히 나는 어떤 얼굴로 아르 군을 보면 좋을지 알 수 없었다.

"……제가 아니스를 여기 데려온 건 카인드와의 일이 있었기 때문이에요."

불현듯 유피가 입을 열었다. 나도 예상했던 이유였다.

"그래서 신경이 쓰였구나."

"……네."

유피가 나를 아르 군이 있는 변방으로 데려온 이유. 물론 표면상으로는 시찰이다.

시찰이란 명목으로 유피는 나와 아르 군을 재회시키고 싶었다. 자신이 동생과 화해할 기회를 얻었기에 나와 아르 군이 신경 쓰였으리란 것은 쉽게 상상이 갔다.

"아크릴은 예상치 못한 존재였으니까 유피가 미안해할 일은 아니야."

"그건 그렇지만······."

"오히려 그렇게 싫어해 주면 오히려 후련하지."

"후련······한가요?"

"다들 나를 싫어해도 직접 말하진 않았으니까."

아직 내가 기상천외 왕녀로 소외당했을 때, 많은 사람이 나를 혐오하는 눈으로 봤다. 하지만 그 마음을 알기 쉽게 말로 표현하는 일은 절대 없었다. 말하더라도 에둘러서 빈정거렸다.

"그걸 물고 늘어져 봤자 내 평판만 떨어지고, 소용도 없는 일이었어. 싫어하겠거니 생각하고 대하는 것과, 분명하게 싫다고 말해 주는 사람을 대하는 건 달라. 그 차이를 말로 표현하는 건 어렵지만······."

그래서 나는 아크릴의 태도가 신경 쓰이지 않았고, 오히려 호감조차 느꼈다.

"뭐, 그래도 싫어한다는 말을 듣는 건 힘들지만······. 그게 내 행동 때문이라는 걸 알고 있으니 더더욱."

내가 그렇게 말하자 유피는 뭐라 말할 수 없는 표정이 되어 버렸다.

유피가 이런 표정을 짓게 된 것도 내가 아르 군과 마주하지 못했기 때문이다. 아크릴이 한 말은 정말로 옳았다.

외야에서 뭐라고 하든, 나와 아르 군 사이에서 결판을 내지 않는다면 아무것도 바뀌지 않는다. 그걸 알면서 왜 움직이질 못하는 걸까.

"……오지랖이었나요?"

유피가 작게 중얼거렸다. 그리고 본인이 말해 놓고서 입을 막았다. 생각했어도 말하면 안 되는 얘기라고 여겼을 것이다.

하지만 묻고 싶어지는 마음도 이해가 갔다. 그래서 쓴웃음을 짓고 말았다.

"오지랖이라고 생각하진 않아. 각오하지 못하는 건 내 문제야. 불을 지핀 사람이 유피여도, 유피 책임은 아니야."

"……네."

"그저 어떤 얼굴을 하면 좋을지 알 수 없어서 그래."

아르 군과 어떻게 마주하면 좋을지 모르겠다. 어떤 관계가 되고 싶은지, 어떤 것을 바라도 되는지. 그걸 전혀 모르겠다.

그렇게 하나도 정해지지 않은 채로 형태 없는 불안만이 남아 있었다.

"……무서워."

"무서운가요?"

"또 아르 군을 상처 입히는 게, 무서워."

나는 나로 있기를 우선하여 아르 군을 버린 거나 마찬가지다.

아르 군을 전혀 생각하지 않은 건 아니지만, 결국 헛돌아서 전부 역효과를 냈으니 내가 그를 버렸다고 해도 부정할수 없었다.

그리고 나는 이 결말을 알았더라도 양보하지 못했을 것이다. 좀 더 잘 처신하자는 생각은 했겠지만, 나는 나이기를 양보할 수 없다.

"나는 아르 군을 위해 마법을 포기하지는 못해."

"……아니스, 그건."

"어떻게 둘러대도 아르 군을 못 본 척했다는 사실은 바뀌지 않아. 그걸 두고 버렸다고 하더라도, 부정할 수 없어."

내 손으로 시선을 떨어뜨렸다. 살며시 손을 쥐어 주먹을 만들었다. 그 손은 조금 떨리고 있었다.

"……마주하고 싶다는 생각은 해. 하지만 마주했을 때 또 아르 군을 상처 입히는 것도, 내가 상처 입는 것도, 전부 무서워."

형태를 알 수 없었던 불안을 말로 풀어내니 이해되었다. 결국 무서운 거다. 또 서로 상처 입히게 되는 것이. 그렇게 되지 않도록 하면 되겠지만, 그럴 자신이 없으니까.

"……아아, 한심해!"

나는 양손으로 뺨을 찰싹 때렸다.

무서운 건 무섭다. 그건 어쩔 수 없다. 하지만 계속 도망쳐도 달라지는 건 없다.

그리고 나는 몰라도 아르 군은 믿을 수 있다. 헤어지기 전에 화해의 악수를 해 줬던 것을 잊어선 안 된다.

그러니 발을 내디뎌야 한다. 계속 꾸물거리고 있어 봤자 아무것도 바뀌지 않는다.

"유피."

"네."

"다녀올게."

"……다녀오세요."

유피가 미소 짓더니 기운 내라는 것처럼 내 이마에 살며시 키스했다.

조금 낯간지럽기도 하고, 유피의 온기가 느껴져서 나도 웃었다. 나는 결심하고 객실을 나섰다.

'우선 클라이브를 찾는 게 좋으려나. 아르 군의 방이 어딘지도 모르고.'

그렇게 생각하며 클라이브를 찾아 저택 안을 걸었다.

하지만 클라이브를 발견하기도 전에 어떤 인물과 맞닥뜨리고 말았다.

우연인지, 아니면 필연인지. 내 눈앞에 나타난 사람은 내가 만나야겠다고 생각한 바로 그 사람이었다.

"아르 군?"

"누님?"

복도 모퉁이를 돌자 눈이 딱 마주쳤다.

서로 얼굴을 마주 보며 눈을 동그랗게 뜨고 말았다. 각오는 했지만, 마음의 준비가 덜 된 나는 굳어 버렸다.

하지만 굳은 것은 아르 군도 마찬가지였다. 서로 얼굴을 마주 본 채 굳어 버려서 말없이 시간만 흘러갔다.

"······저, 저기, 아르 군!"

그 침묵이 고통스러웠기에 어떻게든 힘을 주며 아르 군을 불렀다. 내가 부르자 아르 군의 경직도 풀린 듯 움직이기 시작했다.

"······누님, 방에 안 있고 뭐 해?"

"그건······ 그게."

말하려고 하니 입술이 떨리고 마음이 무거워졌다. 목소리를 내는 게 왜 이렇게 힘든 걸까. 너무 답답했다.

아르 군은 그렇게 겁쟁이처럼 구는 나를 그저 가만히 기다려 줬다. 한심해. 이럴 때 부딪치고 깨지는 게 나잖아! 눈 딱 감고 말하자!

"아르 군이랑 얘기하고 싶어서!"

생각보다 큰 목소리가 나왔지만, 하고 싶은 말은 할 수 있었다.

조심조심 아르 군의 얼굴을 보니 아르 군은 뭐라 형용하기 어려운 어이없다는 표정으로 나를 보고 있었다.

"······하아, 하여간. 당신이란 사람은······."

"윽……."

"……정말로 여전하네."

아르 군은 힘이 빠진 것처럼 미소 지었다. 그 말은 아주 온화했고, 상냥한 울림이 담겨 있는 것 같았다.

"……누님, 조금 걸을까?"

"……응."

우리는 한 사람분 거리를 두고서 걷기 시작했다. 아르 군이 앞장서서 간 곳은 이 저택의 안뜰이었다.

경치를 보기에는 충분할 만큼 달이 밝았다.

안뜰은 최소한의 관리만 되어 있어서 화사하지는 않았다. 하지만 자연스럽게 핀 것으로 보이는 꽃이 있었다. 무질서하긴 해도 자연의 강인함을 느낄 수 있었다.

"……이곳 생활은 어때?"

안뜰을 느리게 걸으며 아르 군에게 물었다. 너무 무난한 질문이었지만 아르 군은 평범하게 대답해 줬다.

"천천히 흘러가는 것처럼 느껴져. 완수해야 할 역할도 없고, 만나야 할 사람도 없고. 의외로 그런 생활이 지금의 나한테는 딱 좋아."

"……그렇구나."

"어떤 의미에서 누님이 보냈던 생활과 비슷하지 않아?"

"……듣고 보니 그럴지도 모르겠네."

"변방인가, 별궁인가. 차이는 있지만 비슷하다는 걸 누님의 질문을 듣고 깨달았어."

"사실은 힘들다거나 하진 않아?"

"아니, 전혀."

별안간 아르 군이 발을 멈췄다. 아르 군의 시선 끝에는 씩씩하게 핀 꽃들이 있었다.

그 자리에 무릎 꿇은 아르 군은 꽃으로 손을 뻗었다. 쓰다듬듯 살며시 꽃잎을 만지는 아르 군의 얼굴이 조금 보기 어려워졌다.

"누님은 어때?"

"나?"

"유필리아가 왕이 됐다는 소식을 듣고 놀랐지만 납득도 했어. 그 녀석은 나와 한 약속을 지켰구나."

"어? 잠깐만. 약속이라니?"

"누님을 부탁한다고 했을 뿐이야. 그게 다야."

"……뭐야, 그게. 언제 그런 약속을 했어?"

"글쎄. 아무튼, 어때? 지금 생활은 쾌적해?"

"……숨쉬기는 편해졌으려나."

"그런가."

아르 군은 꽃을 그만 만지고 일어났다. 그 손에 꽃 한 송이가 꺾여 있었다.

그리고 무슨 생각을 했는지 그 꽃을 내 귀에 걸었다. 너무 갑작스러운 일이었기에 나는 아르 군이 하는 대로 가만히 머리에 꽃을 꽂았다.

"가, 갑자기 뭐야?"

"그냥."

"그냥이라니……."

"그러고 싶다는 생각이 들어서 앞뒤 재지 않고 움직였어. 예전의 나는 할 수 없었던 일이지."

아르 군의 손이 멀어졌다. 달빛을 받은 아르 군의 얼굴을 새삼 보았다.

아르 군은 헤어졌을 때보다도 성장해 있었다. 그 얼굴이 조금 어른스러워 보여서 무심코 바라보고 말았다.

어른스러워진 것 외에도 예전에는 볼 수 없었던 온화함과 여유가 느껴졌다. 그런 아르 군을 보고 있으니 가슴이 덜그럭거렸다.

"……얼굴을 봐야 알 수 있는 것도 있네."

"아르 군……?"

"누님이 건강해 보여서 안심했어. 나는 생각보다 누님을 걱정하고 있었나 봐."

"……그게 뭐야. 무슨 소리를 하는 거야."

"유필리아가 왕이 됐다고는 하지만, 왕위 계승 문제로 다퉜을 거 아니야."

"정말 큰일이었지. 그리고 분명 앞으로도 큰일일 거야."

"그렇겠지."

점점 막힘없이 아르 군과 이야기할 수 있었다.

나는 아르 군의 말을 바로바로 받으며 대화해 나갔다.

"이렇게 온화하게 대화를 나눌 수도 있네."

"……그러게."

"……미안했어, 누님."

"어?"

"이제 와서 내 행동을 후회한다고 하면…… 웃을 거야?"

아르 군은 나를 바라보며 그렇게 말했다. 나는 아르 군의 얼굴을 보며 입을 다물고 말았다.

아무런 말도 못 하고 있으니 밤바람이 불어와 아르 군이 꽂아 준 꽃을 조용히 흔들었다.

"……안 웃어. 어떻게 웃겠어."

"그런가. ……내가 생각하기에도 새삼스럽지만, 누님의 얼굴을 보고 확실하게 자각했어."

아르 군은 내게서 시선을 떼고 하늘에 뜬 달을 올려다보았다.

"그저…… 이해하기 싫었던 걸지도 몰라."

"……어째서?"

"내가 지은 죄의 무게에 짓눌릴 것 같아서. 그 무게를 짊어질 각오가 내게는 없었어. 하지만 무의식중에 알고 있었던 거야. 누님의 얼굴을 보고 마침내 마주할 각오가 섰어."

아르 군은 머나먼 하늘 저편을 바라보며 조금 쓸쓸한 목소리로 말했다.

"사실은 알고 있었어. 누님이 나와 멀어지려고 한 것도, 일부러 악평을 들을 만한 행동을 한 것도, 전부 내게 왕위를 주기 위해서였다는 것을."

"……하지만 나는 아르 군을 버렸어. 내가 마법을 추구하며 성과를 냈기에 아르 군을 깔보는 사람이 나타나고 말았어. 그건 내 탓이야."

"―누님은 나를 버리고 싶었어?"

아르 군이 물어서 나는 무심코 숨을 삼켰다. 너무나도 올곧은 그 물음에 어떻게 대답하면 좋을지 알 수 없어졌다. 동요를 가라앉히기 위해 가슴을 움켜잡으니 심장이 펄떡거리며 아프도록 뛰고 있었다.

"……나는 너를 버렸어. 아르 군을 전혀 생각해 주지 못했어."

"결과적으로 그렇게 된 것과, 진심으로 내가 어떻게 되든 좋아서 포기한 건 달라. 누님은 내가 이 꼴이 돼서 기뻐?"

"―내가 기뻐하는 것처럼 보여?!"

여기서 소리 지르면 안 된다는 건 안다. 그래도 언성이 높아지는 걸 막을 수 없었다.

아르 군이 변방으로 추방돼서 잘됐다고, 그런 말을 할 수 있을 리가 없다. 추방당한 원인인 뱀파이어화도, 마음속으로 그런 건 바라지 않았다.

그런 걸 시키고 싶었던 게 아니다. 하지만 어떻게 둘러대도 내가 저지른 죄의 무게는 가벼워지지 않는다.

"—그럼 다행이야."

그런데도 아르 군은 온화하게 미소 지었다. 진심으로 안심한 것처럼.

"누님도 필사적이었겠지. 어떻게든 마법을 손에 넣고 싶었을 거야. 누님이 얼마나 마법을 쓰고 싶어 했는지 나는 알아."

"아르 군…… 하지만 나는……!"

"알아, 알고 있었어. 서로 어쩔 도리가 없었어. 그때 사이가 틀어지지 않았다면 우리는 잘 지낼 수 있었을까? 아마 무리였겠지."

아르 군은 온화한 미소를 지은 채 애석하다는 듯 눈을 살짝 찡그리고서 중얼거렸다. 아르 군과의 거리가 멀어진 건 아닌데도 멀게 느껴졌다.

"만약 그대로 우리 사이가 틀어지지 않았다 쳐. 나도 함께 누님의 꿈을 도우려 했다면 누님이 암살당했을지도 몰라. 그때 내가 누님에게 다가가는 걸 귀족들이 허락했을 리도 없지. 누님은 죽었을지도 몰라. 내게 누님을 지킬 힘 같은 건 없었으니까."

"그건, 그랬을지도 모르지만……."

"만약 마젠타 공작가의 힘을 빌렸다면 길은 있었을지도 모르지. 누님과 유필리아가 더 빨리 만나서 다 같이 손을 맞잡았다면 최선의 결과가 나왔을지도 몰라. 돌이켜 보면 그런 미래를 택하는 길도 있었을지 모른다는 생각이 들어. —하지만 그건 전부 끝난 후니까 할 수 있는 말이야."

아르 군은 자신의 손을 보듯 시선을 내렸다. 그 손을 움켜쥐며 천천히 눈을 감았다.

"나는 누님에게 배신당했다고, 내쳐졌다고 생각했어. 게다가 차기 국왕의 책임과 귀족의 부패, 나라의 비틀림 등을 보고 말았어. 변명이지만, 그걸 겪고서도 비틀리지 않을 만큼 나는 강하지 않았어."

"그건 어쩔 수 없어. 심지어 나는 그 비틀림을 더 심화시킨 거나 마찬가지야."

"나는 지금도 그 비틀림은 부숴야 한다고 생각해. 그래서 누님이 틀렸다고 생각하진 않아. 틀린 건 내가 택한 수단이야."

아르 군은 천천히 눈을 뜨고 움켜쥔 주먹을 내려다보았다. 떨릴 만큼 움켜쥔 주먹을 보니 뼈를 다치진 않을까 걱정되었다.

"만약 레이니와 만나지 않고 예정대로 국왕이 됐더라도 나는 나라의 비틀림과 마주해야 했겠지. 팔레티아 왕국의 비틀림은 말기 상태였으니까. 새롭게 형태를 바꾸지 않으면 말단까지 썩어 버릴 지경이었어."

"……아르 군은 레이니를, 뱀파이어의 힘을 이용해서 어쩌고 싶었어?"

사실은 묻고 싶었지만, 지금까지 묻지 못한 말이었다. 아르 군은 그 계획이 성공했다면 어쩔 작정이었을까. 아르 군의 입으로 듣고 싶었다.

아르 군은 내 물음에 입을 다물어 버렸다. 그리고 잠시 후, 천천히 입을 열었다.

"주요 귀족을 억압하고 독재를 펼칠 생각이었어. 정치의 중추를 장악해서 부패한 귀족들을 일신하고. ……그리고."

아르 군은 일순 망설이듯 말을 멈췄다. 그리고 조용히 고했다.

"……누님을 다시 불러들일 생각이었어. 나라를 개혁해서 귀족의 권력을 축소시키려면 평민의 지위를 올려야 해. 누님의 마학은 그걸 위한 수단으로 무엇보다 효과적이고, 마법을 대신할 수 있는 힘이었어. 그러니 정치의 중추를 장악한 후에 누님도 끌어들여서 나라를 개혁할 생각이었어. 그리고……."

"……그리고?"

"—그리고 개혁이 진행되어 귀족이 불필요해지면…… 나를 포함해서 진실을 아는 자를 전부 없애고 뒷일을 맡길 작정이었어."

아르 군이 고한 그 말을 듣고 나는 숨을 삼켰다. 무심코 움켜쥔 주먹이 아팠다.

"……아르 군은, 나를 미워했던 거 아니야?"

묻는 목소리가 떨리고 말았다. 아르 군이 했던 생각을 알고 목소리뿐만 아니라 몸까지 떨렸다.

"미워했어. 정말 진심으로. 어째서 나를 버리고 멀어졌냐면서. 그런 주제에 한없이 나를 방해하니까 정말 진심으로 미웠어."

아르 군은 거기까지 말하고서 온화한 표정을 짓고 고개를 저었다.

"하지만 내가 누님에게 품었던 증오는 나약한 나 자신을 향한 증오이기도 했어. 그리고 나와 누님을 갈라놓고 누님을 인정하지 않았던 귀족과 왕국 자체를 향한 증오이기도 했지."

"아르 군……."

"그래서 부숴 버리자고 생각했어. 그리고 팔레티아 왕국이 누구보다도 부정했던 누님의 색으로 칠해 버리면 된다고. ……그러면 누님은 누구보다도 자유로워질 수 있으리라고 생각했어."

더는 말이 나오지 않게 되었다.

정식으로 들은 아르 군의 마음. 이에 나는 어떤 말을 하면 좋을까?

아르 군은 말이 없어진 나를 보고 미안한 얼굴을 하면서도 미소 지었다.

"정말로, 미안했어."

"……왜 아르 군이 사과해?"

"나는 증오에 눈이 멀어 있었어. 뱀파이어의 힘을 의지하지 않아도 길은 있었을 거라고 지금은 생각해. ……누님 말이 맞아. 내가 바랐다면 분명 유필리아는 힘이 되어 줬겠지. 결국 나는 그 녀석의 가치를 마법사로서의 힘과 공작가의 지위로만 계산했던 거야."

"……맞아. 유피는 굉장한 아이야. 나도 놀랄 정도니까……."

"그래, 맞아. ……있지, 누님."

"응……?"

"나는 사실 유필리아처럼 되고 싶었어. 지금의 그 녀석이야말로 내가 정말 되고 싶었던 왕의 모습이야."

아르 군은 쓸쓸하게 나를 보았다. 먼 곳을 바라보는 듯한 시선이 마치 곁에 있는 우리의 거리를 가로막는 것처럼 느껴졌다.

"—나는, 누님의 힘이 될 수 있는 왕이 되고 싶었어."

"……아."

구멍이 뚫려 새어 나온 것처럼 내 입에서 잠긴 목소리가 흘러나왔다.

바람 소리가 선명하게 들릴 듯한 침묵에 오히려 귀가 따가웠다.

"누님. 만약 내가 계획을 세우기 전에 누님에게 도와달라고, 사실은 누님의 꿈을 돕고 싶다고 했다면…… 나는 누님과 같은 길을 걸을 수 있었을까?"

아르 군을 바라보던 시야가 번졌다. 넘쳐흐른 열기가 눈물임을 깨닫고 손으로 닦았지만, 금세 시야가 뿌예졌다. 몇 번을 닦아도 시야가 번져서 숨 막힐 것 같았다.

만약 아르 군이 사건을 일으키기 전에 내게 도움을 구했다면.

그 물음에 마음은 곧장 답을 냈다. 하지만 말이 나오지 않았다.

괴로워서, 분해서, 슬퍼서, 어쩔 도리가 없어서. 지금 쓰러져 울 수 있다면 얼마나 편할까.

"—도왔을 거야! 도움을 구했다면, 도와주러 갔을 거야!"

여기서 언성을 높이는 건 비겁하다. 하지만 말이 떨릴 것 같아서, 떨리지 않게 하려다 보니 목소리가 커지고 말았다.

여전히 눈물 때문에 앞은 보이지 않았다. 숨을 쉬려면 헐떡여야 했고, 눈을 질끈 감아도 눈물은 계속해서 떨어졌다.

아아, 그렇게 물어보면 대답은 정해져 있다.

—왜냐하면 아르 군은 내 동생이니까.

"그런가. ······아아, 그런가."

아르 군의 온화한 목소리가 들렸다. 이에 나는 눈물을 닦고 눈을 떴다.

아르 군은 온화하게 웃고 있었다. 진심으로 만족스럽다는 것처럼.

"그 대답을 듣게 된 것만으로도 나는 이제 괜찮아. 누님."

"아르 군⋯⋯."

"바보 같은 동생이라 미안했어. 잘못된 길에 빠져 멀리 돌고 나서야 마침내 깨닫는 어리석은 놈이야. 그런 나인데도 누님은 여기까지 와 줬어. 더는 바랄 게 없어."

"⋯⋯웃, 하지만, 맨 처음, 버린 사람은⋯⋯ 나야⋯⋯!"

"그건 거짓말이야. 누님은 나를 버린 게 아니야. 우리는 마침내 그날에서 한 걸음 전진한 거겠지. 나와 거리를 두는 것만을 택할 수 있었던 누님도, 거부당했다고 여기고 비뚤어져서 소망을 잃어버렸던 나도."

아르 군이 내 어깨에 손을 얹었다.

지금까지 줄곧 아르 군과의 거리를 가늠하지 못하고 있었다. 물리적인 거리가 아니라 마음의 거리가 멀었다. 서로의 모습을 놓칠 만큼.

그 거리가 지금 가까워졌다. 내가 아르 군을 밀어냈을 때부터 벌어져 있었던 거리가 점차 사라졌다.

"되고 싶은 사람이 될 수 없는 건 괴롭다고, 예전에 내가 누님에게 말했었지."

"응……."

"당연한 얘기야. 될 수 있을 리가 없어. 되고 싶었을 터인 자신의 모습조차 잃어버렸었으니까."

"응……."

"그래서 누님은 대단해. 누님은 여기까지 올 수 있었잖아. 지금 얼마나 많은 사람이 누님의 꿈과 이상을 고대하고 있을까. 누님은 도달한 거야. 고개를 들면 그곳에 있는 별처럼, 많은 사람이 누님이 구축할 미래를 기대하고 있겠지."

"응……!"

"나는 누님의 꿈과 소망을 진심으로 축복해. ……줄곧 그 말을 전하고 싶었어."

아르 군의 온화한 목소리를 들으니 마음이 어지러웠다.

하지만 언제까지고 울고 있을 수는 없었다. 나는 눈을 비벼 눈물을 닦고 아르 군을 똑바로 바라보았다.

"……헤헤! 나 대단하지?"

"……응."

"아주 오랜 시간이 걸렸고, 여러 길을 돌아왔을지도 몰라. 하지만 올 수 있었어. 줄곧 부정당하기만 했던 내가 조금씩 여러 사람에게 인정받게 됐어."

"그래."

"평생 소중히 여기고 싶은 사람과도 만날 수 있었어."

"그래."

"나는 확실하게 행복해, 아르 군."

눈물아, 흐르지 마라.

목소리야, 떨리지 마라.

전달되기 어려워질 테니까, 부디.

"하지만 내 꿈은 앞으로도 계속될 거야. 도달하고 싶은 골인 지점은 훨씬 앞에 있어서 나 혼자서는 도저히 갈 수 없어. 유피를 비롯하여 여러 사람이 앞으로 내 길을 함께 걸어 줄 거야. 그래서 포기하지 않을 수 있어."

크게 숨을 들이마셨다. 몸의 떨림을 멈추고, 마지막으로 커다란 눈물방울을 떨어뜨린 뒤 닦으며 아르 군을 바라보았다.

"이제 내 꿈은 나만의 꿈이 아니게 됐어. 아르 군, 어때? 아직도 나와 같은 꿈을 꾸고 싶어?"

"……누님."

"아무리 멀리 떨어져 있어도 목적지가 같다면 같은 길을 걸을 수 있을 거야. 그러니까 다시 내 꿈에 어울려 주지 않을래, 아르 군? 너의 힘을 내게 빌려줘. 이 변방 땅에 잠들어 있는 가능성을 네가 나에게 전해 줬으면 해."

나는 내 어깨에 얹어져 있던 아르 군의 손을 잡고 악수하듯 움켜쥐었다.

맞잡은 서로의 손을 보고 아르 군은 한동안 침묵했다. 그리고서 천천히 눈을 감고 내 손을 세게 잡아 줬다.

"나는 내게서 꿈을 본 적이 없어. 내 주위에는 눈부신 사람이 많았어. 그래서 나는 내 능력을 잘 알아. ……줄곧 그렇게 생각했어. 그런 나여도 누님의 힘이 될 수 있다는 거야?"

"너니까 부탁하고 싶은 거야, 아르 군."

"내가 스스로를 믿지 못해도? 그 기대에 정말로 부응할 수 있을까? 어째서 누님은 내게 그만한 힘이 있을 거라고 믿는 거야?"

"아르 군이니까."

"……나니까?"

"나를 이기기 위해 평범한 인간이기를 그만둔 것도, 나라 전체를 적으로 돌리더라도 목적을 이루려 한 것도, 방식은 잘못됐지만 나도 각오해야겠다고 생각했을 정도야. 아르 군은 무력하지 않아. 나도, 아르 군도, 부족하다고 해서 포기하지 않았어."

"그건……."

"그러니 이렇게 생각할 수 있지 않을까? 우리는 역시 누나와 동생이야. 그래서 닮은 거야."

"……누님."

"아무리 힘들어도, 괴로워도, 우리는 끝까지 포기하지 못해. 그래서 나는 아르 군을 믿을 수 있어. 너라면 끝까지 완수해 줄 거라는 생각이 들어."

아르 군은 내 얼굴을 바라보며 아무런 말도 하지 않았다.

나는 이제 떨지도, 눈물을 흘리지도 않았다. 진심으로 웃으며 아르 군과 마주할 수 있었다.

한동안 마주 본 후, 아르 군이 웃음을 참기 힘든 것 같은 목소리로 말했다.

"……졌어. 옛날부터 누님은 정말 당해 낼 수가 없어. 귀찮은 일은 다 나한테 시키려는 거지?"

"에헤헤, 들켰어?"

"들키고 자시고 할 것도 없어. 여기 살고 있는걸. 확실히 이곳에는 잠들어 있는 자원이 많겠지. 그걸 활용하려면 그야말로 몇십 년에 걸친 일이 될 거야."

"아주 고생일 거야."

"그러니까 말이야. 나도 그런 일을 맡길 수 있는 사람은 그렇게 간단히 안 떠올라."

"나는 아르 군이 떠오르는데."

아르 군은 입술을 삐뚜름하게 만들었지만 금세 가볍게 웃음소리를 흘렸다.

손으로 얼굴을 가리면서 눈가를 누르는 것 같았다. 하지만 그것도 한순간이었고, 아르 군은 바로 손을 내리고서 나를 보며 웃었다.

"누님, 부디 용서해 줘."

"……용서?"

"누님에게 칼을 겨눴으면서도, 다시 한번 누님의 꿈을 함께 바라는 뻔뻔스러움을."

"화해는 이미 끝났어, 아르 군. 나야말로 용서해 줘. 아르 군의 힘을 빌리고 싶다고 생각한 것을."

"그래. 누님이 그러길 바란다면."

맞잡은 손으로 서로의 존재를 확인하고서.

아무런 근심 없이 지냈던 옛날을 떠올리듯 우리는 함께 웃었다.

9장 거대한 흐름 속에서

아르 군과 이야기한 다음 날, 시찰을 위해 찾아온 우리는 다시 얼굴을 마주했다.

어제와 달리 아르 군 옆에는 아크릴이 아니라 클라이브가 서 있었다.

"어제는 이야기가 도중에 끝나 버렸으니, 이곳에 찾아온 이유를 다시 이야기하고 싶어요."

"……알았어."

먼저 말을 꺼낸 사람은 유피였다. 이에 아르 군은 나를 힐끔 본 후, 고개를 끄덕이고서 계속 이야기하라고 했다.

"이미 아시겠지만, 저는 왕가에 양자로 들어가 왕으로 즉위했어요. 그리고 팔레티아 왕국의 여왕으로서 아니스의 마학과 마도구를 보급하여 평민의 지위와 생활 수준을 향상시킬 생각이에요."

"그렇군. 그래서?"

"마학 연구에도, 마도구 개발에도, 정령석을 빼놓을 수 없어요. 지금보다 더 많은 정령 자원을 소비하게 되겠죠. 그래서 공급이 부족해질 우려가 있어요."

"그렇기에 미개척 상태인 변방을 주목한 거군."

"맞아요. 이 변방 땅은 최대 채굴지인 북부의 검은 숲과 조건이 비슷해요. 앞으로 정령 자원 채굴지로 발전할 밑바탕은 충분히 갖추고 있어요."

"하고 싶은 말은 알겠는데, 이 변방에는 개발을 진행할 만한 여력이 없어."

"그것도 이해하고 있어요. 현 변경백도 관례에 따라 지위를 물려받았을 뿐이죠. 개발에 의욕을 보이지는 않을 거예요. 그래서 당신의 존재가 열쇠가 되는 거예요, 아르가르드보나 팔레티아."

"……뭘 바라십니까, 유필리아 여왕 폐하?"

"당신이 저지른 죄를 사하는 대신, 이 땅을 개척하는 선구자가 되었으면 해요. 공적에 따라서는 당신이 이 변방을 다스리는 차기 영주가 되는 것도 가능하겠죠."

유피가 그렇게 말하자 아르 군은 눈썹을 살짝 치켜올렸다. 그리고 유피를 빤히 보더니 입을 다물어 버렸다.

모두가 긴장하여 유피와 아르 군의 동향을 지켜보았다. 그런 긴장 속에서 움직임을 보인 사람은 아르 군이었다.

"정말 그래도 되는 건가? 나는 아바마마에게 반역하려고 했어. 그렇게 간단히 사면하면 귀족들이 가만있지 않을 텐데?"

"그럼 그 귀족들이 변방 개척을 대신 맡아 줄 것 같나요?"

"글쎄 어떨까. 그런 유별난 녀석이 있다면 한번 보고 싶군."

"거울을 보시면 되겠네요."

유피의 대답을 듣고 이번에야말로 아르 군이 인상을 쓰며 쏘아보았다.

이에 유피는 태연하게 아르 군을 바라보았다. 그런 유피의 시선에 졌다는 듯 아르 군이 눈을 돌리더니 이마를 짚으며 깊이 한숨을 쉬었다.

"아주 얄미운 녀석이 됐어."

"당신을 봐줄 필요가 있나요?"

"흥……."

유피가 간단히 대꾸하자 아르 군은 재미없다는 듯 콧방귀를 뀌었다.

"아무튼, 어쩔 거죠? 사면을 받을 건가요, 안 받을 건가요? 명확하게 대답을 듣고 싶은데요."

"알면서 물어보고 있으니 성격도 참 좋아졌군."

"네. 뭐, 그렇죠."

"……그 제안, 진심으로 감사히 여기며 받아들이겠습니다. 그리고 유필리아 여왕 폐하께 변치 않을 충성을 바칠 것을 맹세합니다."

아르 군은 자리에서 일어나 유피 앞에 무릎 꿇고 깊이 머리를 숙이며 선서했다.

신하로서 진력하겠다는 아르 군의 의사 표시이리라. 그걸 본 유피는 조용히 끄덕이고서 고개를 들라고 했다.

"아르가르드, 당신의 근신을 조건부로 완화합니다. 아무쪼록 이 땅의 발전을 위해, 그리고 아니스의 마학 발전을 위해 진력해 주세요."

"이 목숨이 다하게 되더라도 성심성의껏 섬길 것을 맹세합니다."

"……당신이 딱딱하게 예의를 차리면 어색한 기분이 드니까 사적인 자리에서는 태도를 편하게 해도 됩니다."

"그래? 나는 네가 싫어하는 얼굴을 볼 수 있다면 태도를 꾸미는 것도 고되지 않은데?"

"……남이 싫어하는 얼굴을 보고 싶어 하는 사람은 마젠타 공작만으로도 충분해요. 그런 실없는 소리도 못 할 만큼 독촉해 드릴 테니 어서 성과를 올려 주세요."

"말하지 않아도 그럴 거야. 하지만 다시금 감사 인사를 전하지. 나를 사면하는 것도, 변방 개척을 맡기는 것도 네가 생각한 거지? 누구를 위한 일인지는 지적하지 않겠지만."

"말하지 않아도 아실 텐데요?"

"그래. 그래서 고맙다는 거야."

"……아뇨, 이걸로 빚은 갚은 걸로 치죠. 아니면 당신의 빚으로 해도 좋고요."

"그럼 빚으로 달아 둬. 배로 갚아 주지."

"기대할게요."

그렇게 서로 말하고서 유피와 아르 군은 대담하게 미소 지었다.

그 모습을 보니 그란츠 공과 이야기하는 유피가 떠올랐다.

……혹시 이 두 사람은 의외로 사이가 좋은 것 아닐까? 그렇게 생각하니 재미없다는 마음이 들었다.

그런 마음으로 유피를 보고 있자, 유피가 눈을 동그랗게 뜬 후 어째선지 웃었다.

그리고서 내게 얼굴을 가까이 가져와 뺨에 입을 맞췄다. 너무 자연스럽고 갑작스러운 움직임이었기에 말릴 새도 없어서, 뽀뽀 받았음을 깨달은 내 얼굴은 새빨갛게 물들었다.

"잠깐, 유피! 남들 앞에서 뭐 하는 거야!"

"아니스가 사랑스러운 얼굴을 하고 있어서 저도 모르게."

"그, 그런 얼굴 안 했어!"

"……누님, 애인 자랑은 장소를 가리는 게 좋지 않을까?"

"아르 군?! 아니, 잠깐만, 잘못한 사람은 유피잖아?!"

"하! 내가 주의를 준다고 저 여자가 퍽이나 귀를 기울이겠군."

아르 군은 뭐라 말할 수 없는 표정으로 팔짱을 끼고 다리를 꼬며 어이없다는 듯 나를 바라보았다.

다른 사람들의 반응도 비슷해서, 아무것도 못 봤다는 듯 눈을 돌리고 있었다. 나는 그 분위기를 견디지 못하고 몸을 파들파들 떨었다.

"유, 유피……!"

"바보라는 말은 이미 몇 번이나 들었는데요."

"바보 같은 짓을 하니까 그렇지!!"

전혀 잘못했다고 생각하지 않는 것 같은 얼굴인 유피를 보고 나는 외치고 말았다.

다음에 또 남들 앞에서 부끄러운 짓을 하면 침대에서 내쫓아 버릴 거야!

"그런데 유필리아. 개척의 선구자가 되는 건 좋지만, 역시 이 저택의 인원만으로는 무리야. 나라에서 그 점은 지원하는 건가?"

"물론이죠. 그에 관해서도 여러 가지로 얘기해 두고 싶은데……."

아르 군이 묻자 유피는 바로 고개를 끄덕이고서 향후 구상에 관해 이야기하기 시작했다.

그 의논에는 나블 군과 하르피스, 그리고 뜻밖에도 갓군까지 참가하여 이야기가 진행되었다.

일리아와 레이니는 클라이브와 함께 완전히 시중에 전념하여 차를 준비했다.

그리고 나는 영지 통치에 관한 건 잘 모른다는 자각이 있기에 이야기에 끼지 못하고 약간 어색하게 있었다.

갓군은 변방에 가까운 지방 출신으로서의 의견을, 나블 군은 기사로서의 의견을, 하르피스는 폭넓은 지식에서 나온 의견을 내고 있었다.

그리고 유피와 아르 군이 그걸 정리했다. 두 사람의 의논은 막힘없이 술술 진행되었다.

……나도 좀 더 정치를 공부하는 편이 좋을까? 그렇게 생각하고 있으니 아르 군이 나를 불렀다.

"아아, 그래. 누님."

"응?"

"내 감시 겸 호위를 맡은 자들이 이 저택에 체재 중인데, 개중엔 모험가 길드와 계약을 맺고 온 자도 있어. 아직 진짜로 결정된 건 아니지만, 이 변방에서 돈을 벌 기회가 늘어날지도 몰라. 이에 관해 모험가의 의견도 듣고 싶은데, 누님이 얘기를 꺼내 주지 않을래?"

"그건 딱히 상관없지만…… 왜 내가?"

"누님에게 신세 졌다는 모험가도 있거든. 그렇다면 내가 얘기하는 것보다 누님이 얘기하는 쪽이 더 신빙성이 있을 거고, 인상도 좋잖아? 아직 구체적으로 정해진 건 없는 얘기지만, 반응을 확인해 주면 고맙겠어."

"아아……. 확실히 돈 되는 얘기가 있다는 걸 귀족이, 그것도 아르 군이 말한다면 유피가 사면했다고 해도 얘기가 간단히 진행되진 않겠네."

"그런 거지. 현장의 의견을 들을 거면 누님이 가장 친근감을 줄 수 있을 거야. 그러니 누님이 적임이야. 부탁할 수 있을까?"

아르 군은 그렇게 말하고서 쓴웃음을 지으며 어깨를 으쓱였다.

그 반응을 보고 나도 쓴웃음을 짓고 말았다. 아무래도 내가 어색하게 앉아 있는 것을 아르 군이 눈치챈 모양이다.

그래서 내가 할 수 있는 일로서 모험가들의 의견을 물어봐 달라는 이야기를 꺼냈을 것이다. 아르 군은 그런 배려도 할 줄 아는구나.

"그럼 잠시 자리를 비워도 될까? 현지 얘기는 나도 들어두고 싶었어."

"아, 그럼 저나 나블 님이 호위를……."

"됐어, 됐어. 이쪽 얘기에는 두 사람의 의견도 있는 편이 좋잖아?"

"……아니스, 저도 모험가의 반응이 궁금하니 부탁드릴게요."

유피가 살짝 눈썹을 찌푸렸다가 바로 미소 지으며 말했다. 아르 군이 이야기를 꺼내서 유피도 내 기분을 헤아린 것 같았다.

그래서 유피가 신경 쓰지 않도록 나도 웃으며 대답했다.

"어쩌면 아는 사람이 있을지도 모르니까. 인사할 겸 갔다 올게."

나는 손을 가볍게 흔들고서 그대로 방을 뒤로했다.

'으음~ 못 하는 걸 당장 할 수도 없고, 너무 신경 써서 다른 사람들한테 걱정 끼치면 안 되지. 기분을 전환하자.'

그렇게 생각하며 방을 나가 문을 닫으니 뭔가가 쌩하니 움직인 것 같았다.

그 기척이 복도 모퉁이 쪽으로 가서 내 시선도 그쪽으로 가고 말았다. 그렇게 시야 끄트머리에 잡힌 것은 회색 꼬리였다.

"……아크릴?"

어쩌면 방에 들어오진 않았지만 안에서 하는 이야기를 듣고 있었던 걸지도 모른다.

나는 조금 망설인 후, 아크릴이 사라진 복도 쪽으로 걸어갔다.

복도를 꺾어도 아크릴의 모습은 확인할 수 없었다. 그대로 나아가 시야의 사각지대인 그늘 쪽을 보았다.

"거기려나? 거기 있지, 아크릴?"

불러도 아무런 대답이 없었다. 쥐 죽은 듯 고요했다.

"기척을 지우는 데 능숙하네. 하지만 이렇게까지 기척을 잘 지우면 반대로 저택 안에서 붕 뜨게 돼. 그리고 꼬리가 보여."

"거짓말!"

"아, 꼬리는 거짓말이야. 역시 있었구나."

그늘에서 들려온 목소리는 틀림없이 아크릴의 목소리였다.

아크릴은 간파당한 것이 분한지 찌푸린 얼굴로 내 앞에 모습을 드러냈다. 날카로운 시선으로 나를 노려보는 눈. 귀를 쫑긋 세우고 천천히 꼬리를 흔드는 모습은 어딜 어떻게 봐도 경계 태세였다.

"얘기를 엿들으면 안 되지. 궁금했다면 들어오지 그랬어."

"……아르가, 이번 일은 나랑 상관없다고 해서."

"뭐, 팔레티아 왕국의 정치 얘기니까. 아르 군의 말이 맞긴 해."

"……너, 아르를 굉장히 편하게 말하게 됐네."

아크릴은 호의적인 감정 따위 전혀 느껴지지 않는 목소리로 그렇게 말했다. 이에 나는 쓴웃음을 짓고 말았다.

"그건 네 덕분이려나."

"뭐?"

"아르 군과 마주하라고 말해 줘서 고마워."

고맙다고 인사하자 아크릴은 이해할 수 없는 것을 본 듯한 표정을 지었다.

그대로 으르렁거리는 것 같은 소리를 내며 나를 노려보았다. 나는 그런 아크릴을 보고 다시 웃으며 말했다.

"괜찮으면 잠깐 얘기하지 않을래?"

"전혀 안 괜찮은데."

"어떻게 좀 부탁해."

"난 네가 싫어."

"응, 알아."

"……너 바보야? 싫다잖아."

"네가 나를 싫어해도 나는 네가 싫지 않으니까."

"나랑 장난해?"

"아니."

명백하게 짜증 난 모습인 아크릴이 나를 노려보았다.

정말로 나랑 얘기하기 싫다면 자리를 뜨면 될 텐데 아크릴은 그러지 않았다. 성실한 성격인지, 아니면…….

"아크릴은 아르 군을 좋아해?"

"……왜 그런 걸 물어봐?"

"궁금해서. 나랑 아크릴은 초면이잖아? 그런데 네가 그렇게까지 나를 싫어할 이유라면 아르 군밖에 없지."

"……."

"침묵하는 걸 보면 정곡을 찌른 걸까? 아르 군의 과거에 관해 이것저것 들었어?"

아크릴의 파란 눈에 냉기가 깃든 것처럼 보였다.

그 색깔 때문에 아르 군의 예전 눈이 떠올라서 가슴이 조금 아팠다.

"……너는."

툭, 당장에라도 사그라질 듯한 목소리로 아크릴이 중얼거렸다. 뭔가 말하려다가 언어로 만들지 못한 채 입을 달싹거렸다.

그래서 나는 아크릴의 말을 참을성 있게 기다리기로 했다.

"……너는, 뭐야?"

"……뭐가?"

"너는 싫은 녀석이어야 하는데. 그런데 너는 이상하지만 싫은 녀석은 아니야. 나는 그걸 도저히 용서할 수 없어.”

“나를 용서할 수 없다고.”

“너는 아르를 어떻게 생각하지?”

아크릴의 물음에 나는 무심코 눈을 감아 버렸다.

잠시 고개를 숙이고서 심란해지려는 마음을 심호흡으로 진정시켰다.

“동생이야. ……가능하다면 줄곧 웃어 줬으면 했던 소중한 사람이었어.”

“─거짓말!”

아크릴이 참을 수 없다는 듯 외쳤다. 털을 곤두세운 것처럼 늑대귀가 빳빳하게 서 있었다.

“네가, 하필이면 네가! 아르를 소중한 사람이라고 하면 안 되지! 소중한 동생이라고 할 거면! 어째서 아르를 도와주지 않은 건데!”

“……응.”

나는 아크릴의 입에서 나온 말을 묵묵히 받아들였다. 그 말에 아무리 가슴이 아파도, 받아들여야만 하는 말이라고 생각했으니까.

“아르는 줄곧 기다렸는데! 줄곧 고통받았는데! 어째서 고통을 나누지 않은 거야?! 뭘 위한 가족인데?! 괴로울 때 곁에 있으려고도 안 했으면서, 그래 놓고 어떻게 아르를 소중한 사람이라고 말할 수 있냐고!”

"……그러게."

"네가 그냥 나쁜 녀석이었다면 지금 당장 여기서 쫓아냈을 텐데! 그런데 왜, 왜…… 너는 나쁜 녀석이 아닌 거야? 아르는 몹시 괴로운 일을 겪었는데, 그 원인은 넌데! 눈치채지도 못하고 돕지도 않은 건 넌데! 이해할 수 없어……!"

……아아. 생각보다 더 아프다.

아크릴의 말이 나를 정면으로 후려쳤다.

아르 군이 괴로운 일을 겪은 원인은 나다. 그렇게 말해도 부정할 수 없다.

눈치채지도 못했고 돕지도 못했다. 그런데 이제 와서 내가 아르 군을 소중히 여긴다고 하다니, 염치없는 얘기라는 것도 안다.

"……그렇겠지. 납득할 수 없겠지."

"……왜 반론 안 해? 아르가 소중하다며? 아르를 아끼잖아?"

"사실이니까. 전부, 나와 아르 군 사이에 일어나 버린 일이야. 오해도 아니고 착오도 아니야. 전부 그대로 일어난 일이고, 네가 화내는 것도 당연하다고 생각해."

"너……!"

"하지만 너도 모르는 게 있어. 나는 네가 그걸 알았으면 좋겠어."

나는 아크릴을 똑바로 바라보며 말했다.

내가 아르 군을 돕지 못하고 상처 입힌 것은 사실이다. 하지만 어째서 그렇게 됐는지를 이야기한다면 그저 내가 잘못했다는 것으로 끝낼 수 없었다.

"아크릴이 한 말이 틀렸다고 생각하진 않아. 하지만 유일하고 절대적인 정답이라고 할 수는 없어."

"……너 무슨 말을 하는 거야? 틀린 말이 아니라면 맞는 거잖아?"

"아크릴은 그런 논리로 살아갈 수 있는 세계에서 지냈구나. 그래서 이해하지 못하는 거야."

"……하고 싶은 말이 뭐야?"

"아크릴은 팔레티아 왕국을 얼마나 잘 알아? 여긴 네가 살던 리칸트 마을이 아니야. 그리고 장소가 달라지면 여러 가지가 달라져. 그래서 정답도 반드시 똑같아진다고 할 수 없어."

"……하고 싶은 말이 뭐냐고."

"상식이 다르면 이렇게 엇갈리는 일이 늘어난다는 거야."

아크릴은 당장에라도 내게 달려들 것처럼 노려보았다.

화난 건 분명한데 홧김에 달려드는 섣부른 짓은 하지 않았다.

착실하고 성실하면서도 경계심이 강하고 사려도 깊은 아이다. 더 많은 것을 알면 그 지식을 활용할 만한 소질을 가지고 있었다.

하지만 너무 솔직하다고 할까, 올곧은 기질과 맞지 않는 것이 결점이라면 결점이었다.

나도 모르게 기대하게 되었다. 그렇기에 나는 아크릴에게 말했다.

"아크릴, 괜찮으면 나와 대련하지 않을래?"

"……대련?"

"너한테는 그쪽으로 얘기하는 게 빠를 것 같아. 전하고 싶은 게 있어. 알려 주고 싶은 게 있어. 그러려면 이 방법이 가장 좋을 거야. 그러니까 어때?"

아크릴은 미심쩍다는 표정으로 나를 노려보았지만, 내가 똑바로 바라보자 마지못해 고개를 끄덕였다.

그런 아크릴의 태도를 보고 나는 무심코 웃어 버렸다.

* * *

아크릴과 함께 안뜰로 나갔다. 아크릴은 항상 쓴다는 창을 꺼내 들고 내 맞은편에 섰다.

"야야, 저분 혹시 아니스 님 아니야?"

"정말로 오셨나. 근데 왜 아크릴이랑 대련하고 계시지?"

구경하러 온 모험가들이 주위에서 그런 대화를 나누는 것이 들렸다.

흥미 반, 걱정 반인 마음으로 나와 아크릴의 대련을 보러 온 것 같았다. 딱히 못 보여 줄 일도 아니기에 그대로 내버려 뒀다.

"방식은 실전 형식. 단, 치명상을 입힐 만한 공격은 하지 말 것. 약간의 상처는 너그럽게 넘어가는 거야. 괜찮지?"

"……대련이잖아? 그 정도는 말 안 해도 알아."

"아니, 먼저 이렇게 말해 두는 게 중요해. 나는 이 나라의 왕족, 그리고 여왕의 언니라는 입장이니까. 미리 그렇게 정해 두지 않으면 왕족을 해쳤다는 죄로 아크릴이 붙잡힐 가능성이 있어."

내가 그렇게 말하자 아크릴은 귀찮다는 듯 얼굴을 찌푸렸다. 그 마음을 이해하기에 나도 쓴웃음을 짓고 말았다.

"왜 그런 규칙이 생기는지 아크릴은 잘 이해가 안 되려나?"

"……."

"침묵은 긍정으로 받아들일게. 음, 그만큼 팔레티아 왕국에서 왕족은 지켜야 할 존재였어. 나도, 아르 군도."

"그저 수다 떨자고 대련하자는 말을 꺼낸 건 아니잖아? 아까부터 좋알좋알…… 시끄러워!"

아크릴은 짜증스레 말하고서 땅을 박찼다.

재빠른 움직임으로 내 주위를 빙 돌아 사각지대를 찌르듯 창을 휘둘렀다. 나는 다가온 창끝을 셀레스티얼로 쳐 냈다.

"윽?!"

"다 보여."

"칫!"

아크릴은 즉각 창을 고쳐 잡고 내리치듯 휘둘렀다. 나는 그걸 밑에서 올려 베듯 쳐 냈다.

손에 전달되는 충격이 묵직했다. 하지만 표정을 찌푸린 건 아크릴이었다. 아무래도 단순한 힘만 보면 내가 위인 것 같았다.

"무리의 우두머리가 되는 조건이 뭘 것 같아, 아크릴?"

"……읏, 진지하게, 싸워!"

"강함? 필요하지. 현명함? 그것도 필요해. 우두머리가 되는 건 정말 힘든 일이야."

두 번이나 공격이 막히자 경계심이 들었는지, 아크릴은 조금 거리를 뒀다.

나도 자세를 고치며 아크릴을 향해 계속 말했다.

"팔레티아 왕국의 우두머리, 국왕이 되는 건 그만큼 힘들어. 그렇다고 다른 사람한테 대신하라고 간단히 맡길 수도 없어. 우리는 왕족으로 태어나 버렸으니까. 그래서 강해져야해. 현명해져야 해. 누구에게나 인정받는 사람이 되어야 해. 안 그러면 아무도 따르지 않아."

"……그게 뭐 어쨌다는 건데?"

"아르 군을 알고 싶어 할 줄 알았는데, 아니야? 이게 바로 아르 군이 짊어지고 있었던 거고, 원래 같으면 나도 짊어져야만 했던 거야. 그래서 잘 알아. 내던질 수 없는 왕족의 책무가 얼마나 무거운지. 그걸 전부 아르 군한테 떠넘겨 버렸어. 하지만 그러지 않았다면 아르 군이 더 심한 일을 겪었을지도 몰라."

"……뭐?"

"우두머리는 강하면 돼. 현명하면 돼. 누구에게나 인정받으면 돼. 그러니까 그 조건을 만족한다면 다른 사람이어도 돼. ……아크릴은 그렇게 생각하지?"

"그건…… 맞아. 그렇게 생각해."

"하지만 그래도 우리는 간단히 대신할 수 없어. 강함도, 현명함도, 인정받으려면 중요하지. 하지만 팔레티아 왕국에서 왕으로 인정받으려면 그것만으로는 부족해. 필요한 건 역사야."

"역사……."

"마법사일 것. 마법이라는 힘으로 나라에 안녕과 발전을 가져올 수 있을 것. 그게 팔레티아 왕국에서 우두머리로 인정받는 조건이고, 이 재능은 핏줄을 통해 이어져 왔어. 나의, 그리고 아르 군의 몸에 흐르는 피가 있는 한, 우리는 싫어도 왕족일 수밖에 없어. 모두가 따르는 건 이 피에 축적된 역사니까."

내가 그렇게 말해도 아크릴은 여전히 의아한 표정이었다. 나는 그 모습을 보고 쓴웃음을 지으며 계속 말했다.

"이해가 안 가? 그럼, 그래. 네가 알 수 있게 말한다면…… 아크릴은 리칸트지?"

"그렇다고 하잖아."

"리칸트라는 것이 자랑스러워?"

"당연하지."

"만약 다음 족장이 리칸트가 아니어도 된다고 하면? 풍습도 전부 바꾸고 다른 종족과 적극적으로 섞여서 리칸트임을 버리자고 한다면 따를 거야?"

"……그런 건 리칸트가 아니야. 따르고 싶지 않고, 그럴 필요도 없어."

"그래. 아크릴이 리칸트인 것처럼, 우리도 마법사여야만 했어. 마법사가 아니라면 아무도 우두머리로 인정하지 않아. 만약 그렇게 인정받지 못하는 사람이 우두머리가 된다면 어떻게 될 것 같아?"

내 질문을 들은 아크릴은 어깨를 움찔하더니 움직임을 멈췄다. 잠시 고민하듯 입을 다물고 있다가 발언했다.

"다들, 뿔뿔이 흩어질 거야."

"정답. ……우리는 뿔뿔이 흩어지기 직전이었어. 여러 가지 일이 있었고, 이런저런 사람이 고심하며 그렇게 되지 않도록 노력했어. 그래도 팔레티아 왕국에는 많은 사람이 살아서 생각은 하나로 정리되지 않아. 다들 자신이 생각하는 좋은 일을 이루려고 했어."

나는 거기까지 말하고 한 발짝 크게 내디뎌 아크릴에게 공격을 가했다.

아크릴은 대화에 귀를 기울이면서도 자세를 잡아 내 일격을 받아넘겼다. 고작 한 합, 그러나 많은 걸 알 수 있는 찰나였다.

역시 이 아이는 보통 실력자가 아니다. 되고자 한다면 당장에라도 최고봉 모험가인 골드급으로 승격할 수 있을 것이다.

나는 아크릴의 뛰어난 실력에 웃으며 계속 말했다.

"나는 아르 군을 돕지 못했어. ……만약 도우려고 했다면 나나 아르 군 중 한 명이 죽었을지도 모르니까."

"……?! 어째서?!"

"내가 팔레티아 왕국에 방해되는 존재였으니까."

나는 셀레스티얼에 마력을 담아 마력 칼날을 전개했다. 아크릴이 있는 곳까지 단숨에 늘어난 칼날을 아크릴은 짐승의 감과 같은 반응 속도로 피했다.

간발의 회피에 등골이 오싹했는지 아크릴은 아까보다도 거리를 벌리고 경계했다.

"굉장하지? 이게 바로 내가 만든 마도구, 누구나 마법을 쓸 수 있게 한 도구야."

"……그건 들었어."

"그래? 그럼 긴말 안 해도 되겠네. 이 힘은 누구나 쓸 수 있어. 본래 마법의 힘은 귀족만 쓸 수 있어. 백성을 지킬 것을 약속하는 대신 그 대가로 사치를 허락받은 귀족들은 내 발명을 인정할 수 없었지. 그래서 나는 아르 군 곁에 있을 수 없었어."

"……아르가 너처럼 귀족의 적이 될지도 몰랐으니까?"

"내 편을 들었다면, 귀족을 적으로 생각하지 않았어도 그렇게 여겨졌을 거야. 그래서 거리를 둬야 한다고 생각했어. ……그게 옳다고 생각했어. 하지만 결과는 아크릴이 아는 대로지."

"……정말로 아르를 위한 일이었어? 아르를 위해 멀어지려고 한 거야?"

아크릴의 조용한 물음에 나는 입술을 일자로 다물고서 고개를 가로저었다.

"아르 군만을 위한 일이었다고는 할 수 없어. 내가 마법을 포기하고 꿈을 버리는 게 가장 좋았을지도 몰라. 마학이란 길을 가지 않고, 마도구 같은 건 만들지 않는 게 좋았을지도 몰라. ─하지만 그럴 수 없었어."

이 꿈과 소망을 버린다면 내게는 아무것도 남지 않았으니까. 거기서 포기해 버렸다면 그저 짐덩이 왕녀로 사는 길밖에 없었다.

그건 나의 죽음이다. 살아 있는 의미를 찾을 수 없는, 언제 스스로 목숨을 끊어도 이상하지 않은, 숨만 쉬고 있는 시체다.

"나와 아르 군은 서로를 상대로 싸운 게 아니야. 우리는 팔레티아 왕국이라는 나라의 오랜 역사와 싸웠던 거야."

"역사와……."

"달려드는 짐승과는 다른, 형태가 없는 적. 그 안에서 우리는 저마다 길을 택했고, 서로의 길을 양보할 수 없었어. 그렇게 나는 아르 군과 적대하고 말았어."

나는 새로운 마법을 모두가 인정하게 함으로써, 아르 군은 기존의 마법이 지배하는 나라 자체를 파괴함으로써. 수단은 다르지만, 나라를 어떻게든 하고자 한 것은 일치했다.

"아르 군이 뱀파이어가 되기를 택한 것도 그래서야."

"뱀파이어의 힘이 있으면 나라를 지배할 수 있으니까?"

"그래. 하지만 그건 사람들에게서 자유와 의지를 빼앗는 행위야. 아무리 그 소망 끝에 있는 결말이 옳더라도 나는 그 방식을 인정할 수 없었어. 그리고 아르 군을 물리치자 내가 대신 그 역할을 맡을 수밖에 없게 됐어."

마법으로 번영하고 나라를 지켜 온 팔레티아 왕국. 그런 나라에서 마법을 빼앗더라도 나는 왕이 되어야만 했다.

그게 아르 군을 물리친 나의 책임이라고 생각했다. 나라를 부수게 되더라도 완수해야만 하는 책무라고. 나는 나라를 짊어질 각오를 틀림없이 하고 있었다.

"나는 유피가 도와줘서 책무를 혼자 짊어질 필요가 없어졌지만. 하지만, 그래. 그럴 수 있었다면 어째서 아르 군은 돕지 않았느냐고 생각하겠지."

"……너."

"그런 비난을 받더라도 어쩔 수 없어."

내 입으로 말했을 텐데 가슴에 비수가 박힌 것처럼 아팠다.

"―내가 아르 군을 돕지 못한 이유는 간단해. 나는 약했어."

―「가공식, 용마심장^{드래곤하트}」.

의지를 담아 등에 있는 각인문에서 드래곤의 마력을 끌어 냈다.

주위 공기를 뒤덮을 정도로, 그 존재를 과시하듯 마력을 해방했다.

"―헉?!"

아크릴의 늑대귀가 바짝 서더니 털이 단숨에 곤두서며 부풀었다.

아크릴은 한 발짝 뒤로 물러나면서도 내게서 눈을 뗄 수 없다는 듯 나를 보았다.

"……내가 무서워?"

"……너, 뭐야? 너, 정말로 인간이야……?!"

"……이제 어느 쪽일까. 하지만 어느 쪽이든 좋아. 잘 보고, 잘 느껴 봐."

아크릴은 필사적으로 두려움을 감추고 내 기운에 잡아먹히지 않으려고 했다. 나는 그런 아크릴과 정면으로 마주했다.

"이게 나, 이게 나의 힘, 이게 나의 강함이야. ―이런 힘이 있어도 나는 아르 군을 구할 수 없었어."

만약 더 빨리 드래곤의 힘을 손에 넣었다면 아르 군의 생각을 바꿀 수 있었을까?

무심코 그런 생각을 하고 말았다. 오히려 쐐기를 박아서 상황을 더 악화시켰을지도 모른다. 나를 위험하다고 보고 죽였을지도 모른다.

하지만 그런 상상이 현실이 될 일은 없다. 과거로는 돌아갈 수 없으니까. 사람은 살아 있는 한, 앞을 보며 나아가야만 한다.

"이 힘이 있어도 쓰러뜨릴 수 없는, 이길 수 없는 적이 있어. 그게 바로 나와 유피, 아르 군이 싸워야만 하는 적이야. 이 힘도 빼놓을 수 없지만, 그래도 부족해. 강함도, 현명함도, 더 많은 힘이 필요해."

"……!"

"……아르 군은 나를 용서한다고 말해 줬어. 내게 용서해 달라고 했어. 이번에야말로 같은 길을 걷자고 말해 줬어. 하지만 그건 간단한 길이 아니야. 나도 아르 군도 그걸 알고 있어."

혼자서는 어떻게도 할 수 없다. 혼자서는 시대의 물결에 저항하며 머무는 것 정도밖에 못 한다.

하지만 내게는 유피가 있다. 일리아도, 레이니도, 많은 사람의 얼굴이 떠오르고 사라졌다. 함께 걸을 수 있기에 우리는 역사라는 강대한 적과 맞서 싸울 수 있다. 새로운 시대를 구축해 나가기 위해.

"나는 걷고 싶은 길이, 걸어야만 하는 길이 있어. 그래서 아르 군「만」을 지켜 줄 수는 없어. 아르 군이 바라는 일도 아니고."

내 꿈을, 소망을 도울 수 있는 사람이 되고 싶다고 아르 군은 말해 줬다.

아르 군이 내 꿈을 응원해 준다면, 나도 아르 군이 그런 사람이 될 수 있도록 응원해야 한다.

"아르 군은 앞으로 이 변방에서 사람이 살아갈 수 있도록 개척해 나가야 해. 계속해서 마물과 싸우는 나날이 될 거야. 나는 줄곧 곁에 있어 줄 수 없어. 이만한 힘을 가지고 있어도, 내 힘은 아르 군만을 위해서 쓸 수 없어."

"……."

"……너는 어떨까? 아크릴. 아르 군을 위해 내게 화내 준 너라서 조금 기대하게 돼."

"—나는."

내 말을 막는 것처럼 아크릴이 말했다.

나를 노려보던 눈빛은 더 날카로워졌다. 두려움으로 인한 몸의 떨림은 사라지고 똑바로 꿰뚫듯이 나를 바라보고 있었다.

"전부 이해한 건 아니야. 하지만 네가 하고자 하는 말은 대충 알았어. 그건 우리가 거대한 흐름이라고 부르는 것일지도 몰라."

"……거대한 흐름?"

"세상은 우리와 비교도 안 될 만큼 커. 거대한 흐름은 세계의 의지야. 바람이 부는 것도, 비가 내리는 것도, 전부 거대한 흐름의 의지로 인한 거야."

"……아아, 응. 대충 알겠어."

세계가 의지를 지니고 있는지는 알 수 없다. 우리의 시점으로는 절대 얻을 수 없는 답일지도 모른다.

세계는 우리를 개의치 않고 오늘도, 그리고 내일도 있는 그대로 계속된다.

"때때로 그건 무자비하리만큼 생명을 집어삼켜. 하지만 생명은 언젠가 대지로 돌아가는 것. 한탄할 일도 아니고, 슬퍼할 일도 아니야. 언젠가 나도 돌아가는, 그저 그뿐인 얘기지. 한탄한다고 배가 차지도 않고, 내일이 편해지는 것도 아니야. 돌아갈 때까지 나라는 생명은 끝나지 않아. 내가 살아 있는 동안 한탄할 일이 있다면, 그건 힘을 다해야 하는 순간에 자신의 마음에 져 버렸을 때일 거야."

아크릴은 자세를 무너뜨리지 않은 채 말했다.

"내가 이곳에 도달하여 아르와 만나고 목숨을 부지한 것도 거대한 흐름의 일부야. 어디에 다다를지도 알 수 없는 그 끝에서 나는 다시 내가 있을 곳을 찾을 수 있었어."

"……그렇구나."

"그러니 나는 이곳에서 살아가겠어. 리칸트는 받은 은혜를 잊지 않아. 동료를 반드시 지켜. 그래서 나는 아르를 지키고 싶어."

"너는, 긍지가 높구나."

"너는 내 삶의 흐름과는 다른 흐름을 가진 자야. 나와는 근본적으로 사는 방식이 달라. 이해할 수는 있어도 공감할 수는 없고, 마음에 안 들어. 하지만 네 삶의 흐름에 아르가 바라는 세계가 있다면 나도 그 흐름과 함께 살겠어. 그게 아르와 함께 사는 것이라면…… 조금은 더 이해할 수 있도록 노력하겠어."

……아아, 그 한마디에 나는 속수무책으로 안도하고 말았다.

본인이 직접 말한 것처럼 아크릴과 나는 근본적으로 사는 방식도, 사고방식도 다르다. 아크릴이 나를 탐탁지 않게 여기는 것도 잘 안다.

내가 아르 군을 지키지 않고 오히려 위험한 길로 꾀어내는 것처럼 보일 것이다.

아르 군을 지킬 만한 힘을 가졌으면서 그 힘을 다른 목적으로 쓰고 있었다. 가족이나 동료라고 인정한 사람을 위해 힘을 쓰려고 하는 아크릴이 공감하지 못하는 것도 당연했다.

내가 사는 방식이 옳을까, 아크릴이 사는 방식이 옳을까.

어느 한쪽이 옳다고 할 수 없는 이야기다. 그렇기에 양보할 수 없고, 앞으로도 부딪칠 것이다. 하지만 그런 아크릴이기에 나는 정말로 기뻐졌다.

"아크릴, 물어봐도 될까? 아르 군을 좋아해?"

"좋아해."

"그렇구나. 나도 좋아한다고 하면 화내겠지?"

"마음에 안 드니까."

"나는 아크릴을 꽤 좋아하게 될 것 같은데."

"제멋대로인 녀석이네. 그래, 너는 새처럼 제멋대로고 자유로운 녀석이야. 무엇 하나 우리의 생각대로 행동하지 않고, 같은 세계에서 사는 것 같지 않은 녀석이야."

"부정할 수 없네……."

"너는 이상한 녀석이야. 하지만 싫은 녀석은 아니야. 분명 상냥함도 갖고 있겠지. 그러나 내가 바라는 형태는 아니야. 나는 네가 사는 방식에 어울려 줄 수 없어. 사실은 아르도 그러지 않았으면 좋겠어."

"응."

"하지만 그게 이 나라의, 아르가 살아갈 곳의 방식이라고 한다면, 알고자 하는 노력을 멈추지 않을 거야."

"응."

"우리는 거대한 흐름과 함께 있어. 너도 흐름의 일부인 건 똑같아. 네가 하고 싶은 말이 뭔지도 조금은 알았어. 장소가 다르면 바람의 움직임도, 꽃이 피는 법도 다르다는 거지? 그렇다면 이 이상은 무슨 말을 해도 소용없어."

"의견을 가지는 건 중요해. 그걸 말하는 것도. 모두가 아크릴처럼 생각하는 건 아니고, 똑같은 생각을 가지고 있지도 않으니까."

"아니스피아."

아크릴이 내 이름을 불렀다. 그 목소리에 이전 같은 적의는 없었다. 굳이 따지자면 어이없어하고 조금 불쌍히 여기고 있는 것 같았다.

"······너는 그렇게 다른 사람과 다른 방식으로 사는 게 괴롭지 않아?"

"······이렇게 된 것도 분명 거대한 흐름의 일부이지 않을까?"

"이해하기 어려운 녀석이네. 정말로 유유히 하늘을 날아가는 새 같아. 아아, 마음에 안 들어."

"아하하, 하늘은 좋아해. 거기에 내 원점이 있거든."

"사람은 하늘을 날지 않아."

"그래도 하늘을 나는 꿈을 꿀 수 있는 게 사람이야. 그리고 그 꿈을 다른 사람에게 가르쳐 주고 맡길 수도 있어. 그건 네가 아직 모르는 사람의 가능성이야."

내가 그렇게 말하자 아크릴은 진심으로 싫다는 표정을 지었다.

"······네 얘기를 듣고 있으니까 현기증이 나려고 해. 이딴 것에 마음을 빼앗긴 아르를 진심으로 동정해."

"그건 확실히 걱정되네. ······그래서 아크릴에게 부탁이 있어."

"……일단 들어는 볼게."

"아르 군을 지켜 줬으면 해."

내가 그렇게 말하자 아크릴은 눈을 살짝 크게 뜬 후, 마음에 안 든다는 듯 떨떠름한 표정을 지었다.

그렇게 반응하겠거니 생각했었기에 쓴웃음을 짓고 말았다.

"나는 아크릴이 생각하는 그런 인간이니까."

"아니스피아, 나는 역시 네가 싫어."

"미움받았네……."

"네가 말하지 않아도 나는 그럴 거야. 쓸데없는 참견이야."

"그래도 누나니까."

"마음에 안 들어……!"

"후후후, 그럼 대련을 계속할까? 아르 군을 지켜 줄 거지? 그럴 힘이 있다는 걸 나한테 보여 줘."

"굳이 말 안 해도—!"

아크릴이 기합을 넣어 외치고서 내게 달려들었다.

그런 아크릴을 요격하듯 나도 한 걸음 앞으로 내디뎠다.

* * *

"……정말이지. 저 두 사람은 뭐 하고 있는 거야?"

"뭐, 표정을 보면 걱정할 만한 일은 아니겠죠."

"……너는 여유롭네, 유필리아."

창문으로 안뜰의 광경을 바라보며 아르가르드가 중얼거렸습니다.

안뜰에서는 아니스와 아크릴 씨가 격렬하게 검과 창을 맞부딪치고 있었습니다. 아니스는 여유로운 표정이었고, 굳이 따지자면 아크릴 씨가 더 세차게 덤벼들고 있는 것 같았습니다.

아니스와 아크릴 씨가 대련하는 광경을 봤을 때는 깜짝 놀랐습니다. 아크릴 씨는 아니스에게 그렇게나 적의를 드러냈었으니까요.

하지만 조마조마하게 지켜보는 동안 두 사람이 뭔가 이야기를 나누더니 마치 투닥거리듯 대련하게 되어서 가슴을 쓸어내렸습니다.

안뜰에는 어느새 사람이 모여들어 두 사람의 격렬한 부딪침에 아연해하거나, 기막히다는 표정을 짓거나, 야유를 날리는 등 아주 자유로웠습니다.

저토록 격렬한 대련을 벌일 수 있는 사람은 기사 중에서도 한정적일 겁니다.

아니스의 싸움을 따라갈 수 있는 것만으로도 아크릴 씨는 보기 드문 재능을 가졌다고 할 수 있습니다.

가크와 나블도 두 사람의 대련을 뚫어지게 보고 있었습니다. 역시 무예를 익힌 자에게는 자극적인 광경인 거겠죠. 정신없이 보게 되는 것도 별수 없는 일입니다.

"……누님, 즐거워 보이네."

"아니스가 즐거워 보이나요?"

별안간 아르가르드가 작게 중얼거렸습니다. 무심코 그 중얼거림에 반응하고 말았습니다.

"너도 겪은 적 있지 않나? 저 사람은 자기 얘기를 들어 주는 사람에게 뭔가를 가르쳐 주는 걸 좋아해. 항상 엉뚱한 얘기를 해서 진지하게 들어 주는 사람이 별로 없었기 때문이겠지. 그만큼 물러 터져서 한번 마음을 허락한 상대에게는 이래저래 챙겨 주고 싶어 해."

"……아아, 확실히 그렇죠."

"저건 아크릴을 가르쳐 주고 있는 거야. 아크릴도 리칸트의 신체 능력과 센스는 뛰어나지만, 아직 경험이 부족해. 게다가 누님은 창을 더 잘 다루는 사람을 알고 있을 테니까."

그게 누구일지 일순 고민했지만, 바로 떠오르는 얼굴이 있어서 저도 모르게 쓴웃음을 지었습니다.

"그건 혹시 어머님을 말하는 건가요?"

"맞아. 나도 가끔 누님이 벌을…… 아니, 훈련을 받는 걸 본 적이 있거든."

확실히 어머님은 창의 명수입니다. 바람 마법과 조합한 전투 방식은 아버지와 최강을 다툴 정도의 실력이라는 말이 나올 정도라서 지금도 전설처럼 회자되었습니다.

아니스는 벌이라는 명목으로 실피느 님과 대련했으니 창

을 상대하는 데 익숙할 겁니다.

"아크릴과는 별로 성격이 안 맞을 줄 알았더니, 그렇게 나쁘진 않은가……?"

"글쎄요, 어떨까요……."

아니스는 아크릴 씨를 싫어하지 않는 것 같지만, 아크릴 씨는 어떨까요? 아니스와 대화를 나눈 뒤로는 적의가 옅어진 것 같은데.

그래도 사이가 좋아 보이진 않았습니다. 지금도 아크릴 씨가 분한 듯 아니스에게 덤벼들었고, 아니스가 그걸 즐겁게 받아넘기고 있었습니다.

"……옛날 생각나네."

"옛날 생각이요?"

"딱히 누님과 대련한 적이 있는 건 아니지만, 연구에 진전이 있거나 뭔가를 발견하면 저런 얼굴을 하고서 나한테 얘기해 주던 게 생각나서……."

아르가르드는 온화하게 웃으며 아니스를 눈으로 좇았습니다.

……그 표정을 보니 살짝 언짢은 감정이 들었습니다. 그 감정이 질투임을 아는지라 인상을 쓰고 말았습니다.

"누님도 지금의 너처럼 반응했지."

"네?"

"옛날얘기야. 일일이 질투하다간 몸이 못 버틸걸."

짓궂게 웃는 아르가르드를 보고 저는 더욱 인상을 쓰고

말았습니다.

아아, 정말로 이런 사람은 불편합니다. 그 불편한 사람의 필두가 아버지입니다만.

"지금이니까 할 수 있는 말인데, 당신과 결혼하지 않아서 정말 진심으로 다행이에요."

"똑같은 말을 그대로 돌려주지."

서로의 얼굴을 보고서 그대로 싫다는 듯 한숨을 쉬었습니다.

일 얘기를 할 때는 괜찮은데, 이렇게 한 명의 인간으로서 얘기하려고 하면 바로 싫은 부분만 눈에 들어오니 역시 상성이 좋지 않은 거겠죠.

"유필리아."

"……왜 부르시죠?"

"너에게는 정말로 고마워하고 있어."

"네?"

"누님을 붙들고 있는 건 힘들겠지. 저 사람은 자유로워. 그리고 이 나라에 있어서 이단이기도 해. 어느새 품을 벗어 날지도 모른다는 불안이 엄습할 거야."

"……아니라고는 할 수 없지만, 걱정하지 않아도 돼요."

"호오?"

"저는 아니스와 함께 있어요. 그게 저의 전부니까요. 그러니까 괜찮아요."

"……그런가."

아르가르드는 살짝 얼떨떨한 표정을 짓고서 그렇게 중얼거렸습니다.

"유필리아. 나도 너를 누님이라고 불러야 하나?"

"······혹시 절 괴롭히려고 하는 소리인가요?"

순식간에 온몸에 소름이 쫙 끼쳤습니다. 팔을 문지르고 있으니 아르가르드가 억울하다는 표정을 지었습니다.

"신경 써 줬더니 하는 말 하고는."

"어떻게 봐도 괴롭히는 건데요? 싸우자는 건가 싶었어요."

"하! 그런가. 나는 그저 네가 신경 쓸 필요가 없게 해 주려던 것뿐이야. 동생이라고 생각하면 어정쩡하게 남아 있는 그 어색함도 사라질 것 같았으니까."

"······딱히 어색하지는 않아요."

"어떻게 대하면 좋을지 모르겠잖아? 예전에 왕자였던 나, 지금은 여왕인 너. 입장이 뒤바뀐 것에 아직 적응을 못 한 모양이야. 왕으로서는 일을 잘하면서 이런 예외에는 아직 어린애처럼 구는 게 너다워."

"그냥 넘어갈 수 없네요. 누가 어린애라는 거죠?"

"이제 막 알게 된 질투를 감추게 되고 나서 변명하지?"

"큭······!"

저는 무심코 침음을 흘리고 말았습니다. 그 지적에는 변명도 할 수 없습니다······!

"······아아, 그래요. 확실히 당신 같은 성격 나쁜 사람에게 차릴 예의 따위 없었어요. 동생이 이 모양이라 아니스가 불쌍해요."

"나는 좋은 동생은 못 될 것 같으니까. 최소한 누님의 못된 계획을 거드는 동생이라도 되어 줘야지."

"⋯⋯당신이란 사람은."

어이없어서 한숨을 쉬고 말았지만, 이 사람이 이런 말을 하게 된 것은 좋은 일이겠죠.

"아르가르드, 아니스는 제게 맡겨 주세요. 당신은 당신이 원하는 대로 행동하면 돼요. 원래부터 모범생처럼 구는 건 성미에 안 맞잖아요? 못돼 먹었으니까."

"⋯⋯유필리아. 너 점점 그란츠 공을 닮는 것 같은데?"

"그 말, 모욕으로 여겨집니다만."

"나는 널 모르겠어⋯⋯."

그야말로 못돼 먹은 사람이 할 법한 동작으로 큭큭 웃는 아르가르드를 보니 짜증이 났습니다. 애초에 저의 어떤 부분이 그 사람을 닮았다는 거죠? 그런 성격 나쁘고, 일 중독에, 인간다운 취미라고는 남을 놀리는 것뿐인 사람하고.

부디 카인드는 비뚤어지지 않고 어머니처럼 포용력 있으며 심지가 곧은 사람으로 컸으면 좋겠습니다. 다음에 만나러 갈 때 못을 박아 둬야 할까요?

"⋯⋯달라졌네, 정말로."

그런 생각을 하고 있으니 아르가르드가 감회에 젖어 불쑥 중얼거렸습니다.

"네. 달라질 수밖에 없는 자극을 받았으니까요."

"맞는 말이야."

그게 누가 준 자극인지는 이름을 말하지 않아도 서로 알 수밖에 없었습니다.

"……네가 보기에 나는 어떻지? 나도 달라졌나?"

"……달라졌으면 하는 부분만 안 달라졌네요."

"입을 열면 비아냥밖에 안 나오나? 유쾌한 녀석이 됐군."

"당신을 즐겁게 해 주려고 달라진 건 아닌데요."

"그래, 그거면 됐어. 뭔가 맥 빠지는 얘기를 하고 싶었을 뿐이야. 예전에는 내게 주어지는 모든 것이 나를 옭아매는 저주 같아서 견딜 수가 없었으니까."

"……저주, 인가요. 지금은 어떻죠?"

예전에 이 사람은 마법 재능도, 왕이 되기 위해 주어진 것들도, 자신을 향한 감정조차도 저주처럼 받아들였습니다.

웃는 일 없이 가면 안쪽에 모든 것을 숨기고 있었는데, 지금은…….

"이렇게나 실수를 저질렀는데도 믿어 주는 게 기적이라고 생각해. 그리고 사랑받는 기쁨을 떠올렸어. 나인 채로 있어도 된다는 허락도 받았어. 예전에 저주라고 여겼던 것을 축복으로 받아들이게 됐어."

"……그런가요."

"축복과 저주는 종이 한 장 차이인 거겠지. 무엇으로 만들지는 그 사람에게 달렸어."

"네. 저도 그렇게 생각해요. 그러니 저도 진심으로 축복하겠어요. 당신이 그렇게 생각하게 됐다는 걸 알면 아니스가 기뻐할 테니까요."

"……그런가. 그건 나도 구원받는 얘기야."

아르가르드는 문득 하늘을 보았습니다. 그걸 따라 저도 하늘을 보았습니다.

하늘에는 눈부신 빛이 펼쳐져 있어서 무심코 눈이 가늘어질 것 같았습니다.

그렇게 저희는 얻기 힘든 시간을 음미했습니다.

엔딩

시작이 있으면 끝이 있다. 그래서 이 시찰 여행에도 끝이 찾아왔다.

오늘 우리는 아르 군의 저택을 떠난다. 이후로는 왕도로 거의 직행이다.

우리를 배웅하려고 아르 군과 아크릴이 나와 줬다.

"좋은 얘기를 나눌 수 있었어요. 왕도에 돌아가면 빨리 움직일 수 있게 할게요."

"그래. 이쪽도 왕도에서 통지가 오면 움직일 수 있도록 준비해 두겠어."

유피는 저택에 머무는 동안 아르 군을 변방 개척의 책임자로 삼기 위해 꼼꼼히 상의한 것 같았다.

두 사람은 원래부터 서로 정치에 대한 이해가 깊다. 유익한 의논이 된 모양이라 두 사람의 표정은 밝았다.

"유필리아."

아르 군이 유피에게 손을 내밀었다. 악수를 청하는 것이리라. 유피는 그 손을 보고 일순 움직임을 멈췄다.

한 번 심호흡하고서. 유피는 웃으며 아르 군과 악수했다.

"……심한 일을 당한 건 이걸로 탕감해 드릴게요."

"뭐……? 윽……!"

유피는 미소 지은 채로 아르 군의 손을 힘껏 잡은 것 같았다.

무슨 얘기인지 몰라 눈을 동그랗게 떴던 아르 군은 뭔가를 헤아린 듯 저항을 그만두고 유피가 힘을 주는 대로 손을 맡겼다.

그런 두 사람을 보고 레이니와 나블 군은 뭐라 형용할 수 없는 쓴웃음을 지었다.

만족했는지 유피가 아르 군의 손을 놓았다. 아르 군은 잡혔던 손을 털고서 쓴웃음을 짓고 있는 레이니와 나블 군에게 시선을 옮겼다.

"……레이니, 나블. 너희도 건강해라. 여기서 너희의 미래를 기도하지."

"아르가르드 님도 건강하세요."

"무운을 빕니다."

레이니와 나블 군은 체재 중에 아르 군과 이야기하는 시간을 가졌다.

그 후 조금은 옛날로 돌아왔는지 온화하게 말을 주고받는 일이 늘었다.

아르 군과 화해하게 된 것은 분명 레이니와 나블 군에게 좋은 일이었을 것이다. 특히 나블 군은 같이 데려오길 잘했다는 생각이 든다.

"누님."

그리고 아르 군은 나를 보았다. 나도 아르 군과 눈을 맞췄다.

그렇게 마주 보다가 누가 먼저랄 것도 없이 뭐라 형용할 수 없는 쓴웃음을 지었다.

우리가 소탈하게 대화를 나누려면 아직 시간이 더 필요할 것 같다.

"아르 군."

"응."

"또 만나러 올게."

힘내라는 말 정도는 해도 좋았을 것이다. 하지만 내가 전하고 싶어서 꺼낸 말은 그게 다였다.

또 만나러 오겠다. 그 약속을 했다. 이게 끝이 아니다. 새삼 말하니 그 사실을 실감할 수 있었다.

실감할 때마다 생각한다. 나는 또 아르 군을 보러 올 수 있다. 그런 자유를 얻게 됐다. 그게 너무나도 기뻤다.

내가 미소 짓자 아르 군도 온화하게 미소 지었다.

"또 보자, 누님."

"응."

지금은 이 말밖에 못 하지만, 그걸로 충분하다는 생각이 들었다.

이걸 마지막 만남으로 삼을 생각은 없다. 다음에 만나면 좀 더 편하게 얘기를 나누고 싶다. 그런 희망을 품는 것은 좋은 일이니까.

아르 군과 인사를 끝낸 후, 나는 아르 군 옆에 재미없다는 얼굴로 서 있는 아크릴을 보았다.

그 후 몇 번인가 대련했지만 내가 다 이겼다. 어마마마의 상대를 거저 한 게 아니란 말이지. 어마마마와 비교하면 아크릴은 아직 덜 다듬어졌다.

하지만 그건 장래성이 있다는 말이기도 하다. 창이라면 아르 군도 다뤘을 테고, 아르 군이 본격적으로 개척에 나서게 되어 자유를 얻으면 아르 군한테 배우면 된다.

그러면 아크릴은 더 강해질 것이다. 아크릴이 강해지면 아르 군의 든든한 아군이 될 것이다.

"아크릴도, 또 보자."

"딱히 안 와도 돼."

"그런 말 하지 마~. 또 대련하자. 내가 이기면 털 만질 거지만."

"더는 네가 손가락 하나 못 만지게 할 거야!"

아크릴이 온몸으로 위협하며 아르 군 뒤로 숨어 버렸다.

아크릴의 귀와 꼬리, 촉감이 좋아서 만지고 싶어진단 말이지. 아크릴이 정말로 싫어하는지라 대련에서 졌을 때의 벌칙으로 만지고 있지만.

"아크릴은 아직 한창 성장할 때니까. 다음에 만날 때까지 잘 먹어서 훌륭한 레이디가 되렴."

"네가 말할 필요는 없어."

"정말, 아니스라고 불러 줘도 되는데. 나는 아르 군의 누나니까."

"싫어."

"고집스러운 것도 귀여워."

"으르르……!"

"누님, 아크릴을 너무 놀리지 마."

아르 군이 어이없다는 표정으로 내게 말했다. 아크릴을 감싸는 아르 군을 보니 나도 모르게 웃음이 났다.

"후후, 그럼 아르 군에게 혼나기 전에 퇴장해야겠다. 자신을 잘 따르는 귀여운 아이에게는 아르 군도 무르구나."

"……그 의미심장한 말투는 뭐야."

"딱히~? 이상한 생각은 전혀 안 하는데~?"

"……말해 두는데, 나는 어린애한테 관심 없어."

"우우."

아르 군이 피곤한 듯 말하자 아르 군의 뒤에 숨어 있던 아크릴의 눈이 삼백안처럼 되었다.

여기서 배를 잡고 실컷 웃을 수 있다면 얼마나 좋을까. 하지만 웃었을 때 두 사람이 어떻게 반응할지 무서워서 필사적으로 참았다.

"후후, 둘 다 싸우지 말고 사이좋게 지내."

"이만 됐으니까 얼른 가."

"네 걱정 따위 필요 없어."

"둘 다 안 귀여워……."

짐짓 슬픈 척해 봤지만 두 사람은 어이없다는 얼굴로 나를 볼 뿐이었다. 흥, 딱히 신경 안 쓴다, 뭐!

"아크릴."

"……왜?"

"아르 군을 부탁할게."

이 말만은 꼭 하고 싶었다.

아크릴은 아르 군의 편이 되어 줄 사람이다. 누구보다도 아르 군 곁에 있으며 몸도 마음도 지켜 주려고 한다.

내가 택하지 않은 길을 나아갈 이 아이를, 진심 어린 축복과 기도, 기대를 담아 바라보았다.

새삼스러운 일이고, 그럴 자격은 잃었을지도 모르지만, 바라고 싶다. 앞으로 아르 군이 나아갈 길이 행복하기를, 아크릴이 아르 군의 행복 중 하나가 되어 주기를.

"아니스피아."

아크릴이 내 이름을 불렀다. 하지만 그 이상의 말은 없었다.

아크릴은 그저 나를 똑바로 바라보며 고개를 끄덕일 뿐이었다. 괜한 말을 거듭할 필요는 없다는 것처럼.

내 마음을 아크릴이 확실하게 받아 줬다는 확신이 들어서 진심으로 안도했다. 나도 고개를 끄덕였다.

"그럼 갈게."

이것이 작별을 고하기 위한 진짜 마지막 말이었다.

나는 먼저 가서 기다리고 있는 모두의 곁으로 걸어갔다. 에어드라에 타고 있는 유피의 뒤에 올라타 허리에 팔을 감고 끌어안듯 앉았다.

내가 탄 것을 확인한 유피가 아르 군과 아크릴에게 목례했다.

몸이 둥실 떠오르는 감각. 우리를 태운 에어드라와 모두의 에어바이크가 지상에서 떠올랐다.

고도를 높인 우리는 숲 위를 미끄러지듯 날았다. 그렇게 이번 여행의 마지막 목적지인 변방 땅을 뒤로했다.

＊　＊　＊

—마지막까지 이해할 수 없는 이상한 녀석이었어.

하늘 저편으로 사라진 모습을 떠올리며 나는 속으로 중얼거렸다.

새처럼 갑자기 찾아왔다가 떠났다. 자유롭고, 종잡을 수 없고, 끝까지 신기했던 사람.

"누님이 폐를 끼쳤어, 아크릴."

"……응. 돌아갔으니까 됐어. 한동안은 안 왔으면 좋겠어."

"하하! 누님도 단단히 미움받았네."

아르는 온화하게 웃으며 작은 점이 되어 가는 뒷모습을

줄곧 바라보았다.

이별이 아쉬운 듯 눈을 가늘게 뜨면서도 확실한 만족감을 얻은 듯한 얼굴로. 아르의 그런 표정을 보고 있으니 역시 좀 재미가 없었다.

"아르."

"응?"

"나는 어린애가 아니야. 금방 클 거야. 그리고 엄청 강해."

그러니까 아무 걱정 안 해도 돼.

나의 은인, 절망스러운 여로 끝에 만나게 된 사람. 분명 이 만남은 거대한 흐름의 인도였을 것이다.

이곳은 리칸트가 있는 숲이 아니지만, 그래도 생명이 숨 쉬는 숲이 있고, 이 숲과 함께 살고자 하는 사람들이 있다.

분명 내 지식이 도움이 될 것이다. 리칸트로서의 긍지와 힘을 살릴 수도 있을 터다. 그러면 아르에게 입은 이 은혜를 갚을 수 있을까? 내게 고마워할까? 내가 쓸모 있다는 걸 알려 주면 곁에 있을 수 있을까?

아니스피아를 바라보는 너의 옆모습. 그 다정한 눈빛이 부럽다. 그러니까 나는······.

"······그럼 얼른 쑥쑥 커. 내가 어린애 취급하지 않도록 말이야."

아르가 내 머리에 손을 툭 얹었다. 그만큼 키 차이가 난다는 게 조금 얄미웠다.

아르. 나를 구해 준 너. 모르는 세계를 내게 가르쳐 준 너. 혼자서도 괜찮다는 얼굴을 하지만, 사실은 힘들어도 속마음을 안 보이려고 하는 너.

사실은 떠나지 않기를 바랐던 거 아니야? 사실은 같이 가고 싶었던 거 아니야? 왜냐하면 아니스피아는 아르의 누나, 가족이니까.

아니스피아는 새 같은 사람이다. 리칸트 마을에서 자란 나와는 다른 생물에 가깝다.

그런 생물에게 마음이 끌리고 있는 아르는 조금 불안하다. 그래서 손을 잡고 제대로 이 대지에 서 있음을 가르쳐 주고 싶다.

아르, 너와 함께 살고 싶어. 네가 짊어지고 있는 것을 이해하고 싶어. 그걸 이해하게 됐을 때, 나는 이 땅과 한 몸이 될 수 있어.

이 새로운 땅에서 너와 함께 살고 싶어. —너와 가족이 되고 싶어, 아르.

"—빨리 어른이 되고 싶어."

네 곁에 서기 위해서 그래야 한다면, 진심으로 그렇게 바란다.

* * *

하늘 여행은 순조로워서 순식간에 아르 군의 저택뿐만 아니라 변방조차 벗어날 수 있을 것 같았다.

뒤돌아보고 있던 나는 고개를 앞으로 돌리고, 에어드라를 조종 중인 유피의 등에 몸을 기대며 유피를 끌어안았다.

"아니스? 왜 그래요?"

"음…… 아무것도 아니야."

유피를 끌어안은 손에 조금 더 힘을 주고서 유피의 등에 이마를 붙였다.

그러고 있으니 유피가 작게 웃는 것 같았다. 유피는 앞을 본 채로 내게 말했다.

"아니스. 이번 시찰은 어땠나요?"

"으음…… 여러모로 생각할 거리가 많았어."

"그렇죠. 저도 그랬어요."

"아르 군과 재회하게 돼서 정말 다행이야."

"그렇다면 아르가르드가 있는 변방을 마지막 시찰 장소로 고른 건 정답이었네요."

아르 군과 나눈 대화는 실로 뜻깊었다. 왕이 되기 위해 교육받았던 만큼 유용한 의견을 많이 내 줬다.

때로는 유피마저 탄식을 흘릴 만한 날카로운 의견을 냈고, 그게 저항 없이 받아들여지기 위해서는 어떤 방법을 써야 할지 등도 제안해 줬다.

"유피는 너무 예의 바르다는 말을 들었지."

"……아르가르드의 속이 시커먼 거예요. 네, 아주 못돼 먹었어요."

마음에 안 든다는 것처럼 콧방귀를 뀌는 유피를 보고 나도 모르게 웃고 말았다.

서로 새로운 관계를 정립했는지, 유피와 아르 군은 빈정거림을 주고받는 관계가 되었다.

그게 의논을 진행하는 원동력이 되니까 상관은 없지만, 아무래도 그란츠 공과 티격태격하던 게 생각나서 웃음을 참기 힘들었다.

"하지만 믿음직스러운 것도 사실이에요. ……캔버스 왕국에 대한 대비도 해야 할 테니까요."

"자세한 것은 불명인 이웃 나라인가. 게다가 아크릴 같은 리칸트도 있고……."

"무엇보다 걱정해야 할 것은— 뱀파이어예요."

유피가 험악하게 중얼거린 말을 듣고 나도 고개를 끄덕였다.

아크릴은 뱀파이어 일족 때문에 팔레티아 왕국까지 도망쳤다고 했다.

뱀파이어에게 붙잡힌 아크릴은 줄곧 「무언가와 싸워야 했다」고 증언했다.

"아마 마물이었던 것 같다고 아크릴은 말했지만……."

"그것도 자세한 건 불명이에요. 목적도 알 수 없어요. 왜 교류도 별로 없는 다른 일족을 잡아서 마물과 싸우게 하는지. 그 마물은 대체 무엇인지. 께름칙한 건 틀림없죠. 경계는 강화해야 해요."

"그런 의미에서 보면 아르 군과 아크릴이 국경 부근에 있어서 다행이긴 해⋯⋯."

"개척도 그렇지만, 뱀파이어들의 마수가 이쪽으로 뻗칠 것도 고려해서 일찌감치 준비해 둬야겠죠. 돌아가면 아버님과 아버지에게도 상담해서 움직여야겠어요."

고민스러운 이야기이긴 하지만, 이렇게 미리 알고 대비할 수 있는 건 다행이었다.

레이니와 아르 군 외에도 뱀파이어가 있다는 증언을 얻은 이상, 뱀파이어 대책도 세워야 한다.

경비 문제도 있으니까 사정을 얘기할 수 있는 사람에게 말해서 협력자를 모아야 한다. 이 일에는 레이니도 의욕적이니 힘내 줬으면 한다.

"나도 한동안은 뱀파이어 대책 연구에 집중할까."

"그래 주시면 고맙죠. 필요하면 레이니를 보낼게요."

"응. 하르피스랑 다른 애들한테도 사정을 설명해 두길 잘한 것 같아. 아무나 끌어들일 수는 없으니까."

"이번 시찰에 동행해 준 사람들은 믿어도 될 거예요."

불안은 크지만, 그래도 대처할 방법이 없는 건 아니다. 대책에 집중하여 무슨 일이 일어나도 괜찮도록 대비할 수밖에 없다.

결코 나쁜 일만 있는 건 아니다. 정령 자원을 획득하고 뱀파이어에 대비해 줄 유력한 카드인 아르 군을 우리 편으로 만들 수 있었으니까.

"얼른 아바마마와 어마마마에게도 아르 군의 근황을 전해 주고 싶어. 그리고 아크릴에 관해서도 알려 줘야지!"

"아크릴 씨, 착한 아이였죠."

"더 친해지고 싶었는데."

"……그건 무슨 뜻이죠?"

"미래의 올케 후보?"

"그것참……."

유피와 나누는 대화는 막힘없이 말이 나왔다. 마치 가슴 속에서 생각이 흘러넘치는 것 같았다.

"유피."

"네. 무슨 일인가요, 아니스?"

"나 있지, 동부에 온 게 딱히 처음은 아니야."

"네, 알고 있어요."

"그래서 여러 가지를 알고 있다고 생각했어. 하지만 유피와 함께 시찰하러 오니까 다른 생각이 들더라. 나는 아직도 부족해."

"……그건 아니스에게 좋은 일이었나요?"

"응. 이번에 시찰하러 오게 돼서 정말 다행이야."

똑같은 경치를 본 적도 있다. 하지만 보이는 방식은 예전과 달랐다.

예전에는 별생각 없이 지나쳤던 경치였는데, 마음이 달라진 지금 보니 새롭게 발견하는 것도 있었다.

"유피, 나 있지."

"네."

"마학과 마도구를 더 퍼뜨리고 싶어. 그리고 모두의 세계를 넓히고 싶어. 모두가 마도구를 마법 같다고 여겼으면 좋겠어. 누구나 마법을 손에 쥘 수 있는 시대를 만들고 싶다고 다시금 진심으로 생각했어."

아직 개척에 나서지 못하여 옛날 모습을 그대로 간직한 땅이 있었다.

마물로 인한 피해로 재건조차 어려운 상황에서도 씩씩하게 사는 사람이 있었다.

그리고 아르 군과 재회할 수 있었다. 아르 군도 미래를 개척하기 위해 힘을 빌려주겠다고 말해 줬다.

"—유피. 나는 이번에야말로 모두가 인정하는 마법사가 될 수 있을까?"

그건 예전에 가슴에 품었다가 포기해 버린 꿈이었다.

모두에게 인정받는 마법사가 되고 싶었다. 마법이 얼마나 멋진지를 모두가 느꼈으면 했다. 미래에 희망이 있다고 모두가 밝게 웃었으면 했다.

그 꿈은 한번 포기할 정도로 작은 불씨가 되어 버렸었다. 그 불이 꺼지지 않도록 범위를 좁혀 가슴에 품고 있었다.

그 열기가 바로 나 자신의 증명이었다. 다른 사람에게 이해받는 걸 포기하고, 자신만을 위해 쓰면 된다고 모르는 체하게 되어, 어느새 벗겨지지 않는 가면이 되었다.

유피가 그 가면도 벗겨 버리면서 다시 밖으로 나오기 시작한 꿈은 만남을 거치며 예전의 열기를 되찾으려 하는 것 같다.

기대로 가슴이 뛴다. 하지만 그만큼 불안해진다. 이 꿈의 등불이 또 꺼지려고 하면 어쩌지?

나 혼자서는 꺼지지 않도록 감싸는 것밖에 못 했다. 하지만 지금은 어떨까?

"당신은 제가 인정하는 마법사예요, 아니스."

"……유피."

"그러니까 당당해지세요."

……아아. 유피는 언제나 내가 원하는 말을 해 준다.

"많은 귀족이 당신을 인정하기 시작했어요. 그리고 백성들도 실제로 접할 기회를 얻게 되면 아니스의 꿈을 알게 될 거예요."

그 말 하나하나가 내 꿈을 또 크게 키운다.

"그 길은 결코 평탄하지 않겠죠. 나라를, 아뇨, 세상을 바꾸는 건 간단히 할 수 있는 일이 아니니까요."

숨을 불어 넣어 생명을 주듯이. 뜨겁게, 강하게, 유연하게.

이 꿈을 다시 한번 힘차게 퍼덕이는 날개로 바꿀 수 있을 것 같다.

"그러니 잊지 마세요, 아니스. 당신 곁에는 쭉 제가 있을 거예요."

이제 나는 혼자가 아니다. 몇 번이나 확인했다. 그렇게 해서 겨우 익숙해졌다.

숙이고 있던 고개를 들어 하늘을 보았다. 한없이 푸르고 드넓은 하늘.

언제나 나를 자유롭게 만들어 줬던, 내가 사랑하는 장소.

그 하늘을 유피와 함께 날 수 있는 행복을 강하게 곱씹었다. 나는 진심에서 우러나온 감사와 사랑을 담아 유피를 세게 껴안았다.

"유피와 만나고 나서 정말로 행복해."

"저도 아니스와 만나게 되어 다행이라고 진심으로 생각해요."

"응. ......유피와 쭉 함께 있고 싶어."

어리광 부리듯 등에 이마를 문질렀다. 지금은 이 정도밖에 닿을 수 없다는 게 아쉬웠다.

그러니 최소한 이 마음을 말로 표현하자. 유피에게 전해지도록. 줄곧 기억해 줬으면 하니까.

"—사랑해, 유피."

누구보다도, 무엇보다도, 진심으로 너를 사랑해.

그렇게 넘쳐흐르는 마음을 말로 표현하자 유피의 몸이 일순 굳은 것 같았다.

그리고 유피는 아주 깊이 한숨을 쉬었다. 에어드라를 운전하고 있지 않았다면 힘이 쭉 빠져서 늘어지지 않았을까.

"……당신이란 사람은, 정말."

"어? 뭐라고? 잘 안 들렸어, 유피."

"……왕도로 얼른 돌아가고 싶네요."

"어? 왜?"

"어서 당신을 방에 가두고 진심으로 사랑해 주고 싶어서요. 그러니까 돌아가면 각오하세요."

"어?! 왜?! 그리고 방금 가둔다고 하지 않았어?! 내가 잘못 들은 거지?!"

우리는 그렇게 티격태격하며 하늘을 달렸다.

한없이 빠르게, 한없이 높게, 한없이 멀리. 이번 여행은 끝나지만, 우리의 여행은 아직 끝나지 않았다.

언젠가 이 감동을 누구나 체험할 수 있는 날이 오기를 꿈꾸며, 우리의 인생이란 여행은 앞으로도 계속된다.

■작가 후기

　안녕하세요, 카라스 피에로입니다. 『전생 왕녀와 천재 영애의 마법 혁명』 5권을 구매해 주셔서 정말로 감사합니다.

　4권이 발매되고 1년이나 지나게 되었는데, 기다려 주신 분들께 진심으로 감사드립니다.

　5권은 시찰을 겸한 아니스와 유피의 신혼여행 이야기였습니다! 본작은 왕궁이 무대가 되는 일이 많아서 밖으로 나갈 기회가 좀처럼 없습니다. 그래서 이번 이야기는 신선한 기분으로 두 사람을 쓸 수 있었습니다.

　그리고 아니스피아와 아르가르드의 재회. 이번에야말로 정말로 관계를 수복한 두 사람은 서로의 길을 나아가게 됩니다.

　이 남매의 관계는 한마디로 설명하기 어려운 관계입니다. 선의가 엇갈리고 환경에 휘둘린 결과죠. 원치 않게 서로를 상처 입히고, 정말로 되고 싶었던 모습을 잃어버렸습니다.

　상처는 그렇게 간단히 낫지 않고, 과거의 잘못은 어느 순간 불현듯 괴로운 기억으로 되살아나기도 합니다.

　그래도 걸음을 멈추지 않고 느리게라도 앞으로 나아가면

언젠가 길이 보일 거라고 믿습니다. 시간이 해결해 주는 일도 있겠죠.

그렇기에 계속해서 걷는 것이 인생에서 가장 중요하다고 생각합니다. 아니스와 다른 아이들도 헤매고 고민하면서도 인생을 나아갈 겁니다. 커다란 꿈을 향해.

커다란 꿈이라고 하니 생각났는데 『전생 왕녀와 천재 영애의 마법 혁명』이 애니화됩니다!

여러분이 응원해 주셨기에 이런 커다란 꿈을 이루게 되었습니다! 정말 진심으로 감사의 마음을 전하고 싶습니다! 고맙습니다!

앞으로 차차 애니화 정보가 발표될 텐데 기대해 주시면 좋겠습니다!

그럼 또 다음 권에서 여러분과 만날 수 있기를 기도하며 이만 붓을 놓겠습니다.

카라스 피에로

전생 왕녀와 천재 영애의 마법 혁명 5

초판 1쇄 발행 2023년 5월 10일

지은이_ Piero Karasu
일러스트_ Yuri Kisaragi
옮긴이_ 송재희

발행인_ 신현호
편집장_ 김승신
편집진행_ 권세라 · 최혁수 · 김경민 · 최정민
편집디자인_ 양우연
관리 · 영업_ 김민원

펴낸곳_ (주)디앤씨미디어
등록_ 2002년 4월 25일 제20-260호
주소_ 서울시 구로구 디지털로 26길 111 JnK디지털타워 503호
전화_ 02-333-2513(대표)
팩시밀리_ 02-333-2514
이메일_ lnovellove@naver.com
ㄴ노벨 공식 카페_ http://cafe.naver.com/lnovel11

TENSEI OJO TO TENSAI REIJO NO MAHO KAKUMEI Vol.5
©Piero Karasu, Yuri Kisaragi 2022
First published in Japan in 2022 by KADOKAWA CORPORATION, Tokyo.
Korean translation rights arranged with KADOKAWA CORPORATION, Tokyo.

ISBN 979-11-278-6855-0 04830
ISBN 979-11-278-6136-0 (세트)

값 8,500원

© Takehaya
illustration Poco
Originally published by HOBBY JAPAN

단칸방의 침략자!? 1~32권

타케하야 지음 | 뽀코 일러스트 | 원성민 옮김

소년 사토미 코타로가 홀로서기를 위해 찾아낸 단칸방.
부엌 욕실 화장실 포함에 월세는 단돈 5천엔.
어느샌가 그 방은 침략 목표가 되었다?!

'미소녀', '유령', '외계인', '코스플레이어' 그 누가 상대라해도

"너희에게 이 방을 넘겨줄 수는 없어!"

단 한 칸의 방을 걸고 벌어지는 침략일기, 시작합니다!
TV애니메이션 방영 화제작!!

드라큘라 야근! 1~5권

와가하라 사토시 지음 | 아리사카 아코 일러스트 | 박경용 옮김

태양의 빛을 쬐면 재가 되어버리는 존재, 흡혈귀.
밤에만 활동할 수 있는 그들이지만, 현대에는 생각보다 문제없이 생활하고 있었다.
그렇다. 왜냐하면 "야근"으로 일할 수 있으니까—.
토라키 유라는 현대에 살아가는 흡혈귀.
일하는 곳은 이케부쿠로의 편의점(야근 한정).
주거지는 일조권이 최악인 반지하(차광 커튼 필수).
인간으로 돌아가기 위해서, 바르고 떳떳한 사회생활을 보내고 있다.
그런데 어느 날 주정뱅이에게서 금발 미소녀를 구했더니,
놀랍게도 그녀는 흡혈귀 퇴치를 생업으로 하는 수녀 아이리스였다!
게다가 천적인 그녀가 그의 집으로 굴러들어오게 되는데—?!
토라키의 평온한 흡혈귀 생활은 대체 어찌 되는가?!

**『알바 뛰는 마왕님!』의 와가하라 사토시가
선물하는 드라큘라 일상 판타지!**

©Kotobuki Yasukiyo 2020
Illustration : JohnDee
KADOKAWA CORPORATION

아라포 현자의 이세계 생활 일기 1~12권

코토부키 야스키요 지음 | JohnDee 일러스트 | 김장준 옮김

정리해고 당한 후, 매일 밭을 돌보며 『제로스 멀린』으로서
게임에 빠져 살던 백수 아저씨, 오사코 사토시(40세).
오리지널 마법을 만들어 명실상부 톱 플레이어가 된 그는
최종 보스를 무난하게 공략하지만
로그인 중 발생한 어떤 사고로 생을 마감한다.
그는 홀로 죽었다고 생각했지만,
정신을 차리고 보니 거대한 산림 지대의 한가운데에 서 있었다.
이세계 여신의 말에 따르면 그는 게임 속 능력을 이어받아 전생했다고 한다.
대산림 지대에서 서바이벌을 거치고 전(前) 공작 노인과 만난 제로스는
현자로서 능력을 인정받아 마법을 쓰지 못하는 소녀의
가정교사 일을 의뢰받는데—?!
"나는 평온한 일상이 인생의 모토인데……."

마흔 살 현자의 이세계 생활 일기 개시!

©Udon Kamono/OVERLAP
Illustration Hitomi Shizuki

꽝 스킬 【지도화(매핑)】를 손에 넣은 소년은
최강 파티와 함께 던전에 도전한다 1~5권

카모노 우동 지음 | 시즈키 히토미 일러스트 | 이경인 옮김

15세 노트가 『증여 의식』에서 받은 스킬은 【지도화(매핑)】.
레어도는 높지만 다른 스킬보다 쓸모가 없는, 이른바 꽝 스킬이었다.
소꿉친구에게 버림받고 실의의 바닥에 빠진 노트는
모험가 생활로 번 돈을 술에 쏟아붓는 나날을 보내지만—
그런 나날은 느닷없이 끝을 고했다.
"우리는 그 스킬을 가진 너를 필요로 하고 있어."
최강 파티 『어라이버즈』에 소속된 진의 권유를 받게 된 노트.
그의 운명은 크게 변하기 시작한다.
이번에야말로 노력을 포기하지 않고, 발버둥 치겠다는 결의와 함께.

**최강 파티에 들어간 소년이
이윽고 최강에 도달하는 판타지 성장담, 개막!**

©Ryo Shirakome/OVERLAP
Illustration Takaya-ki

흔해빠진 직업으로 세계최강 제로 1~6권

시라코메 료 지음 | 타카야Ki 일러스트 | 김장준 옮김

오늘도 고아원을 위해 생활비를 벌며 평온한 일상을 보내고 있었다.
그런 오스카의 공방에 『천재(天災)』 밀레디 라이센이 찾아온다.
신에게 저항하는 여행의 동료를 찾는 밀레디는
오스카의 비범한 재능을 간파하고 여행에 권유하기 위해 왔다고 한다.
오스카는 권유를 거절했지만 밀레디는 포기할 줄 몰랐다.
그런 와중 오스카가 지키는 고아원에 사건이 생기는데?!
"희대의 연성사. 나와 함께 세계를 바꿔 보지 않을래?"

이것은 『하지메』에게 이어지는 제로의 계보.
─흔해빠진 직업으로 세계최강』 외전의 막이 오른다!

꿈을 꾸지 않는다
마이 스튜던트의
청춘 돼지는

카모시다 하지메 지음
미조구치 케이지 ● 일러스트
이승원 옮김

L NOVEL

©Hajime Kamoshida 2022
ILLUSTRATION:Keji Mizoguchi
KADOKAWA CORPORATION

청춘 돼지는 바니걸 선배의 꿈을 꾸지 않는다 1~12권

카모시다 하지메 지음 | 미조구치 케이지 일러스트 | 이승원 옮김

아즈사가와 사쿠타는 도서관에서 야생의 바니걸과 만났다.

바니걸의 정체는 사쿠타가 다니는 고등학교의 선배이자,
활동 중지중인 인기 탤런트 사쿠라지마 마이였다.
며칠 전부터 그녀의 모습이 『주위 사람들에게 보이지 않는 현상』이 발생했고,
이것은 인터넷상에서 화제가 되고 있는
불가사의 현상 『사춘기 증후군』과 관계가 있는 걸까.
원인을 찾는다는 이유로 마이와 가까워진 사쿠타는 이 수수께끼를 풀려고 하지만,
사태는 생각지도 못한 방향으로 나아가는데—?

하늘과 바다로 둘러싸인 마을에서, 나와 그녀의 사랑에 얽힌 이야기가 시작된다.

하늘과 바다로 둘러싸인 마을에서 시작되는
평범한 우리의 불가사의한 청춘 러브 코미디!

라이트노벨의 새로운 빛! 노벨의 신간은 매월 10일에 발매됩니다. http://cafe.naver.com/lnovel11